spielberg

Paul Fenzl

Köstlbachers Albtraum

spielberg

1. Auflage 2012

Umschlaggestaltung: Viktor Rauch, *www.viktorrauch.de*
Umschlagfoto: ©Viktor Rauch
Druck und Bindung: Inprint GmbH, Erlangen

Printed in Germany

ISBN: 978-3-940609-79-3

www.spielberg-verlag.de

Gewidmet meiner lieben Frau Virginia und meinem Sohn Virgil.

Besonderer Dank gilt Doris Ebenschwanger, der Freundin meines Sohnes, die für mich die Zeichnungen der Phantombilder anfertigte.

Kapitel 1

Mit einer energischen, fast aggressiven Handbewegung schleudert der Edmund Köstlbacher den Stapel Papier in seiner Hand verärgert vor sich auf den Schreibtisch hin. Er kann sie nicht mehr lesen, all die Infos über diese seltsame Gruppierung von Spinnern, die seine Sekretärin, die Edith Klein, auf seine Veranlassung hin im Internet gegooglet hat und die ihm nun alle ausgedruckt vorliegen.

›*Organisation*‹ nennen sie sich. Aber wenn du jetzt glaubst, dass es sich dabei um solche Freaks handelt, die auf ihrer Internetseite Tipps veröffentlicht haben, wie du dein Chaos optimal in den Griff bekommen kannst, dann liegst du gewaltig daneben. Verrückte! Lauter Verrückte! Vielleicht gefährliche Verrückte! Aber, deshalb nicht zwangsläufig Leute, die was auf dem Schreibtisch vom Köstlbacher zu suchen haben.

Weil, eines darfst du nicht vergessen, der Köstlbacher Kriminaler und kein Psychiater. Drum auch nur an Straftätern interessiert und weniger an Personen, die ›*einen an der Klatsche haben*‹, wie der Kollege Norbert Liebknecht sich gerne dazu so treffend geäußert hat.

Natürlich hat der Köstlbacher von der Klein nicht nur im Internet recherchieren lassen. Weil, Internet zwar super Informationsquelle weltweit gesehen. Aber Internet relativ mager, wenn Reduktion der Nachforschungen auf Regensburg und Umgebung. Da merkst du eben doch wieder schnell, dass Regensburg ein Kaff! Weltkulturerbe und Papststadt hin oder her. Ist zwar nicht ganz so, dass in Regensburg jeder jeden kennt, aber viel fehlt dazu nicht. Über drei Ecken, da bist du zumindest nahe dran. Was bei den 135.000 Einwohnern auch nicht sonderlich verwundert.

Zum Leidwesen aller männlichen Polizeibeamten im Präsidium in der Bajuwarenstraße und bestimmt auch einiger Beamtinnen, hat es seit einiger Zeit die Runde gemacht, dass die Edith Klein demnächst zu heiraten beabsichtigt. Ich meine, dass die sich irgendwann einen angeln und aus dem ›*Verkehr*‹ ziehen würde, damit war schon lange zu rechnen. Wenn du die Klein bisher auch nur einmal zumindest von weitem gesehen hast, dann weißt du auch, was ich damit andeuten möchte. Die Klein gehört ohne Zweifel zu den besten Sekretärinnen im Präsidium. Ohne die Klein wäre der Köstlbacher ganz schön aufgeschmissen. Aber mit der Klein hat er es auch nicht immer leicht. Weil, da musst du schon ein ganz besonderes Exemplar Mann sein, wenn du mit so einer wie der Klein auf engstem Raum zusammenarbeiten kannst, ohne von ihren Reizen nicht permanent abgelenkt zu werden. Und, so eine Ablenkung, bis die über den Sehnerv ins Gehirn kommt, da setzt sie unterwegs schon eine hormongesteuerte Kettenreaktion in Gang, die sich schnell verselbstständigt und sich auf deine Arbeit ganz schön kontraproduktiv auswirken kann.

Ich meine, der Köstlbacher inzwischen nicht mehr so anfällig, was das ›*Kleinvirus*‹ betrifft, wie am Anfang, als er sich von Straubing nach Regensburg hat versetzen lassen und ihm die Klein als Sekretärin zugeteilt worden ist. Weil, eines darfst du nicht vergessen, inzwischen hat sich der Köstlbacher an den Anblick der Klein gewöhnt, so wie er sich nach ein paar Jahren Ehe auch an seine Anna gewöhnt hatte. Und, auch wenn du es dir zumindest bei der Klein nicht vorstellen kannst, aber wenn du tagein tagaus in unmittelbarer Nähe mit der, dann gehört sie irgendwann plötzlich zum Inventar, das du zwar vermissen würdest, falls es plötzlich fehlen würde, das du aber auch nicht mehr besonders beachtest, nur, weil es da ist.

Heute allerdings hat irgendwas diese Tatsache außer Kraft gesetzt. Nicht, dass der Köstlbacher sofort drauf gekommen wäre, warum. Aber gespürt hat er es gleich beim Betreten seines Büros. Irgendwas stimmt nicht!

An der Aufmachung von der Klein kann's nicht liegen, weil die immer top gestylt und im figurbetonten Fummel, als wäre sie mit dem Lagerfeld befreundet oder hätte zumindest Beziehungen zu den teuersten Modeboutiquen der Stadt. Auch ihr Ausschnitt ist heute nicht auffällig größer als sonst. Natürlich groß genug, dass es dir Mühe bereitet, ihr in die Augen zu sehen, weil deine Blickrichtung quasi magnetisch eine Etage tiefer. Aber, eben auch nicht so groß, dass der Köstlbacher glauben müsste, heute mehr zu sehen als sonst, wenn er nur lange genug hinstarrt.

Nein, das ist es nicht! Es liegt am Gesicht der Klein! Nicht, dass sie heute nicht geschminkt wäre, wie frisch aus der Maske für einen Auftritt beim Fernsehen. So sieht sie eigentlich immer aus. Und immer passend zu ihrem Outfit. Oder zu ihren wuscheligen, halblangen Haaren, die zwischen blond, rot und schwarz schon alle Farbschattierungen erhalten haben, die ein guter Friseur handwerklich so drauf hat.

Solange der Köstlbacher nun schon in Regensburg bei der Kripo arbeitet, über'm Daumen gepeilt dürften das inzwischen so an die 2 Jahre sein, noch nie hatte irgendwas störend gewirkt, was das Äußere der Klein betroffen hat. Und deshalb braucht der Köstlbacher auch erst einmal ein paar Sekunden, bis ihm bewusst wird, was heute anders ist.

Eigentlich hat der Köstlbacher nur kurz die Verbindungstür zwischen seinem Büro und dem Vorzimmer seiner Sekretärin geöffnet, weil er sie um etwas bitten wollte. Aber, jetzt hat er total vergessen, was das hätte sein sollen, weil ihn der Anblick der Klein total aus seinen Gedanken heraus reißt.

Leichenblass steht sie da vor ihrem Schreibtisch, das Telefon an ihr Ohr gepresst, ihren Mund leicht geöffnet, einen Schrecken im Gesicht, als ob ihr der Leibhaftige erschienen wäre. Mit einem schnellen Schritt, den du dem übergewichtigen Köstlbacher gar nicht zugetraut hättest, ist der bei seiner Sekretärin und kann gerade noch verhindern, dass sie vor seinen Augen zusammenbricht. Noch nie, seit der Köstlbacher mit der Edith Klein zusammen gearbeitet hat, ist er seiner Sekretärin so nahe gekommen. Zumindest nicht so, dass er ihren Körper hätte auffangen müssen. Und so verwundert es ihn nun fast, was für ein Federgewicht sie doch trotz ihrer weiblichen Formen nur hat. Als hätte der Edmund erst gestern einen Erstehilfekurs aufgefrischt, umfasst er die Klein fachgerecht von hinten. Umständlich, aber nicht ungeschickt lässt er sie auf ihren Bürostuhl niedersinken. Zum Glück fällt die Klein nicht ganz in Ohnmacht. Sonst wäre sie dem Edmund jetzt trotz all seiner Bemühungen vermutlich von Stuhl gerutscht. Mit einem Kopfnicken bedankt sie sich bei ihrem Chef, ist aber noch nicht in der Lage, ein Wort hervorzubringen.

»Kleinchen! Was ist denn los mit Ihnen?« wendet sich der Köstlbacher fragend an seine Vorzimmerdame und schüttelt dabei verwundert seinen Kopf. »Was machen Sie für Sachen? So habe ich Sie ja noch nie gesehen!«

Die Augen der Edith Klein sind immer noch geweitet vor Schreck. Aber immerhin scheint das Blut langsam wieder einen Weg zurück in ihre Wangen zu finden. Auf dem sich wieder normalisierenden rosa Untergrund verwandelt das Make-up der Sekretärin peu à peu ihre Gesichtsfarbe wieder in das dezente Braun, das die Klein Sommer wie Winter penibel bei jeder morgendlichen Toilette auf ihr Gesicht zaubert.

»Jürgen ist tot!«, platzt die Klein auf einmal heraus, als ob sie ihre Stimme spontan wiedergefunden hätte.

»Wie, Jürgen ist tot? Welcher Jürgen?«, fragt der Köstlbacher.

Du musst wissen, dass der Köstlbacher gerade an einem Fall arbeitet, wo ein Jürgen Matschik eine Zeugenaussage machen muss. Und der Köstlbacher kann es sich nun beim besten Willen nicht vorstellen, dass dieser Jürgen Matschik tot sein soll. Und wenn doch, warum reagiert dann die

Klein so heftig darauf? Die kennt den Matschik doch gar nicht!

»Mein Jürgen!«, antwortet die Klein.

Wie kann der Köstlbacher nur so dumm sein und vergessen, dass der Zukünftige von der Klein auch Jürgen heißt. Oft genug hat sie ihm ja schon von dem Supermann erzählt, auch wenn diesen ominösen Jürgen bisher noch niemand aus der Bajuwarenstraße zu Gesicht bekommen hat.

›*Also nicht der Matschik!*‹, stellt der Köstlbacher in Gedanken fest und ist irgendwie auch froh darüber, weil dieser Jürgen Matschik dienstlich gesehen eben noch wichtig.

»Ihr Jürgen?«, fragt der Köstlbacher laut. »Doch nicht der, den Sie im Sommer heiraten wollten?«, setzt er noch hinzu, ist sich aber sofort bewusst, dass er sich diese Anschlussfrage hätte sparen können.

Die Klein schaut ihren Chef nur verständnislos an. Eine Antwort verkneift sie sich, weil, die würde jetzt vermutlich eher ein bisschen grob ausfallen. Schließlich weiß jeder auf der Dienststelle, dass ein Jürgen alle Wünsche derer, die sich je eine Chance bei ihr ausgemalt hatten, wie Seifenblasen zum Platzen gebracht hat.

»Woran ist er gestorben?«, schiebt der Köstlbacher daher schnell hinterher, weil er der Klein signalisieren will, dass ihm die vorangegangene Frage nicht wirklich ernst war.

»Unfall! Ein Motorradunfall!«, schluchzt die Klein und beginnt gleich darauf hemmungslos zu weinen.

Mit allem kann der Köstlbacher umgehen, nur nicht damit, wenn jemand, der ihm nahe steht, zu weinen anfängt. Der Edmund kennt das zur Genüge von seiner Tochter Clara und nicht selten sogar von seiner Frau Anna. Nicht, dass die beiden ihr Weinen bewusst zum Einsatz brächten, um auf sich aufmerksam zu machen oder irgendwas durchzusetzen. Aber, auch wenn's meistens vielleicht nicht einmal absichtlich passierte, seine Wirkung hat die Flennerei bei ihm jedenfalls nie verfehlt. Egal, was man von ihm erwartet hat, auf eine Heulattacke hat er noch jedes Mal so reagiert, dass er es hinterher allen recht gemacht hat, nur nicht sich selbst. Und nun besonders schlimm, der Köstlbacher weiß nicht, wie er jetzt wegen dem toten Jürgen was recht machen könnte!

»Kleinchen!«, nennt der Köstlbacher erneut seine Sekretärin. Dabei wird ihm bewusst, dass er ihr diesen Kosenamen heute schon zum zweiten Mal gibt. Umständlich kramt er nach einer Packung Tempos, die er fast immer bei sich hat.

Nicht, dass du jetzt denkst, der Köstlbacher ist so einer mit einem Dauerschnupfen. Von solchen Erkältungskrankheiten wird der Köstlbacher meistens verschont. Wenn alle mit einer verschnupften Nase rumlaufen und sich einen Infekt nach dem anderen einhandeln, dann steht der Köstlbacher immer noch wie ein Fels in der Brandung und trotzt jeder bakteriellen Anfeindung. Einzig eine Virusgrippe hatte er sich einmal eingehandelt. Aber, das ist jetzt auch schon wieder eine halbe Ewigkeit her.

Die Tempos braucht der Köstlbacher, weil Sauberkeitsfanatiker. Egal wohin er dienstlich oder privat hin muss, sich anschließend seine Hände zu waschen, kommt einem Ritual gleich. Und, du glaubst es gar nicht, in wie vielen Toiletten gerade Klopapier oder Papierhandtücher Fehlanzeige, ein elektrischer Händetrockner entweder nicht funktioniert oder gleich gar keiner da ist. Und in so einem Fall, da sind Tempos immer die letzte Rettung für den Köstlbacher.

Dankbar nimmt die Klein das gereichte Papiertaschentuch entgegen, wischt sich die Augen damit trocken und schnäuzt anschließend lautstark hinein.

Ich glaube nicht, dass es in den vergangenen zwei Jahren schon irgendwann einmal eine Minute gegeben hat, wo du einen Blick auf die Klein mit verschmiertem Make-up hättest ergattern können. Der Köstlbacher hat sie jedenfalls noch sie so gesehen. Und, das wird vermutlich der Klein in dem Moment auch bewusst, weil sie unvermittelt von ihrem Bürostuhl aufspringt, sich ihre Handtasche schnappt und aus dem Zimmer hinaus in Richtung Toiletten rauscht.

Fast prallt sie dabei mit dem Kommissar Liebknecht zusammen, der gerade in dem Moment überraschend vor dem Vorzimmer zu seinem Chef, dem Hauptkommissar Köstlbacher, auftaucht.

»Nicht so stürmisch, junge Frau!«, sagt der Liebknecht und kann glücklicherweise noch einen Schritt zu Seite machen, um die Klein an sich kollisionslos vorbei zu lassen. Nicht ahnend, in welche Situation er da platzt, zieht er erstaunt seine Augenbrauen hoch und fragt:

»Welche Hornisse hat die denn gestochen?«

»Ihr Bräutigam ist bei einem Unfall ums Leben gekommen!«, antwortet der Köstlbacher und deutet dabei mit seiner rechten Hand zur Tür hinaus, durch die seine Sekretärin vor ein paar Sekunden verschwunden ist.

»Der Jürgen?«, fragt der Liebknecht sichtlich betroffen.

Der Köstlbacher nickt nur, dreht sich um und will in sein Büro zurück verschwinden. Irgendwie weiß er momentan gar nicht mehr, warum er zur Klein herein gegangen war und was er von ihr gewollt hat.

»Wir müssen los Edmund! Im Bezirksklinikum hat es einen Toten gegeben. Gibt's dort zwar öfter, aber diesmal war's Mord!«, ruft ihm der Liebknecht nach, weil sein Chef keine Anstalten macht, sich ihm zuzuwenden.

Überrascht dreht sich der Köstlbacher um, weil, dass der Liebknecht ihn zu einem Einsatz abholt, das eher etwas ungewöhnlich.

»Wieso weiß ich davon nichts? Wirst du jetzt schon vor mir informiert?«, brummt der Köstlbacher etwas beleidigt, weil es eben schon sehr unüblich ist, dass ein ihm untergeordneter Beamter, und wenn's hundert Mal sein Duzfreund ist, dass so einer an seiner Stelle Entscheidungen trifft.

»Du bist angerufen worden! Aber offensichtlich warst du nicht erreichbar!«, verteidigt sich der Liebknecht, nun seinerseits durch die Reaktion seines Chefs verärgert.

»Sei nicht so empfindlich!«, fährt der Köstlbacher den Kollegen Liebknecht an. »Du fährst?«

»Wie immer!«, antwortet der Liebknecht nickend.

Bis hinunter zum Einsatzwagen in den Hof reden die beiden erst einmal nichts mehr miteinander, weil jeder sich über die cholerische Art des anderen ärgert. Aber genau das ist es eben, was dieses gute Gespann Köstlbacher/Liebknecht ausmacht. Sie granteln sich beide gerne an, streiten aber nie wirklich miteinander. Die paar Stufen im Treppenhaus und die wenigen Schritte zum Auto reichen aus, um alle Gewitterwolken verschwinden zu lassen. Allerdings, und das muss ich ganz ehrlich sagen, bei dem Gehetze könnte der Köstlbacher ohnehin nicht auch noch nebenher reden, weil, ob du's glaubst oder nicht, wenn der Köstlbacher nur dran denkt, sich bewegen zu müssen, dann ist er schon außer Puste. Und wenn er sich dann wirklich bewegt, dann schon dreimal. Und zusätzlich noch Scheißausbruch. Hat bestimmt auch was mit seinem hohen Blutdruck zu tun. Oder mit den Medikamenten, die er dagegen einnimmt.

»Erzähl'!«, sagt der Köstlbacher nur, sobald beide im Auto sitzen, er wieder genug Luft bekommt und der Liebknecht den Wagen auf der Bajuwarenstraße den Berg hoch hetzt.

Kapitel 2

»Was der leitende Stationsarzt bezüglich des Toten übers Telefon durchgegeben hat, habe ich ehrlich gesagt nicht so ganz verstanden. Bin schließlich kein Mediziner. Du kennst denen ihr Deutsch ja. Lauter chinesische Dörfer!«, beginnt der Liebknecht.

»Bring's einfach auf'm Punkt!«, unterbricht der Köstlbacher. Schließlich dauert die Fahrt zum Bezirksklinikum nicht ewig und er möchte vorab wenigstens die Eckdaten wissen.

»Ein gewisser Hans Hebauer, stationärer Patient im Bezirksklinikum, wurde heute tot in seinem Bett aufgefunden. Allem Anschein nach ist es offensichtlich, dass er keines natürlichen Todes gestorben ist«, fasst der Liebknecht nun beinahe etwas zu extrem zusammen.

»Was heißt hier offensichtlich?«, bohrt der Köstlbacher nach.

»Der Stationsarzt, ein gewisser Dr. Hammstig, hat irgendwas von wegen Durchtrennung der ›*Arteria carotis communis*‹ gefaselt«, antwortet der Liebknecht. »Vielleicht hat ihn jemand abgestochen? Oder geschächtet wie ein Schaf, wenn dir der Vergleich lieber ist.«

»Im Klinikum? Im Bett?«, spöttelt der Köstlbacher.

»Was weiß ich! Wir sind eh gleich da. Dann werden wir's erfahren!«

Auch wenn's der Köstlbacher gar nicht mag, wenn ihn sein Mitarbeiter nur so spärlich mit Informationen versorgen kann, die paar Minuten muss er sich nun wohl oder übel gedulden. Er brummelt zwar noch, seinen Unmut zur Geltung bringend, unverständlich vor sich hin, sagt aber weiter nichts mehr.

Es dauert auch wirklich nur noch wenige Augenblicke hinauf zum Bezirksklinikum. Beim Anblick des Gebäudes bekommt der Köstlbacher spontan ein schlechtes Gefühl im Bauch. Erst vor wenigen Monaten hat er sich hier vom Prof. Dr. Neumann, dem Chefarzt der Psychiatrie, untersuchen lassen. Die Anna hat ihn damals nach der Sache mit seinen Albträumen solange bearbeitet, bis er sich endlich einen Termin bei diesem Spezialisten hat geben lassen. Verraten hat ihm den Facharzt sein Duzfreund, der Dr. Ernst Kroner von der Gerichtsmedizinischen. Der kennt den Psychiater schon vom Grundstudium der Medizin her. Der Ernst hat gemeint, dass der Dr. Neumann echt eine Koryphäe auf seinem Gebiet wäre. Im Nachhinein gesehen ist er das vielleicht doch nicht, weil der Köstlbacher nach einigen ›*Liegungen*‹ bei ihm zwar keine neuen Albträume mehr gehabt hat, aber dafür andere Probleme. Darüber reden, wie diese ›*Liegungen*‹ abgelaufen sind, das kann der Köstlbacher selbst heute noch nicht. Nicht einmal seiner Anna gegenüber.

Weil, eines musst du wissen, so eine Therapie bei einem Psychiater, das kein normaler Arztbesuch. Der fragt dich nicht nach deiner Verdauung und so. Was du dem erzählen sollst, ist in der Regel viel peinlicher als die paar Winde, die dich drücken. Wenn du ein praktizierender Katholik bist, so einer, der auch das mit dem Beichten ernst nimmt, dann hast du schon ein bisschen Routine, und eine ›*Liegung*‹ beim Psychodoktor ist nicht mehr gar so gewöhnungsbedürftig für dich. Trotzdem ist es natürlich ganz was anderes, ob du im Beichtstuhl kniest und von deinem Beichtvater höchstens seine Weinfahne oder seine Vorliebe für Knoblauch registrierst, optisch aber kaum was von ihm ausmachen kannst, weil engmaschiges Lochgitter und so. Oder ob du auf einer Couch liegst und deinen Therapeuten mit einem Aufnahmegerät, zumindest aber mit einem Block und einem Kugelschreiber bewaffnet, neben dir in seinem Sessel sitzen siehst. Weil mitschneiden oder Notizen machen, das hat der Priester nicht nötig, weil, der quasi nur Sendemast für seinen Arbeitgeber da oben, wo alles nur immateriell oder sphärisch gespeichert wird. Aber, der Psychiater auch nur ein Mensch. Nach dir hat der wieder einen anderen Couchlieger. Und, da ist es fürs Protokoll nicht verkehrt, wenn hinterher was Schriftliches da ist, was für die nächste ›*Liegung*‹ als Grundlage zum weiter Therapieren hergenommen werden kann.

Dem Köstlbacher seine ›*Liegungen*‹ sind jedenfalls das Schlimmste gewesen, was der bisher in seinem Leben mitgemacht hat. Was genau der Prof. Dr. Neumann alles von ihm hat wissen wollen, damit ist der Köstlbacher, wie gesagt, bis heute nicht vollständig heraus gerückt. Selbst, als er bei unserem letzten Treffen schon reichlich von meinem besten Roten aus dem Keller intus gehabt hat, selbst da war nichts zu machen. Alles, was ich aus ihm herausbekommen habe war, dass es der Dr. Neumann drauf hat. Was immer das bedeuten soll! Und ein paar wenige Albtraum Details, die ich aber schon gewusst habe.

Wenn ich einen Sohn hätte, der Medizin studieren will, dann würde ich auf alle Fälle Druck machen, dass der mit dem Endziel Psychiatrie und so. Oder kannst du mir einen Facharzt nennen, der mit so wenig Gerätschaften auskommt, wie ein Psychodoktor? Der braucht ein Hämmerchen zum Reflexe überprüfen, einen Sessel, wo er selber bequem Platz nehmen kann und eine Couch für den Patienten. Nix Tausende von Euros für teuere Praxiseinrichtung, die noch dazu alle paar Jahre veraltert ist!

Das hat sich der Köstlbacher auch gedacht, als er da auf der Couch gelegen hat und ihn der Dr. Neumann über seine Kinder ausgefragt hat. Aber gesagt hat er es dem Dr. Neumann nicht, dass sein Sohn, der Karl, dass der nach seinem Abi vielleicht auch Medizin. Womöglich sogar Psychiater!

Dafür hat der Köstlbacher dem Dr. Neumann klitzeklein seine Albträume erzählt. Und in denen kam der Karl nicht vor. Die Clara dagegen umso mehr. Wie oft die im Traum inzwischen schon gekidnappt worden ist, das weiß der Köstlbacher gar nicht mehr. Ist unterm Strich auch nicht mehr wichtig, weil die Träume schon nach ein paar *›Liegungen‹* beim Dr. Neumann weniger geworden sind und seit ein paar Wochen, da haben sie ganz aufgehört. Dafür hat der Köstlbacher nach und nach eine Aversion gegen den ganzen Psychokram aufgebaut. Am Schluss war er dann so weit, dass ihn keine 10 Pferde mehr zu einer weiteren *›Liegung‹* auf die Couch vom Dr. Neumann gebracht hätten. Nicht einmal die Halluzis, die an die Stelle der Albträume getreten sind.

Vielleicht kannst du dir vorstellen, wie sich der Köstlbacher jetzt fühlt, wo er quasi von Amts wegen und ganz ohne die 10 Pferde doch wieder das Bezirksklinikum betritt, auch wenn er es nicht tut, um zu einer *›Liegung‹* zum Dr. Neumann zu gehen.

»Guten Tag die Herren von der Kriminalpolizei!«, begrüßt den Köstlbacher und den Liebknecht wenig später der Prof. Dr. Neumann, ein kleines, blasses Männchen mit zu einem Pferdeschwanz zusammengebundenen, struppigen, grauen Haaren, die sich aber nicht alle von dem Haargummi bändigen lassen und in vereinzelten Strähnen lose herunterhängen. Der Dreitagesbart ist eher ein Sechstagesbart. Sein weißer Arztkittel verbirgt mehr oder minder erfolgreich seine spindeldürre Statur. Wenn da nicht diese leuchtenden, ausdrucksvollen, dunklen Augen wären, die von der ganzen übrigen Erscheinung überaus erfolgreich ablenken, du hättest denken können, einen alternden Krankenpfleger vor dir zu haben, auf den der Umgang mit den psychisch kranken Patienten schon reichlich abgefärbt hat. »Man hat mir Ihre Ankunft schon avisiert!«

Auch wenn du's nicht glauben magst, aber der Dr. Neumann lässt sich mit keiner Mine anmerken, dass der den Köstlbacher schon als Patienten und so. Und der Köstlbacher schaut auch erst einmal demonstrativ auf das Namensschildchen, das der Dr. Neumann an der aufgenähten Brusttasche von seinem Kittel angesteckt hat, als müsse er sich erst vergewissern, mit wem er es zu tun hat. Weil, natürlich weiß der Liebknecht nichts von seinen *›Liegungen‹* beim Prof. Dr. Neumann. Und das soll auch so bleiben!

»Ich nehme an, der verstorbene Patient Hans Hebauer ist der Grund für Ihre Anwesenheit«, fügt der Chefarzt der Psychiatrie noch hinzu, bevor die beiden Kriminaler seine Begrüßung überhaupt erwidern können.

»Richtig!«, sagt der Köstlbacher nur und greift automatisch nach der hingestreckten Hand. Dem Liebknecht nickt der Dr. Neumann nur kurz zu, während er die Hand vom Köstlbacher einen Moment länger als üblich festhält. Etwas an dem Handdruck signalisiert das vertraute Kennen der beiden. Der Augenkontakt zwischen dem Kriminalhauptkommissar und dem Arzt unterstreicht das auch noch. Aber wegen Arztgeheimnis und so, natürlich alles nicht bemerkbar für einen Dritten und schon gar nicht bemerkbar für den Liebknecht. Weil, dass sein Chef im Bezirksklinikum schon mehrmals ambulant, darüber hat der Köstlbacher ja außer mit seiner Anna, und später auch mit mir, mit niemandem je geredet.

»Ich würde es sehr begrüßen, wenn die Presse aus dieser Sache herausgehalten werden könnte!«, sagt der Dr. Neumann und macht gleichzeitig eine Handbewegung, die den beiden Kriminalern andeuten soll, ihm zu folgen.

»Wenn ich bitten dürfte!«, unterstreicht er seine Handbewegung noch mit Worten.

Auf dem Weg zum Lift, der Fahrt in den zweiten Stock und dem anschließenden Gang zum Patientenzimmer vom Hans Hebauer, redet der Dr. Neumann quasi ohne Unterbrechung. Es sieht für den Köstlbacher fast so aus, als will der Neumann die Zeit nutzen, die er ohne Zeugen mit den beiden Beamten verbringen kann.

»Herr Hebauer war schon seit längerer Zeit ein Patient von mir«, beginnt der Dr. Neumann. »Eine stationäre Einweisung wurde nötig, weil die Zwangsvorstellungen, unter denen er litt, immer häufiger Angstzustände auslösten, die in der Folge in einem Suizidversuch zu gipfeln drohten. Zumindest hat der Patient schon einige Male geäußert, sein Leben so nicht mehr ertragen zu können.«

»Und? Jetzt ist es Ihnen unangenehm, weil er es trotzdem getan hat, hier bei Ihnen in der Klinik?«, fragt der Liebknecht.

»Wie kommen Sie darauf?«, fragt der Dr. Neumann und blickt sichtlich überrascht zum Liebknecht hin.

»Haben Sie nicht gerade gesagt, Sie würden es begrüßen, wenn wir die Presse aus der Geschichte heraus halten könnten?«, entgegnet der Liebknecht quasi als Begründung für seine Frage.

»Aber doch nicht wegen eines Suizids!«, ereifert sich der Dr. Neumann. »Suizidgefährdeten Patienten zu helfen, ist eine unserer Hauptaufgaben. Aber es geht uns da nicht anders als den Kollegen im Uniklinikum, die den Krebs besiegen wollen. Wir Mediziner gehen nicht aus jeder Schlacht erfolgreich hervor.«

»Wo liegt also das Problem?«, schaltet sich nun der Köstlbacher ein.

»Das Problem? Sie werden's gleich selbst sehen!«, sagt der Dr. Neumann und öffnet den beiden Beamten die Patientenzimmertür zum Hans Hebauer.

»Du meine Güte! So eine Sauerei!«, entfährt es bei dem Anblick dem Köstlbacher, während der Liebknecht gleichzeitig nach einem Taschentuch in seiner Sakkotasche wühlt, um es sich vor den Mund zu halten.

Du musst wissen, dass der Liebknecht trotz seiner langjährigen Diensterfahrung als Kriminaler immer wieder die selben Probleme, wenn der eine Leiche sieht, die äußere Verletzungen aufweist und dementsprechend blutüberströmt anzusehen ist. Meistens werden solche Leichen ja eher im Freien aufgefunden, wo der Liebknecht schnell einmal hinter einem Busch verschwinden und seine letzte Mahlzeit ..., du weißt schon. Aber, wenn so eine Leiche in einer Wohnung, oder wie hier, gar in einem Patientenzimmer im Klinikum liegt, da ist da nicht gleich ein Busch und so. Da hilft nur, tief durchatmen und ein Taschentuch für alle Fälle als Bremse auf den Mund.

»Kann man denn hier nicht lüften?«, fragt der Köstlbacher, der als Erster seine Stimme wiederfindet.

»Entschuldigen Sie, Herr Kommissar, aber wir wollten nichts verändern!«, rechtfertigt sich der Dr. Neumann und wendet sich zum Fenster. Du musst wissen, dass der Köstlbacher eigentlich Hauptkommissar. Aber auf diese Anrede hat er noch nie einen gesteigerten Wert gelegt.

»Ja, ja! Selbstverständlich!«, reagiert der Köstlbacher prompt. »Lassen Sie zu!« Und, sich zum Liebknecht hindrehend, sagt er: »Norbert, informier' du gleich mal die Spurensicherung und den Diensthabenden von der Gerichtsmedizin! Und die vom Bestattungsinstitut sollen auch gleich einen Wagen vorbei schicken. Sag ihnen, dass ein Transport nach Erlangen gemacht werden muss!«

»Wird gemacht Chef!«, sagt der Liebknecht und verlässt erleichtert zum Telefonieren den Raum.

»Erlangen?«, fragt der Dr. Neumann und zieht seine struppigen Augenbrauen dabei erstaunt hoch.

»Gerichtsmedizin!«, antwortet der Köstlbacher. »Die Leiche muss in die Gerichtsmedizin! Natürlich erst, wenn hier vor Ort alle Untersuchungen abgeschlossen sind.«

»Natürlich! Hätte ich auch selbst draufkommen können!«, entgegnet der Dr. Neumann. »Was halten Sie von der Sache? Ich meine jetzt, wo sie die Leiche gesehen haben?«

»Suizid ist das jedenfalls keiner!«, antwortet der Köstlbacher, dem es jetzt im Augenblick wieder etwas mulmig zu werden beginnt.

Nicht, dass du glaubst, der Köstlbacher auch so zart besaitet wie der Liebknecht. In Punkto eines ziemlich mit Blut versauten Opfers auf alle Fälle nicht. So ein Anblick wirkt beim Köstlbacher quasi immer erst mit Zeitverzögerung. Zum Beispiel am Abend, wenn er nach Hause kommt und das Essen auf dem Tisch steht. Da bringt der Köstlbacher oft keinen Bissen hinunter, weil plötzlich die Leiche vor seinem inneren Auge und so. Aber jetzt, vor Ort, da ist der Köstlbacher total professionell und ›*cook*‹, wie sein Sohn Karl es in seiner neudeutschen Sprache ausdrücken würde.

Mulmig ist es dem Köstlbacher jetzt aus einem ganz anderen Grund. Seit seiner letzten ›*Liegung*‹ ist er nicht mehr allein mit dem Prof. Dr. Neumann zusammen in einem Raum gewesen. Genau genommen ist er das natürlich jetzt auch nicht, weil quasi auch die Leiche und so. Aber, da wirst du mir Recht geben, so eine Leiche zählt nicht mehr als Mensch. Und, dass die noch was hört, was um sie herum gesprochen wird, das glauben höchstens ein paar ›*Esospinner*‹. Aber jetzt im Moment, da wäre es dem Köstlbacher ganz recht gewesen, wenn die Leiche vielleicht doch keine Leiche, vielleicht nur scheintot. Weil, dann würde er sich mit dem Dr. Neumann nicht so persönlich fühlen müssen und sein professionelles Kommissarauftreten abspulen können, in das sich nicht immer wieder ein unterschwelliges Patienten/Arztverhältnis störend dazwischen mogelt.

Allerdings, wie der Köstlbacher dann, zuerst nur um sich

selber abzulenken, der Leiche seine ganze Aufmerksamkeit widmet, da sind die unterschwelligen Erinnerungsgefühle an all die ›*Liegungen*‹ beim Dr. Neumann plötzlich wie weggeblasen, auch wenn sie kurz zuvor noch so viele negative Störströme hervorgerufen haben. Weil, wenn du so eine Leiche vor Augen, dann gehen dir mit einem Schlag tausend Gedanken durch den Kopf, die jeden Fremdgedanken schlagartig verdrängen.

Eine Leiche ist ja wirklich nicht gleich eine Leiche. Da gibt es ja schon einmal den großen Unterschied, ob eine Leiche eine schöne Leiche ist, oder eine hässliche. Wobei du natürlich schon recht hast, wenn du dir denkst, dass es der Köstlbacher als Kriminaler eher nur in Ausnahmefällen mit schönen Leichen zu tun hat. Weil, wenn du als Kripo irgendwohin an einen Tatort oder zumindest einen Leichenfundort gerufen wirst, dann kann der lebende Mensch, der die Leiche vorher war, noch so schön gewesen sein, zum Beispiel so ein Richard Geer Typ oder so ein Paris Hilton Verschnitt. Wenn ein Mord anliegt, dann sehen selbst die Leichen von ehemals attraktiven Menschen nicht mehr besonders fotogen aus.

Und die Leiche, die da jetzt vor ihm in einem Patientenzimmer im Bezirksklinikum Regensburg liegt, die hatte bestimmt schon zu Lebzeiten keinerlei Ähnlichkeiten mit dem Richard Geer und, weil männlich, schon dreimal keine Übereinstimmungen mit der Erscheinung einer Paris Hilton. Dies hier ist eine hässliche Leiche, eine, wie sie hässlicher nicht sein könnte. Zumindest was von ihr zu sehen ist.

Anerkennend registriert der Köstlbacher, dass niemand die Leiche berührt hat. Und, als hätte der Dr. Neumann seine Gedanken gelesen, sagt der auch in dem Moment:

»Wie gesagt, niemand hat irgendetwas hier verändert oder auch nur berührt, mit Ausnahme der Türklinke! Schwester Josefine hat auf ihrem Routinerundgang den Toten hier vor ca. einer knappen Stunde gefunden und mich sofort davon in Kenntnis gesetzt. Ich war schon zwei/drei Minuten später hier. Da der Tod des Patienten Hebauer so offensichtlich ist, wie auch Sie auf einen Blick feststellen können, unterließ ich es, ihn eingehend zu untersuchen und dabei möglicherweise Spuren zu hinterlassen, die unerwünscht wären. Wir haben Sie umgehend informiert. Was halten Sie von der Sache?«

»Zum Glück bin ich nicht so zart besaitet, wie mein Kollege Liebknecht!«, antwortet der Köstlbacher. »Aber dass so etwas in einer Klinik passieren kann, da sträuben sich selbst mir die Haare. Wer zum Teufel schneidet in einem Krankenhaus einem Patienten die Kehle durch?«

»Genau das ist der Punkt, warum ich Sie bat, nach Möglichkeit die Presse heraus zu halten. Was meinen Sie, wie sich das auf das Image unserer Klinik auswirken würde? Ich sehe direkt die Schlagzeilen vor mir ›*BRUTALER MORD IM BEZIERKSKLINIKUM!*‹ Auch wenn niemand hier etwas damit zu tun hat, die Folgen wären unüberschaubar!«

»Ob niemand oder doch jemand aus dem Klinikum etwas damit zu tun hat, das herauszufinden, das überlassen Sie bitte uns!«, brummt der Köstlbacher etwas ungehalten, weil er es in aller Welt nicht leiden kann, wenn ihm schon vor Beginn einer Untersuchung jemand einreden möchte, welcher Personenbereich nicht als Täter in Frage kommt. Und da macht es auch keinen Unterschied, ob dieser Jemand ein Niemand ist oder ein leitender Chefarzt und Professor.

»Entschuldigen Sie!«, sagt der Dr. Neumann, eine Spur zu

devot, wie der Köstlbacher meint. »Ich hatte nicht die Absicht, mich in Ihre Arbeit einzumischen. Ich dachte nur ...«

»Ja, ja, die Presse! Ich weiß! Diese Aasgeier sind auch meine Spezialfreunde nicht! Trotzdem will ich Ihnen hier und jetzt keine Versprechungen machen, die ich später womöglich nicht einhalten kann«, unterbricht der Köstlbacher den Dr. Neumann.

Der hebt etwas hilflos beide Hände beschwichtigend nach oben und senkt gleichzeitig für einen Moment seinen Kopf. Eine Geste, mit der er zum Ausdruck bringen möchte, seinen Teil, was den Schutz des Rufes der Klinik betrifft, geleistet zu haben, und, dass er auf eine weitere diesbezügliche Diskussion darüber im Augenblick zu verzichten bereit ist.

»Der Ermordete war Ihr Patient! Können Sie mir etwas mehr über ihn sagen?«, fragt der Köstlbacher, froh, dieses Pressethema nicht weiter breittreten zu müssen.

»Ärztliche Schweigepflicht!«, tut der Dr. Neumann wichtig und trifft damit einen Punkt, über den sich der Köstlbacher jedes Mal aufs Neue ärgert.

»Sie wissen so gut wie ich, dass es eine reine Formalität ist bei einem Kapitalverbrechen, Sie davon zu entbinden«, entgegnet der Köstlbacher.

»Herr Hebauer war extrem suizidgefährdet«, beginnt der Dr. Neumann, ohne auf der Sache mit der ärztlichen Schweigepflicht weiter rumzureiten. »Ich sagte Ihnen das schon. Wenn Sie sich hier im Zimmer umsehen, werden Sie feststellen, dass wir versucht haben, es so auszustatten, dass dem Patienten ein Selbstmord kaum möglich ist. Selbstmörder sind auf der Suche nach Möglichkeiten, ihren Vorsatz ausführen zu können, äußerst findig und einfallsreich. Wir müssen ihren Absichten immer einen Schritt voraus denken.«

»Geholfen hat's diesmal aber nichts!«, wirft der Köstlbacher ein, während er sich über den Hebauer beugt, immer darauf bedacht, vor der Ankunft der Kollegen von der Spurensuche nichts zu berühren.

»Natürlich hat's geholfen. Herr Hebauer hat sich nicht selbst das Leben genommen. Oder sieht es für Sie so aus, als ob er sich eigenhändig seine Kehle ...? Ist nicht Ihr Ernst, oder?«

»Trauen Sie mir so eine Fehleinschätzung zu?«, fragt der Köstlbacher rhetorisch zurück. »Ich meinte nur, dass Ihr Patient sich zwar nicht selbst umgebracht hat. Aber tot ist er nun einmal trotzdem.«

Der Prof. Dr. Neumann nickt dazu nur kurz. Die Angelegenheit scheint ihm mehr zuzusetzen, als er sich das selbst eingestehen will. Mit ausladenden Handbewegungen deutet er auf verschiedene Stellen an den Wänden im Zimmer, gehäuft an der Wand, an der normalerweise im Abstand von höchstens einem Meter das Patientenbett stehen würde.

»Sehen Sie die Handteller großen Kreise hier überall? In manche hat er ein Kreuzchen gesetzt. Woher er den Kugelschreiber hatte, mit dem er das machte, wissen wir nicht. Er muss ihn einer Schwester bei der Visite entwendet haben, ohne, dass irgendwer etwas davon mitbekam.«

»Ich nehme an, Sie können mir erklären, was Herr Hebauer damit bezwecken wollte?«, fragt der Köstlbacher.

»Ja und nein! Ja, weil er mir oft erzählt hat, was es mit diesen Zeichen auf sich hat. Nein, weil ich bis heute nicht dahinter gekommen bin, was Herrn Hebauer zu seinen Halluzinationen veranlasst hat. Abgesehen davon muss ich Sie ja wohl nicht daran erinnern, dass detaillierte Angaben zum Krankheitsbild des Patienten Hebauer nun wirklich der ärztlichen Schweigepflicht unterliegen!«

»Und was hat das nun mit diesen Zeichen auf sich?«, fragt der Köstlbacher, und es bedarf keiner besonderen Aufmerksamkeit, um die Ungeduld aus seiner Stimme herauszuhören. Immer dieselbe Leier! Als ob es nicht völlig klar wäre, dass er bei so einem Kapitalverbrechen tatsächlich ohne Probleme eine richterliche Aufhebung der ärztlichen Schweigepflicht erhalten würde.

Der Dr. Neumann ist es gewohnt, sich durch die Stimme von seinem Gegenüber nicht provozieren zu lassen. Entsprechend ruhig und gelassen antwortet er:

»Herr Hebauer fühlte sich permanent beobachtet. Natürlich beobachteten wir ihn in der Tat rund um die Uhr durch diese in der Deckenleuchte eingebaute Kamera.«

»Stop!«, interveniert da spontan der Köstlbacher. »Kamera? Sagen Sie bloß, der Mörder wurde bei seiner Tat gefilmt?«

»Wir schneiden die Aufnahmen nicht mit. Zumindest nicht immer. Von Herrn Hebauer haben wir bereits mehrere Tagesabläufe auf Festplatte. Sie waren praktisch identisch. So gingen wir dazu über, seine Überwachung nur noch auf einen Monitor im Stationszimmer zu legen. Hätte dort jemand den Mord mitbekommen, so wäre ich der Erste gewesen, dem man Bericht erstattet hätte. Tut mir leid!«

»Wäre ja zu schön gewesen, um wahr zu sein!«, meint der Köstlbacher etwas enttäuscht. »Aber zurück zu den seltsamen Zeichen! Ich habe Sie unterbrochen!«

»Herr Hebauer war der Meinung, er werde, wie auch immer, aus den Wänden seines Zimmers heraus beobachtet. Nicht von uns! Uns vertraute er! Er fühlte sich durch uns sogar beschützt, brachte aber immer wieder zum Ausdruck, dass in seinen Zimmerwänden etwas vor sich gehe, was unserer Aufmerksamkeit entginge. An den Stellen, an denen er die sogenannten Spione in den Wänden zu sehen, zu hören oder zu fühlen glaubte, machte er diese Kreiszeichen. Abgekreuzt wurden sie von ihm dann, wenn er zu dem Schluss kam, von diesen Stellen ginge keine besondere Gefahr mehr aus«, erklärt der Professor nun überraschend doch näher, ohne erneut weiter wegen Schweigepflicht und so.

»Und, warum hier an der Wand neben seinem Bett eine derart große Zeichendichte?«, fragt der Köstlbacher.

»Sein Bett stand bis vor kurzem nahe an dieser Wand. Ich gehe davon aus, dass er eine Art Klaustrophobie entwickelt hatte und sich von der nahen Wand besonders bedroht fühlte. Als sein Schlaf immer unruhiger wurde, entfernten wir sein Bett von der Wand. Seitdem kamen dort keine neuen Zeichen mehr hinzu«, erklärt der Dr. Neumann. »Das Hören von Stimmen ist bei Patienten, die unter Verfolgungswahn leiden, keine Seltenheit. Ich glaube daher kaum, dass das Krankheitsbild des Patienten Hebauer etwas mit seinem gewaltsamen Tode zu tun hat.«

»Mit seinem Tod vielleicht nicht. Dass irgendwelche Männchen in den Wänden hier den sauberen Schnitt durch seine Kehle auf dem Gewissen haben, glaube ich natürlich auch nicht«, lächelt der Köstlbacher trotz des Anblicks des Toten im Bett, der eigentlich keinen Anlass zum Lachen gibt. »Aber seine Angst hatte bestimmt eine reale Ursache. Und die kann durchaus auch was mit seinem Tod zu tun haben.«

»Wie schon gesagt, Details zur Anamnese ...!«, wiederholt der Dr. Neumann jetzt doch noch einmal und setzt dabei einen bewusst hilflosen Blick auf.

›*Aha!*‹, denkt der Köstlbacher, ›*drum hat der so viel geredet. Trotz Schweigepflicht! Steckt da doch noch was anderes dahinter! Was verheimlicht er mir? Wovon soll ich abgelenkt werden?*‹

Laut will der Köstlbacher gerade noch seinen Senf dazugeben, was er von dieser Schweigepflicht hält, kommt aber nicht dazu, weil dem Dr. Neumann sein Piepser angeht und der Arzt schnell mit einem sich entschuldigenden Achselzucken und einem »Tut mir leid!« aus dem Zimmer rauscht.

»Wo finde ich diese Schwester Josefine?«, ruft ihm der Köstlbacher noch nach.

»Auf Station!«, antwortet der Dr. Neumann noch, bevor er endgültig verschwindet.

»Und diesen Dr. Hammstig, der bei uns angerufen hat?« Der Köstlbacher stellt sich diese Frage mehr selbst, als dem viel beschäftigten Dr. Neumann, der ohnehin nicht mehr anwesend ist.

»Affenzirkus!«, grummelt der Köstlbacher und wendet sich dem Toten zu. »Wer hat dich nur so zugerichtet?«, fragt er den Ermordeten, als würde der ihm eine Antwort geben können. »Da musst du irgendjemandem gewaltig auf die Füße getreten sein, dass der dich so über die Klinge hat springen lassen!«

»Mit wem redest du da? Führst du Selbstgespräche, oder ist es das, wonach es aussieht?«

»Nach was sieht es denn aus?«, fragt der Köstlbacher den Liebknecht zurück, der wie aus dem Nichts plötzlich hinter ihm steht.

»Die Tür steht offen und man hört dich schon vom Gang aus reden. Was hat er dir denn erzählt, der tote Hebauer?« Der Liebknecht vermeidet es ganz offensichtlich, zum Ermordeten hinzusehen, weil er befürchtet, erneut einen Brechreiz zu bekommen.

»Schau dir seine aufgerissenen Augen an! Sie sind zwar gebrochen, aber irgendwie drücken sie immer noch etwas aus, etwas, was der Tote im Augenblick seiner Ermordung gedacht haben muss oder sagen wollte!«

»Die Spurensicherung ist in zwei Minuten da!«, sagt der Liebknecht, ohne auf die Aufforderung seines Chefs einzugehen. »Hast Glück! Dein Freund Kroner ist zufällig heute hier. Er hält unten in der Bajuwarenstraße eine Fortbildung zusammen mit seinem Team. Ich glaub', die Unterbrechung ist ihm ganz recht. So ein Unterricht kann ganz schön auf den Geist gehen! Vor allem, wenn es sich um eine Pflichtveranstaltung handelt.«

»Der Ernst hat es zwar nicht so gern, wenn ich ihn bei der Arbeit mit Fragen nerve, aber ich bleibe trotzdem hier und warte auf ihn. Seine ersten spontanen Erkenntnisse sind oft viel interessanter als das Geschwafel, das hinterher in seinem Bericht steht. Du könntest inzwischen ein paar Takte mit der Schwester Josefine reden. Sie soll dir eine Liste machen vom gesamten Personal, das in den vergangenen paar Stunden hier rumgewuselt ist. 5 Stunden dürften reichen! Ich bin zwar kein Arzt, aber länger als 5 Stunden ist der Hebauer bestimmt noch nicht tot. Eher weniger! Übrigens, es gibt hier eine Überwachungskamera. Leider ohne permanenten Mitschnitt. Aber über einen Monitor im Stationszimmer kann hier alles mitgesehen werden. Frag nach, ob irgendwelche Wahrnehmungen gemacht worden sind. Besucher etcetera pp!«

»Wird erledigt!«, antwortet der Liebknecht nur und verlässt den Raum. Trotz des Mammutauftrags ist er froh, keine Minute länger in der Nähe der Leiche ausharren zu müssen.

Kapitel 3

Es bleibt dem Köstlbacher kaum Zeit, sich erneut mit dem Tatort und der Leiche auseinanderzusetzen, da kommt auch schon der Dr. Kroner mit seinen Leuten. Einerseits freut sich der Köstlbacher, dass sein Lieblingsgerichtsmediziner das Spurensicherungsteam anführt. Andererseits hätte er gerne noch ein paar Minuten alleine in dem Raum verbracht.

Weil, eines muss ich dir erzählen, der Köstlbacher inzwischen schon fast echter Profiprofiler. Nicht mehr so dilettantisch, wie noch vor zwei Jahren, als diese einbeinige Donauleiche den Auftakt zu einer richtigen Mordserie geliefert hat. Nein, jetzt durchaus schon wirklich profimäßig! Und als Profiprofiler, da musst du so einen Tatort auf dich wirken lassen und so. Wenn du Glück hast, dann durchbrichst du, sobald du in tiefer Meditation, die Zeitdimension und hast so blitzlichtartige Vorstellungen, was während der Tat hier abgegangen ist. Wenn du Glück hast! Aber ganz ungefährlich ist das nicht. Wenn du da nicht aufpasst, dann geht es dir wie dem Köstlbacher, und du verarbeitest deine Profilererlebnisse nächtens in Albträumen oder neuerdings auch anders. Und dann ist Schluss mit lustig! So schnell schaust du gar nicht und du landest zu einer ›*Liegung*‹ auf der Couch beim Psychiater.

So gesehen ist es wiederum gar nicht so schlecht, dass die Spurensicherung den Köstlbacher durch ihr Erscheinen davon abhält, sich wieder als Profiprofiler zu versuchen. Weil, auch wenn er's im Moment ganz vergessen zu haben scheint, wegen solcher Geschichten ist er schon einmal auf der Couch vom Prof. Dr. Neumann gelandet.

»Hallo Edmund, alter Sportsfreund! Wie geht's?«, fragt der Dr. Kroner den Köstlbacher und streckt ihm zur Begrüßung seinen Hand hin.

»Könnte besser gehen! Und selber?«, fragt der Köstlbacher zurück.

»Bestens! Wie immer, wenn ich einen Tag in Regensburg arbeiten darf und nicht nach Erlangen muss!«, antwortet der Dr. Kroner. »Nicht, dass es mir in Erlangen nicht gefallen würde, aber ich sag' dir eins, je älter man wird, desto länger ziehen sich 120 km auf der Autobahn. Ist dir das noch nicht aufgefallen?«

Da muss der Köstlbacher lächeln, weil der Ernst damit wieder einmal sein Lieblingsthema angeschnitten hat: ›*Alt werden*!‹

»Regensburg ist nicht München! Sonst hätten wir vielleicht regelmäßiger so etwas anzubieten wie den da«, dabei deutet der Köstlbacher auf die Leiche vom Hebauer. »Und du könntest quasi Vollzeit in Regensburg arbeiten und müsstest nicht in deinem Leichenschauhaus in Erlangen herumschnipseln!«

»Dann doch lieber täglich 2 Mal 120 km auf der Autobahn! Regensburg soll's dabei belassen, weniger Morde als vergleichsweise andere Städte zu haben. Was die Kapitalverbrechen angeht, da muss eine Konkurrenz wirklich nicht sein!«, meint der Dr. Kroner und zieht sich dabei schon mal seine Latexhandschuhe über, weil er schließlich nicht zur Unterhaltung hier hergekommen ist.

»Was liegt an?«, fragt er seinen Duzfreund Edmund und

macht sich durch einen wachen Rundumblick gleichzeitig selbst vorab ein Bild. Seine zwei Mitarbeiter, Profis, die ihre Arbeit hier in Regensburg normalerweise alleine, ohne den in der Gerichtsmedizinischen in Erlangen arbeitenden Dr. Kroner machen, nicken dem Köstlbacher grüßend zu und beginnen ohne lange Umschweife erst einmal damit, den Tatort Krankenzimmer akribisch digital zu dokumentieren.

»Eine üble Geschichte! Irgendjemand hat diesem Patienten die Kehle durchgeschnitten! Und, wie's für mich aussieht, fachmännisch!«, berichtet der Köstlbacher.

»Okay! Dann mache ich mich mal an die Arbeit!«, sagt der Dr. Kroner, nimmt sein Diktafon in die Hand und wendet sich zuerst einmal der Leiche zu.

»Männliche Leiche! Daten siehe Krankenblatt Bezirksklinikum Regensburg!«, beginnt der Dr. Kroner. »Todesursache: Verblutung nach Schnitt durch die Kehle unterhalb des Larynx bei gleichzeitiger Durchtrennung der ›*Arteria carotis*‹ rechts. Todeseintritt auf Grund der bereits stark einsetzenden Leichenstarre vor mindestens 2 Stunden.«

›*Bisher nichts Neues!*‹, denkt der Köstlbacher, der dem Dr. Kroner interessiert bei seiner Arbeit zusieht. »Tatwaffe?«, fügt er laut fragend seinen Gedanken hinzu.

Besonders mag es der Dr. Kroner nicht, wenn er bei seiner Arbeit unterbrochen wird. Eigentlich kann er da sogar ganz schön sauer werden. Aber weil der Edmund sein Duzfreund, da macht er schon einmal eine Ausnahme.

»Schwer zu sagen! Ein scharfes Messer muss es wohl schon gewesen sein. Aber genauere Angaben dazu kann ich erst machen, wenn ich die Leiche auf dem Seziertisch habe und mir Wundränder und Wundtiefe detaillierter betrachten kann.

Außerdem wird auch eine Obduktion nötig sein. Es ist nicht auszuschließen, dass der Ermordete vor dem Schnitt durch seine Kehle sediert worden ist. Das Fehlen jeglicher Spur einer Gegenwehr ließe diese Vermutung zumindest zu!«

»Das würde bedeuten, der Täter wäre im Umgang mit Injektionen bewandert. Also ein Insider!«, vermutet der Köstlbacher.

»Möglich! Aber du solltest jetzt noch keine voreiligen Schlüsse ziehen. Erstens war das eben von mir nur eine Vermutung und zweitens wimmelt es hier an der Uni gegenüber nur so von Medizinstudenten, die den Umgang mit Spritzen schon lange drauf haben. Und die sind sicher nicht der einzige Personenkreis in Regensburg, die so etwas können!«, meint der Dr. Kroner und dämpft damit den Optimismus seines Freundes auf eine schnelle Lösung des Falls nicht unerheblich. »Lass mir einfach noch ein wenig Zeit. Vielleicht finde ich noch den einen oder anderen Hinweis auf den Mörder!«

»Oder die Mörderin!«, ergänzt der Köstlbacher.

»Sicher! Ich vergesse manchmal, dass bisweilen auch Frauen gewalttätig sein können!«, sagt der Dr. Kroner und lächelt dabei, von diesem Gedanken offensichtlich amüsiert. »Es wird noch etwas dauern, bis wir hier fertig sind. Wir wollen schließlich nichts übersehen!«, meint der Dr. Kroner noch. Nicht, dass er den Köstlbacher los sein will, aber lieber ist es ihm jetzt doch, wenn die Arbeit ohne Unterbrechung weitergehen kann.

Weil, eines musst du wissen, so eine Arbeit der Spurensicherung, die läuft genau nach Plan ab. Wenn du da vom Plan abweichst, dann wird schnell was vergessen. Und hinterher will's keiner gewesen sein. So eine Arbeit ist fast so wie das Zusammenbauen einer Uhr. Wenn du da ein Teilchen übersiehst, dann kannst du die Uhr hinterher zu nichts gebrauchen.

Der Köstlbacher weiß das natürlich und will auch niemandem im Wege stehen, schon dreimal nicht seinem Duzfreund, dem Dr. Kroner.

»Wir telefonieren!«, meint er darum nur noch und verlässt das Zimmer. Auf dem Gang kommen ihm schon die vom Bestattungsinstitut entgegen.

»Wird noch etwas dauern!«, sagt er zu den beiden Männern mit ihrem Blechsarg auf Rädern. »Die Spurensicherung ist noch nicht fertig. Sie werden Euch rein rufen, wenn's soweit ist!«

Auf dem Weg zum Stationszimmer, wo der Köstlbacher hofft, den Liebknecht zu finden und vielleicht auch diese Krankenschwester Josefine, da schnurrt sein Handy, das er auf Vibration gestellt hatte, in seiner Hosentasche. Die meisten albernen Klingeltöne hasst der Kriminaler.

»Ja?«, fragt er nur kurz angebunden. Dass ihn die Klein hier anruft, wie er dem Display entnehmen kann, hat nichts Gutes zu bedeuten.

»Sorry Chef, dass ich Sie störe. Aber ich habe hier einen Herrn Sebastian Weber sitzen. Er will unbedingt mit Ihnen sprechen!«, berichtet die Sekretärin vom Köstlbacher.

»Sorry! Sorry! Kann denn heutzutage niemand mehr ›*Entschuldigung*‹ sagen? Ich kenne keinen Sebastian Weber!«

›*Da muss einer reden!*‹, denkt die Klein, äußerst sich aber laut nicht dazu.

»Man hat ihn unten zum Dr. Huber hochgeschickt, weil von den zuständigen Kommissaren keiner im Haus ist. Und der hat ihn persönlich hierher begleitet. Mich hat er nur angeschnauzt, dass ich Sie sofort herholen soll!«

»Ist der Huber jetzt verrückt geworden, oder was? Sie haben ihm doch bestimmt gesagt, was ich gerade mache?«, poltert der Köstlbacher.

»Selbstverständlich, Chef! Aber der Herr Weber will angeblich ein Zeuge sein in der Bezirksklinikumsache!«

»Was? Warum sagen Sie das nicht gleich?«

»Entschuldigung, aber Sie haben mich ja nicht ausreden lassen!«, schmollt seine Sekretärin gekränkt.

»Schmarrn!«, sagt der Köstlbacher nur und wischt diese Anschuldigung damit vom Tisch. »Ich komme! Machen Sie dem Herrn Weber inzwischen eine Tasse Kaffee!«

Ja, der Dr. Ernst Huber! Eines kannst du mir glauben, es hat heute schon gereicht, dass der Köstlbacher dienstlich dem Dr. Neumann begegnen musste. Dass er jetzt auch noch, quasi außer der Reihe, mit dem Abteilungsleiter der Mordkommission, dem Dr. Ernst Huber, das geht an die Grenzen seiner Nerven. Reicht schon, wenn der alle Ellen lang in seinem Büro auftaucht, sobald der Köstlbacher in einem Mordfall ermittelt und über den Erkenntnisstand klitzeklein informiert werden möchte. Jetzt muss der auch noch direkt in seine laufende Arbeit eingreifen. Als ob man sich zerreißen und an zwei Orten gleichzeitig sein könnte.

»Zifix! Warum geht denn der nicht ran?«, schimpft der Köstlbacher vor sich hin, weil er den Liebknecht auf seinem Handy nicht erreicht.

»Na also! Wo bist du denn solange?«, fragt er den Liebknecht, der sich plötzlich doch noch meldet.

»Ich bin im Stationszimmer bei der Schwester Josefine! Du

hast mich doch selbst hergeschickt!«, antwortet der Liebknecht.

»Ja, aber nicht zum Kaffee trinken!«, grantelt der Köstlbacher.

»Hey, hey! Welche Laus ist dir denn über die Leber gelaufen? Die Schwester Josefine hat für mich einen Großteil des Stationspersonals zusammengetrommelt. Ich bin gerade dabei, mir einen Überblick über die Arbeitsabläufe hier zu verschaffen.«

»Tut mir leid!«, entschuldigt sich der Köstlbacher. »Ich bin etwas überreizt. Hat nichts mit dir zu tun! Kann ich dich allein weiter machen lassen? Muss schnell zurück ins Büro.«

»Klar! Wo bist du? Ich muss dir die Wagenschlüssel geben.«

»Nicht nötig! Ich nehme den Bus. Der fährt alle 10 Minuten. Geht fast genauso schnell. Vergiss nicht, alle Namen zu notieren, Telefonnummern und so weiter! Und noch was! Denk an die Kamera und ob wer was gesehen hat!«

»Edmund? Bin ich ein Anfänger?«

»Bis später!«, sagt der Köstlbacher nur und begibt sich zum Ausgang. Es ist ihm ganz recht, erst einmal ein paar Minuten allein zu sein. Die Hektik macht ihm unheimlich zu schaffen. »Wenn das so weiter geht, dann bin ich bald reif für die Klapsmühle!«, brummt er vor sich hin und ist sich dabei durchaus bewusst, dass im Volksmund das Bezirksklinikum ›*Klapse*‹ genannt wird.

Früher, aber das weiß der Köstlbacher nicht, weil er da noch in Straubing gearbeitet hat, früher nannte man das Bezirksklinikum nur ›*Karthaus*‹, weil es im Stadtteil Regensburg/Karthaus-Prüll steht. Und, wer patientenmäßig mit Karthaus in Verbindung gebracht worden ist, der quasi auf gut bayerisch ein ›*Narrischer*‹ oder ›*Psychisch Kranker*‹, falls dir diese schriftdeutsche Formulierung mehr sagt oder zumindest lieber ist.

Wenn der Köstlbacher wüsste, dass die Sache mit dem Hebauer erst der Anfang ist, vermutlich würde er sich noch heute neue Termine für weitere ›*Liegungen*‹ beim Prof. Dr. Neumann geben lassen, egal ob nun im ›*Bezirksklinikum*‹, in der ›*Klapse*‹, in ›*Karthaus*‹ oder wie du dieses Spezialkrankenhaus in Regensburg sonst noch betiteln willst.

Kapitel 4

»Warum gehst du denn nicht ins Bett, wenn du so müde bist, dass du vor dem Fernseher einschläfst?«, fragt die Anna ihren Edmund, der halb liegend, halb sitzend die Wohnzimmercouch für sich beansprucht, während es sich seine Frau mit angezogenen Beinen in dem riesigen Plüschsessel bequem gemacht hat.

»Wenn ich jetzt schon ins Bett gehe, dann bin ich bis spätestens um 2 Uhr wieder auf der Matte! Du weißt doch, dass ich kaum mehr als 3 Stunden am Stück schlafen kann!«, grummelt der Köstlbacher wenig überzeugend vor sich hin.

»Du treibst solange Raubbau an deiner Gesundheit, bis es wieder so weit ist wie vor einem Jahr!«, stichelt die Anna.

»Wenn du weiter an mir rumnörgelst, wird dieser Fall schneller eintreten, als du es dir vorstellen kannst!«, kontert der Köstlbacher, steht auf und verlässt demonstrativ das Wohnzimmer.

»Empfindlicher Depp!«, murmelt die Anna und wechselt mit der Fernbedienung zu einem anderen Programm.

Eines darfst du nicht vergessen, der Köstlbacher und seine Anna schon eine Ewigkeit verheiratet. Auch wenn du selber gerade vielleicht frisch verlieb und so, deine Alltagsvorstellung, wie dieser nächtliche Kurzdisput zwischen den beiden Köstlbachers, deinen Zukunftsvorstellungen nicht entspricht, dann muss ich dir doch sagen, dass der Abend bei den Köstlbachers die Realität im Eheleben weitaus realistischer widerspiegelt, als der Abend, den du gerade zusammen mit deiner neuen Flamme abspulst.

Und zudem passiert gerade in dem Moment, wo du dir solche Gedanken machst, im Hause Köstlbacher etwas, was in ähnlicher Form höchstens in einer Familie geschehen kann, wo ein Ehepartner entweder Arzt oder bei der Feuerwehr ist.

Und, der Edmund weiß es irgendwie schon, als ihn das auf Vibration gestellte Handy in seiner Hosentasche kitzelt, wer dran sein wird.

Du musst wissen, das Handy vom Köstlbacher ist ein reines Diensthandy. Privat hat diese Nummer quasi niemand. Von der Anna einmal abgesehen.

»Hauptkommissar Köstlbacher?«, fragt eine ihm bekannte Stimme aus der Bajuwarenstraße, der er aber momentan keine bestimmte Person zuordnen kann.

»Ja!«, antwortet der Köstlbacher nur kurz.

»Polizeimeister Klier! Herr Hauptkommissar Köstlbacher, Sie sollen sich bitte unverzüglich zum Taxistand vor der Karmelitenkirche begeben. Eine Taxifahrerin ist ermordet worden«, tönt es unmissverständlich aus dem kleinen Handylautsprecher.

»Wer ist schon vor Ort?«, fragt der Köstlbacher, weil er lieber gleich das ganze Pipapo vorab geregelt haben möchte und nicht erst am Tatort die lästige Telefoniererei erledigen will.

»Die Verkehrspolizei vom Revier 1 sichert den Tatort. Die Spurensicherung ist schon bei der Arbeit. Ihr Kollege Liebknecht hat Bereitschaft und erwartet Sie am Taxi. Er war es, der um Ihre Hilfe gebeten hat, weil Sie doch gleich um die Ecke wohnen. Um den Abtransport der Leiche habe ich mich auch schon gekümmert. Kann nicht mehr lange dauern, bis die vor Ort sind!«, berichtet der diensthabende Polizist.

»Gut gemacht!«, lobt der Köstlbacher den Polizeimeister Klier. Auch wenn der Köstlbacher stinke sauer ist, weil er jetzt nicht ins Bett und stattdessen schon wieder Leiche. Zeit für ein Lob muss sein, vor allem, wenn jemand mitten in der Nacht bei einem Mordfall so umsichtig reagiert und alles bestens organisiert. Wird er sich merken, den Polizeimeister Klier. Bei nächster Gelegenheit wird er ihn lobend erwähnen beim Dr. Ernst Huber, dem Polizeidirektor und Abteilungsleiter der Mordkommission.

»Ich bin unterwegs!«, sagt der Köstlbacher noch und klappt sein Handy zusammen.

»Was ist los?«, ruft die Anna fragend vom Wohnzimmer aus ihrem Mann zu.

»Der Teufel ist los! Taximord vor der Karmelitenkirche!«, schimpft der Edmund grantig zurück, nimmt seine dunkelgraue Alltagsjacke mit den vielen Taschen von der Garderobe in der Diele und schlüpft in seine ausgetretenen Sommerschuhe.

»Pass auf dich auf!«, sagt die Anna liebevoll. Der Edmund hat sie gar nicht kommen sehen. »Komm her! Lass uns nicht mehr streiten!«, bittet sie ihn noch und küsst ihn flüchtig auf die Lippen.

»Ich streite doch gar nicht!«, brummt der Edmund. Und, das ist jetzt kein verärgertes Brummen mehr. Eher ein verlegenes, wenn es so etwas gibt. Trotzdem aber immer noch ein Brummen.

Auf alle Fälle huscht der Anna ein Lächeln über ihr Gesicht. Sie kennt ihren Edmund und weiß, wie wichtig es ihm ist, nicht im Streit aus dem Haus gehen zu müssen.

»Du musst bei jedem Abschied damit rechnen, dass es der letzte sein könnte!«, sagte er vor einiger Zeit einmal zu seiner Anna. Bewusst geworden ist ihm das damals, weil ein Kollege von ihm im Diensteinsatz einen tödlichen Unfall auf der A3 hatte, als er bei Burgweinting einen flüchtigen Tankstellenräuber verfolgte und dabei einen ausscherenden LKW übersehen hatte.

Die kurze Entfernung den Prinzenweg vor zum Minoritenweg, über den Dachauplatz zur Maxstraße und dort noch 50 Meter nach recht zur Karmelitenkirche, insgesamt maximal 500 m, die legt er zu Fuß zurück. Ich muss dich ja nicht erinnern, dass der Köstlbacher nicht besonders gut zu Fuß, weil Übergewicht und so. Aber heute steht sein Auto nicht in der Nähe seines Hauses im Prinzenweg. Alle Anliegerparkplätze sind am Abend belegt gewesen und die normalen sowieso. Erst vorne am Schwanenplatz hat er dann endlich einen Parkplatz gefunden. Und, den Wagen dort abholen, das macht keinen Sinn. Ist quasi schon der dreiviertelte Weg zur Karmelitenkirche.

So dauert es auch nur ein paar Minuten in der ungewöhnlich lauen Nacht vom Samstag auf Sonntag vor zum Tatort. Seine Jacke zieht der Köstlbacher nicht an. Wäre ihm viel zu warm. Er trägt sie daher nur über dem Arm. Und, so merkt er auch gar nicht, dass sein Diensthandy aus der Jackentasche rutscht. Wenn es auf den Boden gepoltert wäre, hätte es bestimmt einen Schepperer getan, den der Edmund nicht überhört hätte. Aber es fällt in den Rasenstreifen vorne am Dachauplatz vor dem Museum. Und das alles nur, weil der Köstlbacher einen ruckartigen Schritt nach rechts macht, wegen der Tretmine auf dem Bürgersteig. Du kennst sie schon, diese lästigen Tretminen, die Hunde mitten auf den Bürgersteigen hinterlassen und die von ihren Besitzern nicht entsorgt werden. Was diese spezielle Tretmine betrifft, da hat der Köstlbacher Glück. Er kann ihr Dank der guten Straßenbeleuchtung erfolgreich ausweichen. Pech ist eben nur dieser Schlenkerer zum Rasenstreifen hin. Weil, jetzt liegt sein Handy im Gras. Sein Diensthandy!

Auf allen drei Zufahrtsstraßen zum Eingang der Karmelitenkirche hin stehen Polizeiautos mit laufendem Blaulicht. In der Nacht hat so etwas eine derart gespenstische Wirkung, das glaubst du gar nicht. Und dann noch die Kollegen von der Verkehrspolizei mit ihren rot blinkenden Kellen. Da ist jedem schon aus der Entfernung klar, dass hier was los ist, wo er lieber einen Bogen drum herum macht.

»Hallo Edmund!«, begrüßt der Liebknecht seinen Kollegen Köstlbacher, als der etwas außer Atem vom Schwanenplatz über die Pfluggasse herauf kommend am Tatort erscheint. Er hat diesen Weg bewusst gewählt, weil er sich nicht durch die Meute von jungen Leuten drängen wollte, die vorne an der Speichergasse, wo's zum Dachauplatz rüber geht, vor dieser Disco stehen. Du weißt ja, zum Rauchen und so! Jetzt natürlich auch zum Gaffen. Sind ja nur ein paar Schritte hin zum Taxistand vor dem Eingang der Kirche. Die beiden Taxis davor quasi sogar nachts in Sichtweite. Allerdings heute nur ein Taxi!

»Hallo Norbert!«, nickt der Köstlbacher zurück. »Und?«

»Luise Lauber! Taxifahrerin. Laut Taxizentrale 42 Jahre alt. Verheiratet mit Martin Lauber. Drei Kinder. Verblutet nach einem Schnitt durch die Kehle. Die Leichenstarre ist noch nicht eingetreten. Auch noch nicht bei den Augenlidern. Die

Tat kann somit kaum mehr als eine Stunde her sein, allerhöchstens zwei. Und, jetzt halte dich fest, der Martin Lauber, ihr Mann, arbeitet als Pfleger im Bezirksklinikum!«

»Interessant!«, meint dazu der Köstlbacher nur.

Aber, wenn du jetzt denkst, der Kriminalhauptkommissar jetzt sofort Feuer und Flamme von der Idee, gleich auf der Stelle einen Täter für beide Morde gefunden zu haben, dann irrst du dich gewaltig. Weil der Köstlbacher keiner von denen, die vorschnelle Schlüsse und so. Wenn nämlich irgendetwas unberechenbar im Leben ist, dann der Zufall. Und, bevor nicht hieb- und stichfest nachgewiesen ist, dass Zusammenhänge wirklich Zusammenhänge und nicht nur zufällige Gegebenheiten, solange konstruiert ein Köstlbacher auch keine solchen.

»Lass sein Alibi überprüfen! Auch das für die Tatzeit für den Mord im Bezirksklinikum!«, ordnet der Köstlbacher an. »Hat ihn schon jemand informiert? Ich meine, dass seine Frau ...!«, fragt der Köstlbacher den Liebknecht und deutet dabei zu dem Taxi hin, in dem noch immer blutüberströmt die Taxifahrerin nach vorne über das Lenkrad gebeugt zu sehen ist.

»Ich hab's telefonisch versucht. Geht aber niemand ran!«, antwortet der Liebknecht.

»Dann schnapp dir einen von den Polizisten hier und lass dich in seine Wohnung fahren. Vielleicht schläft er nur und hört das Telefon nicht!«

»Die Laubers haben 3 Kinder. Meinst du nicht, dass irgendwer das Telefon hätte hören müssen?«, fragt der Liebknecht.

»Es sind Sommerferien! Schon vergessen? Wer sagt, dass die Kinder zu Hause sind? Vielleicht sind sie in einem Ferienlager oder bei den Großeltern!«

»Hab' schon verstanden! Ich nehme die Kollegin Gradl mit. Die kenne ich vom Polizeisport her«, antwortet der Liebknecht.

»Ruf mich auf meinem Handy an, wenn du dort warst. Eventuell statte ich dem Bezirksklinikum noch einen Besuch ab, wenn wir hier fertig sind. Und noch was: Wer aus unserer Abteilung hat heute Bereitschaft?«

»Pirzer und Koch!«, sagt der Liebknecht.

»Funk sie an! Sie sollen schnellstens hierher kommen und sich unter den Gaffern umhören, ob jemand irgendetwas beobachtet hat. Wird zwar kaum was dabei herauskommen, aber der Dr. Huber dreht uns den Hals um, wenn wir uns bei den Ermittlungen einen Schnitzer erlauben.«

»Mach' ich!« verspricht der Kommissar Liebknecht.

»Halt! Bevor du gehst! Sorg' dafür, dass dieser Zeuge vom Bezirksklinikum, dieser Sebastian Weber, mit dem ich schon geredet habe, dass der am Montag gleich um 8.00 Uhr zu mir aufs Präsidium kommt. Sollten die Morde irgendwie zusammenhängen, dann habe ich noch ein paar Fragen an den!«

Der Anblick, der sich dem Köstlbacher bietet, als er nach seiner kurzen Besprechung mit dem Liebknecht seine Aufmerksamkeit auf die Leiche im Taxi richtet, scheint wie eine Szene aus einem Horrorfilm.

»Das habe ich nun davon, dass ich in Regensburg wohne und nicht in Erlangen, wo ich eigentlich hingehöre. Jetzt holt man mich schon an meinen freien Tagen! Angeblich Notfall, weil mein Regensburger Kollege auf Kur ist!«, begrüßt den Köstlbacher etwas mürrisch seinen Duzfreund Dr. Kroner. »Dieselbe Scheiße wie kürzlich im Bezirksklinikum! Können die Regensburger denn nicht auch etwas weniger blutrünstig morden?«

»Hallo Ernst! Was hältst du von der Sache?«, fragt der Köstlbacher, ohne auf das Jammern von seinem Kollegen von der Gerichtsmedizin einzugehen, weil das schon inzwischen fast zu einem Begrüßungsritual geworden ist.

»Der Mörder muss hinter ihr im Taxi gesessen haben. Ob er hier aus- oder eingestiegen ist, lässt sich nicht sagen. Das zweite Taxi, das normalerweise ebenfalls hier steht, ist laut Angaben der Taxizentrale auf einer Überlandfahrt nach München.«

»Woher weißt du das? Seit wann bist du ermittlungstechnisch tätig?«, fragt der Köstlbacher.

»Hat mir dein Kollege Liebknecht erzählt. Der war schon vor uns da. Kannst dir ja gar nicht vorstellen, wie froh der war, als wir gekommen sind. Du kennst ihn ja sicher besser als ich. Der kann kein Blut sehen. Und, schau dir das hier nur genau an! Eine größere Sauerei geht nicht!«

»Wie genau wird's passiert sein?«, fragt der Köstlbacher, den diese ›*Sauerei*‹ weniger aus der Ruhe bringt, als ein Streit mit seiner Anna.

»Wie schon gesagt: Der Mörder muss hinter ihr gesessen haben. Vermutlich hat er mit einer Hand, alles deutet auf die rechte hin, den Kopf der Taxifahrerin an den Haaren nach hinten gezogen und mit der anderen Hand ihre Kehle durchgeschnitten. Also aller Wahrscheinlichkeit nach Linkshänder. Nach der Tat kann er ihren Kopf nicht gleich losgelassen haben, sonst wäre nicht derart viel Blut gegen die Windschutzscheibe gespritzt. Sieht so aus, als hätte er sie regelrecht ausbluten lassen, bevor er sie nach vorne übers Lenkrad zusammensacken ließ.«

»Wie kommst du auf deine Theorie mit der rechten Hand?«, fragt der Köstlbacher.

»Weil der Schnitt von hinten gesehen von rechts nach links ausgeführt worden ist. Schau her! Der Druck war anfangs hier rechts noch etwas weniger, weil seine Hand mit der Tatwaffe um den Hals herum greifen musste. Gegen Ende des Schnitts wurde dieser immer kräftiger und damit tiefer. Tief genug jedenfalls, um eine Arterie durchzutrennen. Ganz am Schluss kratzte die Waffe möglicher Weise sogar einen Halswirbel an. Was die Todesursache betrifft, ist das allerdings bedeutungslos. Genau kann das ohnehin erst in Erlangen dokumentiert werden. Die Kollegen werden sich freuen! Ich habe seit heute Urlaub!«

»Irgendwelche Ähnlichkeiten mit dem Mord im Bezirksklinikum? Außer dass die Tat an sich auf fast identische Weise erfolgt ist?«

»Ja! Die Tatwaffe!«

»Die Tatwaffe?«

»Könnte dieselbe gewesen sein!«

»Nämlich?«

»Ich kann's nicht zweifelsfrei sicher sagen, aber die Wundränder sind sehr ähnlich. Bei der Leiche vom Bezirksklinikum haben wir lange herumgerätselt. Bis ein Kollege von mir auf die Idee mit dem Messer kam, das zum Aufschneiden von verpackten Sachen Verwendung findet. Du weißt schon, so ein Plastikgriff aus dem sich eine Klinge herausschieben lässt. Ich glaube ›*Cutter-Messer*‹ heißt es im Fachjargon. Der Kollege hat an einer Leiche mit so einem Messer probeweise einen Schnitt gemacht. Das Ergebnis zeigte, dass meine Vermutung durchaus richtig sein könnte.«

»Und, warum weiß ich davon bisher noch nichts?«, fragt

der Köstlbacher und kann dabei seine Verärgerung stimmlich nicht verbergen.

»Heute ist Samstag! Die Untersuchungsergebnisse von der Leiche im Bezirksklinikum gingen gestern Abend per Fax ans Präsidium. Da hattest du wahrscheinlich schon Feierabend!«

»Hm!«, brummt da der Köstlbacher nur, weil der Ernst mit seiner Vermutung richtig liegt. Gestern feierte er 3 Überstunden ab und war schon zum Nachmittagskaffee zu Hause. Zur Tatwaffe mutmaßt er:

»So ein Cutter-Messer bekommst du in jedem Baumarkt und wenn's sein muss auch in den meisten Supermärkten.«

»Da hast du leider Recht! Und wenn du so ein Billigmesser entsorgst, dann fällt das auch niemandem besonders auf. Da bückt sich keiner danach. Die Teile kosten neu oft gerade mal einen Euro«, ergänzt der Dr. Kroner.

»Hauptkommissar Köstlbacher?«, fragt in dem Moment ein herangetretener, junger, breitschultriger Polizeimeister. Einer von denen, die dafür Sorge tragen, dass der Tatort frei bleibt von Nachtschwärmern, die sich neugierig vor in Richtung Taxi drängen wollen.

»Ja!«, antwortet der Köstlbacher. »Was gibt's?«

»Eine Frau hat sich bei uns gemeldet. Sie behauptet, die Tat beobachtet zu haben. Laut ihrer Aussage hat sie ihren Wagen hier auf dem Kormarkt geparkt, weil sie zur Disco vorgehen wollte. Und, das ist zeitlich unter Umständen mit der Tat zusammengefallen«, berichtet der Polizist.

Du kannst dir denken, dass der Köstlbacher mit einem Mal ganz Ohr. Das wäre mehr, als man erwarten kann, so schnell nach einer Tat.

»Ich nehme an, Sie haben die Frau noch nicht gehen lassen?«, fragt der Köstlbacher. Weil, eines musst du wissen, was da schon alles für Sachen passiert sind, an so einem Tatort, das kannst du dir im Traum nicht vorstellen. Von Fingerabdrücken, von denen sich später rausstellte, dass sie Leuten von der Spurensicherung gehören, angefangen, bis zum Blutstropfen eines Reporters, der sich irgendwo angestoßen hat und die kleine Verletzung nicht bemerkte. Am Ende sind das alles Spuren, denen nachgegangen wird und die sich dann als Irrläufer erweisen.

Und, so eine wichtige Zeugin, das wäre auch nicht das erste Mal gewesen, dass man so eine weggeschickt hätte, ohne ....

»Wo denken Sie hin? Die Zeugin sitzt dort drüben im VW-Bus. Die Kollegin Polizeihauptmeisterin Prüll nimmt gerade ihre Personalien auf und protokolliert ihre Aussage«, antwortet der Polizist und deutet hinüber zur Rückfront der Alten Kapelle.

»In Ordnung! Dann begleiten Sie mich bitte zu dem Dienstfahrzeug!«, antwortet der Köstlbacher, sichtlich erleichtert, es hier nicht mit unprofessioneller Arbeit zu tun zu haben.

Der Einsatzwagen, ein VW-Bus der Verkehrspolizei vom Revier 1 am Minoritenweg steht gleich schräg gegenüber, dort, wo früher wochentags über lange Jahre eine Wurstbude zur Goldgrube für seinen Besitzer geworden ist. Der Köstlbacher steigt in das Fahrzeug, grüßt die Polizistin Prüll mit einem Nicken, wendet sich aber sofort an die Zeugin.

»Köstlbacher, Kripo Regensburg! Was haben Sie beobachtet?«

»Mann, wie oft soll ich das jetzt heute noch erzählen. Ich

bin verabredet!«, motzt die Zeugin den Köstlbacher gereizt an.

»Hier ist jemand ermordet worden! Meinen Sie, mich interessiert es, dass Sie eine Verabredung haben?«, schnauzt der Köstlbacher zurück, von der unfreundlichen Art der Zeugin spontan brüskiert.

»Wie reden Sie mit mir?«, geht die Frau spontan hoch, eine aufgedonnerte, unsympathische Schnepfe, wie der Köstlbacher findet.

»Wie man in den Wald hinein ruft ...!«, sagt der Köstlbacher nur. Insgeheim würde er ihr am liebsten androhen, sie zu einer Zeugenvernehmung mit aufs Revier zu nehmen. Aber dazu würde es ohnehin noch kommen. Momentan wäre es vielleicht doch angebrachter, seine Ablehnung gegenüber diesem Schickimicki Häschen unter Kontrolle zu halten.

Überraschenderweise ist eine weitere Konfrontation aber auch gar nicht nötig. Die junge Frau in dunklen Jeans, einer Art Damensakko über der weißen Bluse und den hochhackigen Schuhen schaut ihn auf einmal mit ihren großen dunklen Augen an, als ob sie kein Wässerchen trüben könnte. Mit einer Handbewegung streicht sie eine Strähne ihrer langen, brünetten Haare aus dem Gesicht und meint:

»Entschuldigung Herr Köstlbacher! So war doch Ihr Name, oder? Entschuldigung! Selbstverständlich stehe ich Ihnen zur Verfügung!«

Irgendwie macht dem Köstlbacher der plötzliche Sinneswandel diese Frau auch nicht sympathischer. Er vermag nicht zu sagen warum, aber irgendwas stimmt mit der nicht.

Bestimmt hast du so etwas auch schon erlebt! Du hast so

ein unbestimmtes Gefühl im Bauch. Und das, wie soll ich es sagen, das beunruhigt dich, lässt Alarmglocken bei dir läuten. Deshalb weißt du aber noch lange nicht warum. Weil, eines musst du wissen, Bauchgefühle können die unterschiedlichsten Ursachen haben. Und die müssen gar nicht immer von einer anderen Person ausgehen. Da hast du zum Beispiel einmal was Falsches gegessen. Und, schon versucht dir dein Bauch was zu sagen. Zumindest kommt dir das so vor. In Wirklichkeit ist der mit sich selbst beschäftigt und dein Gehirn bekommt nur so undifferenzierte Meldungen mit, die es Glauben machen, dass irgendwas nicht stimmt und so. Und, wie reagierst du? Du glaubst gleich Wunder, was los ist, und suchst verzweifelt nach möglichen Gründen. Auf das Naheliegendste, nämlich das Essen, mit dem was nicht in Ordnung gewesen ist, darauf kommst du nicht. Lieber zettelst du einen Streit mit deiner Frau an oder mit sonst wem, der gerade habhaft ist. Weil, natürlich fühlst du dich wieder viel wohler, wenn du dein ungutes Gefühl rausgelassen und so. Obwohl es in Wirklichkeit vielleicht nur der Wind war, der dich während des Streits unvermittelt verlassen hat und somit dein Bauch wieder im Lot ist.

Ob der Köstlbacher was Falsches gegessen hat, bevor er von zu Hause zu diesem Einsatz wegging, das ist schwer zu sagen. Möglich ist natürlich alles, weil der Köstlbacher gerade am Abend oft viel zu viel in sich hineinstopft. Da kann dann schon mal eine gewisse Unverträglichkeit aufkommen. Und nicht zu vergessen der Streit mit der Ehefrau! So etwas reizt auch die Magennerven. Oder bei dir etwa nicht?

»Also, dann nochmal Frau ...?«

»Ziegler! Susanne Ziegler!«, sagt die Brünette erneut irgendwie überraschend freundlich, mit einem flötenden Unterton in ihrer Stimme.

»Frau Ziegler! Was haben Sie gesehen?«

»Nachdem ich ein paar Mal auf der Suche nach einem Parkplatz hier rundum gefahren bin, Domplatz, Kornmarkt, vor zum Dachauplatz und so weiter, da fand ich dann doch einen hier auf dem Kornmarkt, an der Alten Kapelle. Ein Wagen fuhr direkt vor mir raus. Glück muss man haben!«, beginnt die Zeugin und strahlt dabei über ihr Gesicht, als sei so ein freier Parkplatz durch nichts auf der Welt zu überbieten. »Das war ungefähr um 22.30 Uhr!

Allerdings, selbst wenn auch dir inzwischen die Zieglerschnepfe suspekt vorkommen mag, was ihre Freude über den Parkplatz betrifft, da kann ich ihre Gefühle durchaus nachvollziehen. Regensburg wunderschön, aber Parkplatz in Regensburg, das hat schon manchen den letzten Nerv gekostet. Weil, eine Verabredung oder einen Termin einhalten, wenn du mit dem Auto auf Achse! Vergiss es! Sag einfach immer: »Komme ungefähr um ...!« Dann sind die Leute, die du treffen willst, nicht zu enttäuscht, wenn du eine Stunde später als abgemacht erscheinst. Und bist du wirklich zu früh dran, so spaziere einfach noch an der Donau entlang.

»Und, weil ich beim Rausfahren aus der Parklücke gerne lieber vorwärts fahre, Sie wissen schon, ist einfach sicherer, drum habe ich rückwärts eingeparkt. Wenn ich vorwärts eingeparkt hätte, dann hätte ich nur die Kirchenmauer von der Alten Kapelle vor mir gesehen. Aber so hatte ich jetzt freien Blick hinüber zur Karmelitenkirche, vor der dieses Taxi parkte. Verwundert hat mich das nicht. Ist ja ein regulärer Taxistand dort, oder?«

»Ja, ja! Aber, was haben Sie nun im Zusammenhang mit dem Taxi beobachtet?«, fragt der Köstlbacher ungeduldig, weil sich die Schnepfe mehr und mehr als furchtbare Ratschtante entpuppt, so eine, wie deine Nachbarin, die dich immer volllabert, wenn sie dir im Treppenhaus begegnet.

»Der Typ, der eingestiegen ist. Der ist mir vorher, als ich auf Parkplatzsuche auf- und abgefahren bin, schon aufgefallen. Nicht allzu groß, vielleicht einsfünfundsiebzig, dunkle Schlaghose, dunkles Hemd, graue, ärmellose Weste, so eine Anzugweste, und dann diese protzige, goldfarben glänzende Uhrkette. Vielleicht war da ja auch wirklich eine Uhr dran. An sein Gesicht kann ich mich nicht mehr so genau erinnern. Aufgefallen ist mir nur die große Nase. Weil, da habe ich gleich denken müssen: ›*Wie die Nase eines Mannes, so ist auch sein Johannes!*‹« Dabei gluckst die Schnecke vor Lachen, weil sie sich offenbar über ihren eigenen Witz so amüsieren kann. »Jedenfalls ist der Typ ins Taxi hinter der Fahrerin eingestiegen, als ich gerade meinen Motor abgestellt habe. Dann habe ich nicht mehr weiter auf das Taxi geachtet, weil ich aus meinem Wagen gestiegen bin und nochmal rundum geschaut habe, ob es auch richtig eingeparkt ist und wer neben mir steht. Sie wissen schon, wenn da einer seine Autotüre unachtsam öffnet, dann ist ein Kratzer oder eine Delle gleich passiert. Drum merke ich mir immer die Autonummern der Fahrzeuge neben mir und die Fahrzeugtypen. Also richtig merke ich sie mir natürlich nicht! Wie soll man sich auch so viele Zahlen und Buchstabenkombinationen merken können? Ich schreib sie mir einfach auf den Notizblock von meinem Handy.«

Obwohl der Köstlbacher seine Jacke immer noch nicht an hat, kommt er jetzt langsam ins Schwitzen. Aber, wenn du so eine Zeugin nicht ausreden und so, dann kann es gut sein, dass sie urplötzlich aufhört und nicht wieder anfängt. Also lässt er sie wohl oder übel gewähren und hofft, dass sie endlich auf den Punkt kommt und endlich was wirklich Sachdienliches sagt.

»Auf dem Weg vor zur Disco bin ich dann relativ nahe an das Taxi heran gekommen. Es stand immer noch da, was mich erstaunte. Plötzlich öffnete sich die Tür, durch die der Typ vorher in den Wagen gestiegen ist. Er stieg aus, schlug die Tür zu und hastete eilig, wie mir schien, in Richtung Pfluggasse davon. In der ist er dann auch verschwunden. Die Taxifahrerin war nach vorne über ihr Lenkrad gebeugt. Das konnte ich genau erkennen. Hab' mir aber nichts dabei gedacht, weil, wenn du eine CD einlegen willst oder dir was runtergefallen ist, dann machst du schon mal so Bewegungen, wo du dich so vorbeugst. Hab' ja auch nicht länger hingesehen, weil ich in die andere Richtung abgebogen bin, vor zur Disco. Aber das sagte ich ja schon.«

»Und, wie kommt es, dass Sie sich bei uns gemeldet haben?«, fragt der Köstlbacher.

»Na, weil ich später, vielleicht nach einer Stunde oder so, aus der Disco wieder rausgegangen bin, um eine zu rauchen. Und, da standen schon alle und gafften. Fragte natürlich gleich, was da los ist. Außer, dass bei dem Taxi was passiert sein muss, konnte mir aber keiner sagen, worum es ging. Aber, da hat es bei mir gefunkt, wenn Sie wissen, was ich meine. Und, drum habe ich denen von der Absperrung gesagt, dass ich eine Beobachtung gemacht habe, die vielleicht wichtig wäre!«

»Gut! Ich denke, dass Sie uns sogar sehr geholfen haben. Kann allerdings gut sein, dass ich Sie in den nächsten Tagen nochmal brauche. Vielleicht haben wir in unserer Kartei jemanden, der auf ihre Beschreibung passt«, sagt der Köstlbacher.

»Komme ich dann auch in die Zeitung?«, fragt da die junge Frau mit einem entwaffnendem Augenaufschlag, der ihre aufgeklebten Wimpern voll zur Geltung bringt.

Da revidiert der Köstlbacher seine Meinung über die Schnepfe, die sich in den vergangenen paar Minuten immer positiver entwickelt hatte, wieder schlagartig.

»Wo denken Sie hin? Solange wir mitten in den Ermittlungen stecken, muss ich Sie sogar sehr darum bitten, mit niemandem über Ihre Beobachtungen zu reden. Und..«, und das fügt der Köstlbacher ganz bewusst hinzu, um der eitlen Frau Angst einzujagen, »ich würde es Ihnen auch um Ihrer selbst Willen raten, Stillschweigen zu bewahren. Wenn der Täter erst einmal weiß, dass er gesehen worden ist und von Ihnen identifiziert werden kann, dann schweben Sie in Lebensgefahr!«

Du kannst dir bestimmt lebhaft vorstellen, wie auf einmal alle Farbe aus dem Gesicht der Schnecke weicht. Wenn da nicht noch Schminke drauf wäre, dann könntest du meinen, die Leichenblässe hat bereits eingesetzt.

»Daran habe ich gar nicht gedacht!«, stammelt die Susanne Ziegler und hält sich spontan eine Hand vor ihren vor Schreck aufgerissenen Mund. »Von mir erfährt niemand was!«, fügt sie noch hinzu und versiegelt dabei zur Verdeutlichung mit einem Finger ihre Lippen. »Kann ich jetzt gehen?«

»Personalien?«, fragt der Köstlbacher.

»Ist schon alles erledigt!«, antwortet die Polizeihauptmeisterin Prüll und erntet dafür ein freundliches Nicken vom Köstlbacher, was ihren Busen vor Stolz derart anschwellen lässt, dass der sich nun trotz oder vielleicht auch gerade wegen der straffen Uniform deutlich vorwölbt. Und, weil der Köstlbacher als Kriminaler immer scharfe Augen, besonders für Details, entgeht es ihm auch nicht, dass sogar ihre Brustwarzen sich vorwitzig durch die Uniform hindurch abzeichnen.

»Ja! Sie können gehen. Aber wie gesagt, wahrscheinlich werden wir Sie nochmal benötigen«, sagt der Köstlbacher und entlässt die einerseits erleichterte, andererseits nun doch sehr verängstigte junge Frau.

»Was halten Sie von der?«, fragt der Köstlbacher unerwartet die ihrerseits überraschte Polizistin Prüll. Weil, dass sie nach ihrer Meinung und so, das hätte sie nie von einem Kriminalhauptkommissar erwartet.

So schießt ihr auch gleich zur geschwollenen Brust noch rote Aufregung ins Gesicht, was der Polizistin ein reizvolles, unschuldiges Aussehen verleiht.

»Ich bin mir nicht ganz sicher. Aber, ob mit der alles stimmt, da möchte ich mich nicht dafür verbürgen. Als sie mich angesprochen hat, da tat sie das eher schüchtern, als ob sie niemanden mitbekommen lassen wollte, dass sie mit der Polizei Kontakt aufnimmt. Danach im Auto, bei der Aufnahme der Personalien, da hatte ich das Gefühl, dass es ihr gar nicht recht war, ihren Namen und ihren Wohnort preisgeben zu müssen. Als Sie dann kamen, wurde sie urplötzlich unfreundlich. Und dann wiederum quasselte sie los, als wäre so eine Zeugenaussage das Natürlichste von der Welt. Ihre Angst gegen Ende scheint mir nicht gespielt«, antwortet die attraktive Polizistin. »Bin mir aber wirklich nicht sicher!«

»Hm!«, brummt der Köstlbacher nur. »Ich werde mir die Ziegler bald ins Präsidium bestellen. Sie wird sowieso die in Frage kommenden Archivbilder zur Zeugenidentifizierung durchsehen müssen. Eigentlich ist ja nichts Besonderes vorgefallen, aber irgendwie habe ich bei dieser Frau ein komisches Gefühl!«

Der Polizeihauptmeisterin Prüll wird dieser Einsatz noch lange in Erinnerung bleiben. Normalerweise freut sie sich ja über jede Nachtschicht, die ohne große Vorkommnisse vorübergeht. Aber heute: So einen Abend im Dienst möchte sie nicht missen. Immerhin hat sie Regensburgs bekanntester Kripobeamter gelobt und sie sogar um ihre Meinung gefragt. Wenn das dem Ego nicht gut tut! Außerdem findet die Prüll füllige Männer sexy. Und, das weißt du ja schon, der Köstlbacher sogar besonders füllig!

Die von der Spurensicherung sind inzwischen fertig, und die Leiche wurde schon vom Bestattungsinstitut abgeholt und ist bereits unterwegs ins Kühlhaus nach Erlangen. Jetzt noch groß was in die Wege zu leiten, macht wenig Sinn. Morgen würde der Köstlbacher erst einmal alle bisher ermittelten Fakten an seiner Pinnwand im Büro zusammentragen. Da ihn bisher niemand auf seinem Handy angerufen hat, weder der Liebknecht, noch sonst irgendwer, macht sich der Köstlbacher auf den Heimweg, um wenigstens noch ein paar Stunden zu schlafen. Den morgigen Sonntag wird er, zum

Leidwesen seiner Familie, ohnehin zum Arbeitstag umfunktionieren müssen. Aber lieber ein Wochenende mit Arbeit, als eines mit einem Ehestreit, den er eigentlich gar nicht möchte.

Kapitel 5

Was die Anna für ein Theater gemacht hat, als ihr Edmund heute in der Früh kaum Zeit zu einem gemeinsamen Frühstück gehabt hat, das will ich dir jetzt gar nicht erzählen, schon wegen der Kinder nicht. Weil, wenn die eines Tages diese Geschichte lesen würden, und ausschließen kannst du so etwas ja nie, also, wenn die das hier lesen würden, dann wäre der Edmund als Respektsperson in der Familie nur noch ein Wunschdenken. Jedenfalls hat ihn die Anna runtergeputzt, dass ihr Gezetere vermutlich noch über den Prinzenweg hinüber im Nachbarhaus zu verstehen war. Die Kinder sind nicht da gewesen, weil ausnahmsweise über Nacht bei Freunden. Drum hat sich die Anna ja auch nicht zurückgehalten.

Wenn du jetzt den Köstlbacher sehen könntest, wie er auf dem Präsidium in seinem Büro vor seiner Pinnwand rumgrübelt und handschriftliche Kärtchen platziert, dann würde dir auffallen, wie er immer wieder seine Schultern anzieht und seinen Hals am Hemdkragen reibt. So was macht der Köstlbacher nur wenn er nervlich total überreizt, was dann quasi bei ihm ein Hautjucken und so.

Vor seinen ersten ›*Liegungen*‹ beim Prof. Dr. Neumann hat er das auch so arg gehabt. Aber das ist dann von ›*Liegung*‹ zu ›*Liegung*‹ besser geworden, bis es schließlich fast ganz aufgehört hat. Und, die Anna jetzt so etwas wie erneute Initialzündung. Am liebsten würde der Köstlbacher heute gar nicht mehr nach Hause. Wenn da bloß die Kinder nicht wären. Die Clara würde nur noch heulen und der Karl ... Beim Gedanken an den Karl, da zuckt der Köstlbacher nur mit seinen Schultern. Diesmal nicht wegen Jucken. Diesmal, weil Pubertät. Der Karl und er, da ist immer einer zu viel, egal ob es dafür einen Grund gibt oder nicht.

Gott sei Dank läutet in diesem Moment das Telefon, weil, sonst würde der Edmund noch ewig vor seiner Pinnwand stehen, drauf starren, Zettel verschieben und eigentlich gar nicht wissen, was er da macht. Frauen mögen ja mehrere Sachen gleichzeitig und so. Aber als Mann, da kannst du immer nur eine Sache richtig angehen. Also Familie und Mordfall, das geht jedenfalls nicht gut zusammen. Zumindest nicht für den Köstlbacher.

Nicht, dass du jetzt denkst, ich bin so einer, der den Frauen hinsäuselt und ihnen Honig um den Mund schmiert, weil ich behaupte, dass Frauen mehrere Sachen gleichzeitig und Männer nicht. Ich sage das nur, weil es leider wirklich so ist. Und, vermutlich ist das ein Relikt aus der Steinzeit. Quasi evolutionärer Schrott, den wir nicht ausgemerzt haben. In der Steinzeit, da musste der Mann jagen. Und, so etwas kannst du nur ganz oder gar nicht machen, weil du sonst am Schluss selber zum Gejagten wirst. Die Frau dagegen, die kocht zu Hause, passt gleichzeitig auf eine Schar Kinder auf, ratscht zur selben Zeit mit der Nachbarin und ... und ... und ... Du siehst: Alles Steinzeit! Auch wenn die Küche heute moderner.

Dem Köstlbacher jedenfalls kommt diese rudimentäre Steinzeiteigenschaft der Männer jetzt mit dem Läuten vom

Telefon zugute. Der Schalter, der soeben noch auf Familie gestellt war, dreht jetzt zu Telefon. Und sofort hört auch das Jucken auf.

Wieder ganz Kriminaler, hebt er ab:

»Köstlbacher!«, meldet er sich. Diesmal nicht nur mit ›*Hallo!*‹, weil ja Sonntag und es für einen Anrufer nicht unbedingt klar, dass er am Apparat.

»Hallo Edmund!«, antwortet sein Kollege Norbert Liebknecht. »Warum gehst du nicht an dein Handy?«

»Warum wohl? Hat nicht geläutet! Und außerdem bin ich schließlich hier im Büro!«, antwortet der Köstlbacher.

»Was ich erst erfahren habe, nachdem ich mit deiner Frau telefoniert habe. Habt ihr Streit? Hörte sich verdammt gereizt an!«

»Familienkram!«, sagt der Köstlbacher nur.

»Geht mich ja auch nichts an! Aber was ist mit deinem Handy?«

»Was soll damit sein? Es ist in meiner Jackentasche. Kann höchstens sein, dass der Akku leer ist.«

»Dann häng's ans Ladegerät! Ich hab' zwei Neuigkeiten für dich:

Erstens, der Martin Lauber hat ein Alibi. Zur Taximordzeit hatte er Dienst. Und, es gibt genug Leute, die das bestätigen können. Nicht aus dem Schneider wäre er höchstens, was den Mord im Bezirksklinikum betrifft. Weil, da hatte er auch Dienst, war also vor Ort.

Zweitens, die Frau gestern, diese Zeugin, Susanne Ziegler, so heißt sie doch, die hat dich angelogen!«

»Wie kommst du darauf? Woher weißt du überhaupt, was die ausgesagt hat?«

»Du vergisst, dass ich Nachtdienst hatte. Und die Kollegin Prüll hat mir noch in der Nacht ihr Protokoll rüber gefaxt«, sagt der Liebknecht.

»Aha!«, meint dazu der Köstlbacher. »Und was veranlasst dich jetzt dazu, an der Aussage dieser Ziegler zu zweifeln?«

»Ich zweifle nicht! Ich weiß, dass die Aussage falsch ist. Die Kollegen Pirzer und Koch haben einige Zeugen dafür gefunden, dass diese Susanne Ziegler zur Tatzeit schon in der Disco war. Sie konnte somit gar nichts gesehen haben.«

»Wie kommen der Pirzer und die Koch drauf, Fragen in der Richtung zu stellen? Sie konnten von dieser Zeugenaussage doch gar nichts gewusst haben!«

»Haben sie auch nicht. Aber sie fragten querbeet, wer eventuell Beobachtungen gemacht hat. Hat natürlich niemand was gesehen. Aber einige erzählten übereinstimmend, dass die Susanne Ziegler was beobachtet hätte.«

»Ja, hat sie nun oder hat sie nun nicht?«, fragt der Köstlbacher seinen Kollegen mit einem fast aggressiven Unterton.

»Nein, sie hat nicht! Sie hat das den anderen erzählt, als sie sich alle an der Absperrung zum Gaffen drängten. Natürlich haben der Pirzer und die Koch nachgehackt. Die sind schließlich keine Anfänger! Die Kollegin Koch hat sich gedacht, wenn sie durch verschiedene Discobesucher übereinstimmend bezeugt bekommen würde, wann die Susanne Ziegler in der Disco aufgetaucht ist, dann könnte man unabhängig zur Gerichtsmedizin einen annähernd genauen Mordzeitpunkt ermitteln.«

»Die Koch denkt mit! Schau an, schau an!«, murmelt der Köstlbacher. »Erzähl weiter!« Und das sagt der Köstlbacher jetzt gar nicht mehr aggressiv, eher überaus interessiert.

»Na ja, das war ja dann die Überraschung! Die Ziegler war

eine halbe Stunde eher in der Disco, als sie angegeben hat. Uns wurde der Mord von einem Fahrgast gemeldet, der das Taxi nutzen wollte und die tote Fahrerin darin entdeckte. Das war um 22.41 Uhr. Die ersten von uns waren schon wenige Minuten später vor Ort. Der Tod trat bei der Taxifahrerin laut der vorläufigen Untersuchung vom Dr. Kroner gegen 22.30 Uhr ein. Die Ziegler tauchte in der Disco aber schon um 22.00 Uhr auf. Von ihrem Auto zur Disco vor sind es 2 Gehminuten. Somit ist da doch was oberfaul!«

»Stimmt! Aber das werden wir der Ziegler nicht gleich stecken. Wenn sie was zu verbergen hat, dann tut sie es sehr laienhaft. Sie wird noch weitere Fehler machen!«, sagt der Köstlbacher.

»Soll ich noch bei dir vorbei kommen?«, fragt der Liebknecht.

»Nicht nötig! Genieße deinen freien Sonntag! Wir sehen uns morgen!«, antwortet der Köstlbacher.

»¡Hasta luego!«, verabschiedet sich der Liebknecht auf Spanisch. Du weißt ja, der Liebknecht muss immer wieder damit prahlen, dass er ein paar Brocken Spanisch drauf hat. Meistens macht er das ja nur wenn er vor einer Frau gut dastehen will. Aber heute ist er so aufgekratzt, dass er sogar dem Köstlbacher gegenüber und so. Eine Frau ist natürlich im weitesten Sinn trotzdem im Spiel. Der Liebknecht nicht der Liebknecht, wenn dem nicht so wäre. In dem Fall ist, beziehungsweise war es die Kollegin Gradl, Brigitte Gradl. Du weiß doch noch, wen ich meine? Es ist die Kollegin, mit der er zum Lauber gefahren ist, um dem sein Alibi zu überprüfen. Und, weil der nicht zu Hause war, sind sie noch weiter ins Bezirksklinikum gefahren. Auch wenn sich die beiden nur vom Polizeisport her und so. Aber so ein gemeinsamer

Einsatz schafft eben ein anderes Umfeld, als die Turnhalle, in der sie immer ihren Polizeisport haben. Dass der Köstlbacher ihn heute nicht mehr braucht, ist auch toll. Die Brigitte hat ebenfalls dienstfrei! Und, was noch viel wichtiger, die Brigitte gerade unbemannt!

Jetzt ist der Köstlbacher wieder ganz in seinem Element. So ein Fall, wenn der gleich gar so geradlinig, dann irgendwie keine Herausforderung. Und wenn keine Herausforderung, dann kann der Köstlbacher nicht abschalten. Ich meine, seine Familie abschalten. Oder die Anna, wenn du so willst. Und wenn doch Herausforderung, dann 100 Prozent Kriminaler und die eigene Familie, besonders die Anna, weit weg. Ganz weit weg!

Kapitel 6

Gleich nach dem Mordfall im Bezirksklinikum ist der Köstlbacher mit dem Bus zurück ins Präsidium gefahren. Du erinnerst dich? Ein gewisser Sebastian Weber war dort aufgetaucht und hatte sich als Zeuge im Mordfall Hans Hebauer gemeldet. Was immer er auch gesehen oder gehört, welche Beobachtungen er gemacht haben mochte, so ein Zeuge immer Vorrang. Auch wenn's an allen Ecken und Enden brennt, und im Prinzip keiner wirklich Zeit hat. Zeugenaussage allererste Priorität!

Aber, eines musst du wissen, der Köstlbacher hat es schon so oft erlebt, dass so ein Zeuge nur Wichtigtuer. Deshalb auch nicht gleich einen Luftsprung und so, nur, weil einer anklopft. Und diesmal ist noch dazugekommen, dass er quasi wegen dem Dr. Huber diesen Sebastian Weber anhören soll. Dabei ist doch allgemein bekannt, dass der Dr. Huber keinerlei Ahnung von nix. Auch wenn er einen Doktortitel in Kriminalpsychologie gemacht hat. Aber spätestens seit der Sache mit dem Karl-Theodor zu Guttenberg ist so ein Doktortitel auch nicht mehr das, was er früher einmal war. Der Köstlbacher hat das ja schon immer gewusst, aber solange eben kein Karl-Theodor zu Guttenberg, solange ein Doktortitel quasi ein Schlüssel zur Chefetage. Schon dreimal auf der Polizeikarriereleiter. Aber, auch nach der Blamage mit dem zu Guttenberg hat keiner überprüft, ob der Huber nicht vielleicht auch abgeschrieben und so. Weil, wenn du nicht in der

Politik und quasi mindestens auf Landesebene bekannt, dann interessiert das Zustandekommen deiner Doktorarbeit kein Schwein.

Einerseits wollte es der Köstlbacher zwar schon wissen, was dieser Sebastian Weber für sachdienstliche Hinweise und so. Allzu große Hoffnungen hat er sich aber trotzdem nicht gemacht.

Zurück im Präsidium hat sich der Köstlbacher kurz bei dem Weber vorgestellt und ihn gleich gebeten, mit ihm in sein Büro zu kommen. Den Kaffee hat sich der Weber mitgenommen. Sind ja auch nur fünf/sechs Schritte vom Vorzimmer der Klein hinein zum Köstlbacher seinem Schreibtisch gewesen, hinter dem es sich der Köstlbacher bequem gemacht hat. Der Weber hat sich einen Stuhl herangezogen und sich auf der anderen Seite vom Schreibtisch, dem Köstlbacher gegenüber, hingesetzt.

»Herr Weber?«, hat der Köstlbacher nur mit einem fragenden Unterton in seiner Stimme gesagt.

Der Sebastian Weber ist kaum merklich zusammengezuckt, als ihn der Köstlbacher nun so direkt angeredet hat, nicht wirklich so, dass du es hättest sehen können, aber doch so, dass es der Köstlbacher für den Bruchteil einer Sekunde hat wahrnehmen können.

Dabei hat dieser Weber ganz und gar nicht schreckhaft gewirkt. Wenn du den so angeschaut hast, dann hätte das fast ein Bruder vom Köstlbacher sein können. Ohne den Kopf, weil der schaut beim Köstlbacher schon ganz anders aus. Aber der Rest! Ich kenne mich mit den Übergrößen, was

Hosen und so betrifft, nicht so richtig aus. Aber solche Größen findest du im Geschäft mindestens genauso selten, wie die ganz kleinen Größen, die schon fast wieder Knabengrößen sind. Dabei hat sowohl der Köstlbacher, als auch der Weber diese Größe nur wegen dem Bauch nötig gehabt. Was die Beine betrifft, da wundert es mich ja manchmal schon, wie solche Kochlöffelbeine dieses Körpergewicht eine Etage höher überhaupt tragen können. Und, weil es ja draußen Sommer, drum hat der Weber auch nur so eine Art T-Shirt über seine Hose getragen, ein blaues, ausgewaschenes T-Shirt mit einem Fantasiewort hinten drauf. Irgendwas mit ›*Org...on*‹. Die restlichen Buchstaben waren schon verwaschen. Der Köstlbacher hat's nicht gesehen, weil der den Weber ja nur von vorne. Und, die Klein, die hat zwar drauf geschaut, aber sich gleich wieder abgewendet, weil auch keine Ahnung und ihr auch nicht wichtig.

In der Beziehung haben sich die beiden nun doch unterschieden, außer dem Kopf, weil der Köstlbacher ein blaues Hemd. Nur die Spannung über dem großen runden Bauch, so einem Bauch, wo du dran denkst, dass der einen Fußball verschluckt haben muss, also die Spannung, die ist dann wieder bei beiden gleich gewesen. Zumindest optisch.

»Wo soll ich anfangen?«, hat der Weber den Köstlbacher gefragt, eigentlich mehr rhetorisch als tatsächlich fragend gemeint.

»Am Anfang und dann der Reihe nach!«, hat der Köstlbacher trotzdem geantwortet und sich insgeheim geärgert, dass er mit diesem Weber hier seine Zeit verplempern soll.

»So richtig der Anfang ist aber eigentlich der Schluss!«, hat der Weber philosophierend begonnen und dabei seine braunen Schweinsäuglein aufgerissen, als wollte er dieser Bemerkung ein ganz besonderes Gewicht verleihen.

In dem Moment hat dem Köstlbacher sein Hals hinten im Genick wieder zu jucken begonnen und er hat angefangen, seinen Kopf zu drehen und dabei seine Schultern nach oben zu ziehen. Weil, wie willst du sonst so einen Juckreiz loswerden. Die Hände heben und dabei seine Schweißflecken präsentieren, das wäre ja auch keine gute Lösung gewesen.

Aber ebenso schnell, wie der Juckreiz gekommen ist, ist der auch wieder verschwunden, als der Weber gesagt hat:

»Das wurde mir natürlich erst bewusst, als ich den blutverschmierten Mann über die Treppe nach unten eilen sah, über die er mir zuvor auf dem Weg nach oben begegnete.«

»Sie meinen, sie haben den Mörder kommen und gehen sehen?«, fragte da der Köstlbacher überrascht, es anscheinend doch mit einem wichtigen Zeugen zu tun zu haben.

»Mutmaßlichen Mörder, Herr Kommissar, mutmaßlichen! Ich kann mir zwar nicht vorstellen, wo der sich sonst so voll Blut gesaut hätte haben können, aber schließlich wird in dem Haus auch operiert. Und da läuft auch nicht immer alles glatt ab, wenn Sie verstehen, was ich meine!«

»Mutmaßlich! Von mir aus mutmaßlich! Wie hat er ausgesehen? Können Sie ihn beschreiben?«

»Groß! Schlank! Viel schlanker als ich!«

›*Mein Gott!*‹, hat da der Köstlbacher gedacht. ›*Was hat der für eine Meinung von sich? Schlanker als er! Mann, du bist mindestens so fett wie ich!*‹

Aber laut gesagt hat das der Köstlbacher natürlich nicht. Bestimmt wäre das sonst das vorzeitige Ende der Zeugenaussage geworden. Stattdessen hat der Köstlbacher gefragt, ob er ein Band mitlaufen lassen dürfe, weil die Klein gerade nicht zum Mitschreiben da war und er selbst vor lauter Mitschreiben sich am Schluss nicht mehr auf den Weber hätte konzentrieren können. Holen hat er die Klein auch nicht können, weil die sich zur Pause abgemeldet hatte, als der Weber mit ihm in sein Zimmer gegangen ist. Und, die Videoanlage, die ein Band hätte ersetzen können, die war natürlich schon wieder defekt!

»Selbstverständlich! Ich weiß schließlich, wie wichtig so eine Aussage für Sie ist. Schließlich sehe ich mir mindestens dreimal wöchentlich den Tatort an!«, hat der Weber dazu gemeint.

Was sagst du jetzt dazu? Er sieht sich den Tatort an! Dreimal pro Woche! Ich meine, nicht, dass das ein Verbrechen wäre. Der Köstlbacher macht das schließlich auch. Aber doch nicht zur Unterhaltung! Aus rein beruflichen Gründen. Quasi Fortbildung! Und, da meint dieser Weber ... .Was hat der doch gleich für einen Beruf? Da meint der, er könne aus dem Tatort ersehen, wie die Kripo ihren Job zu machen hat. Lächerlich!

Fast hat der Hals schon wieder mit dem Jucken angefangen. Aber, der Köstlbacher viel zu sehr Profi, um sich von so einem eingebildeten Weber ärgern zu lassen. Wobei ja nicht einmal sicher gewesen ist, dass der ihn überhaupt hat ärgern wollen. Eher wahrscheinlich, dass der so einer, der die Weisheit mit dem Löffel und so.

»Eine Jeans, eine blaue Jeans hat er getragen. Am Knie, ob rechts oder links, da müsste ich jetzt lügen, aber am Knie war sie eingerissen. Sie wissen schon, so ein Riss, der entsteht, wenn man eine Hose länger trägt. Zumindest soll er das Glauben machen. In Wirklichkeit gibt's solche Hosen mit Riss ja heutzutage sogar neu zu kaufen. Ob dem seine aber nun neu gewesen ist oder nicht, da bin ich jedenfalls überfragt.«

Ich glaube, der Köstlbacher hätte jetzt langsam auch zu schwitzen angefangen, wenn es Winter gewesen und die Heizung ausgefallen wäre. Aber jetzt kein Winter! Momentan Sommer! Da schwitzt du auch schon, wenn keine Zeugenaussage, die den letzten Nerv kostet. Und dann noch dieser Weber. Ich meine, der ist ein Mann! Wenn er eine Frau gewesen wäre. Ist er aber nicht! Drum abschweifender Redefluss kaum erklärbar und schon gar nicht verzeihbar!

»Aufgefallen ist mir sein T-Shirt. Ich steh' auf T-Shirts! Vielfältig und praktisch! Ich meine, da ist man immer gut angezogen. Oder?«

Natürlich der Köstlbacher keine Antwort. Weil, ob ausgerechnet der Weber mit seinem ausgewaschenen T-Shirt gut angezogen, darüber hätte man nicht einmal richtig streiten können.

»Und, was für ein T-Shirt hatte der mutmaßliche Täter nun?«, hat der Köstlbacher gefragt, weil er diesem unqualifizierten Gelabere langsam nicht mehr hat zuhören können.

»Dunkelblau mit V-Ausschnitt! Ohne Aufdruck! Weil, ich hab' mir dabei noch gedacht, dass so ein T-Shirt mit Aufdruck viel mehr hermachen würde.«

»Sie haben die verdächtige Person also von hinten und von vorne gesehen?«, hat der Köstlbacher gefragt.

»Sie meinen, weil ich das mit der Aufschrift so genau sagen kann? Aha! Ich seh' schon, Sie hören mir gut zu. Professionell, muss ich schon sagen, echt professionell! Wow!«

»Jetzt lassen Sie doch das Gesülze!«, ist da dem Köstlbacher mit einem Mal doch der Kragen geplatzt. »Beantworten Sie einfach meine Frage?«

»Ho, Ho, warum so energisch? Ich bin ja schon dabei!«, hat der Weber geantwortet und dann endlich doch ein wenig gestraffter seine Beschreibung zu Ende geführt.

»Beim ersten Mal, da habe ich den Mann nur von vorne gesehen. Beim zweiten Mal, als er blutverschmiert war, da von vorne und von hinten. Erst auch nur von vorne, aber dann habe ich mich nach ihm umgedreht und ihn auch noch von hinten gesehen. Was das T-Shirt betrifft, da kann ich über die Ansicht von hinten aber trotzdem nichts sagen, weil er so ein Kurzarmjäckchen angehabt hat, so eines mit vielen Taschen. Farblich passend zum Rest der Bekleidung. Dunkelgrau! Seine Schuhe waren weiß. Weiße Turnschuhe! Ich erinnere mich deshalb so genau, weil auch da Blutspritzer drauf waren. Sieht man ja auf Weiß besonders gut!«

»Und sein Gesicht? Würden Sie es wiedererkennen?«, hat der Köstlbacher gefragt.

»Unbedingt! Schwarzer Dreitagebart! Alter schätzungsweise Mitte 30 bis Mitte 40. Sehr kurz geschnittene, ebenfalls schwarze Haare. Kaum länger als der Dreitagebart. Etwas zu groß geratene Nase. Und, was mir besonders aufgefallen ist, auf der Stirn so eine Harry Potter Narbe. Nicht so deutlich, aber trotzdem sichtbar! Zumindest auf kurze Distanz!«

Da hat der Köstlbacher vielleicht gestaunt. Weil, dass dieser Weber ein so totales Beobachtungs- und Erinnerungsvermögen, das hätte er dem nie zugetraut. Und deshalb jetzt der Edmund auch nicht mehr verärgert. Eher sogar Tendenz zum Gegenteil.

»Alle Achtung! Jetzt sagen Sie bloß, Sie können mir noch mehr erzählen!«, hat der Köstlbacher gemeint und ist dabei auf seinem Stuhl nach vorne gerutscht, weil, plötzlich das Bedürfnis, noch näher an den Lippen vom Weber und so.

»Zur Person weniger. Höchstens noch, wie sich das alles abgespielt hat. Also raufkommen habe ich ihn gesehen, weil ich die Treppe gerade nach unten gegangen bin. Ich wollte mir die Füße ein wenig im Hof vertreten und eine rauchen. Geht ja heutzutage nicht mehr anders. Wenn du eine rauchen möchtest, dann musst du rausgehen. Die haben uns Raucher inzwischen ja prima konditioniert! Fast wie einen Hund, der sofort muss, wenn er raus darf. Pawlow, sage ich da nur! Wenn's um Lernpsychologie geht, ist der Mensch ja auch nur ein besserer Hund!

Ob mich der mutmaßliche Täter auch bewusst registriert hat, weiß ich nicht. Glaube aber eher, dass nicht. Weil, so geistesabwesend, wie der geschaut hat ... Bin dann etwas länger im Hof geblieben, weil ich einen Bekannten getroffen habe, der einen Patienten im Bezirksklinikum besucht hat und jetzt, wie ich, auch wegen einer Zigarette im Hof gestanden hat. Zurück bin ich dann aber wieder alleine gegangen, weil der hinüber in den anderen Trakt musste. Bestimmt war's ein Zufall, aber es war ziemlich dieselbe Stelle im Treppenhaus, wo mir der Dreitagebart nun blutverschmiert recht hektisch entgegengekommen, fast möchte ich sagen entgegengesprungen ist. Sie wissen schon, so mit drei Stufen auf einmal! Er hat mich nicht beachtet. Ich glaube sogar, er hätte mich umgerannt, wenn ich nicht schnell zur Seite getreten wäre. Der hat mich einfach nicht gesehen! Ich wollte noch was rufen, ihn auf seine Rüpelhaftigkeit hin ansprechen. Aber erstens brachte ich wegen dem Blut an seiner linken Hand und den Spritzern auf seinem T-Shirt und eigentlich überall, sogar in seinem Gesicht, keinen Ton heraus und zweitens ging alles so schnell, dass er schon unten nach draußen verschwunden gewesen ist, bevor ich einem Mucks hätte machen können.«

»Meinen Sie, Sie würden den Mann wiedererkennen, wenn wir Ihnen Fotos von Personen mit einem gewalttätigen Hintergrund zeigten, die für so eine Tat vielleicht in Frage kämen?«, hat der Köstlbacher wissen wollen.

»Mit Sicherheit!«, hat der Weber behauptet. »So einen würde ich nie vergessen!«

»Dann werde ich Sie anschließend noch zu einem Kollegen bringen. Der fertigt übrigens auch Phantomzeichnungen an. Sollten Sie in unserer Kartei nicht fündig werden, wäre das eine weiter Möglichkeit, zu einem Bild des Täters zu gelangen.«

»Mutmaßlich, Herr Kommissar! Mutmaßlich!«

»Von mir aus eben mutmaßlich!«, hat der Köstlbacher die Berichtigung des Zeugen wiederholt und dabei gleich wieder große Abstriche gemacht, was die eben sich entwickelte Sympathie für den Herrn Sebastian Weber betraf.

Und, solche Abstriche sind gar nicht so übel. Weil, immer, wenn weniger Sympathie, dann sofort erhöhte Wachsamkeit und Skepsis. Wenn du's genau nimmst, ist das bei einem frischen Liebespaar nicht viel anders. Mit einer allzu großen Sympathie steigt die Bereitschaft, dem anderen blind zu vertrauen. Was dabei heraus kommen kann, das muss ich dir ja wohl nicht erzählen.

So ist dem Köstlbacher jetzt auch spontan eingefallen, dass er den Weber noch gar nicht gefragt hat, was der überhaupt im Bezirksklinikum gewollt hat. Und, als er ihn dann doch noch gefragt hat, da kam ausnahmsweise nur eine ganz kurze Antwort:

»Ich arbeite da! Habe ich das noch nicht erwähnt?«

»Und, was genau ist Ihre Tätigkeit im Bezirksklinikum?«, hat der Köstlbacher wissen wollen.

»Pfleger auf der Psychiatrie!«, hat da der Weber nur gesagt.

Kapitel 7

Das einzige, was du unbedingt brauchst, wenn du vor so einer Pinnwand stehst, ist eine gute Tasse heißen Kaffee oder notfalls auch Tee, falls du einer von denen bist, die lieber Tee.

Der Köstlbacher lieber Kaffee. Und den würde normalerweise die Klein machen. Aber heute Sonntag. Und, natürlich auch bei der Polizei am Sonntag keine Sekretärin. Nicht einmal der Dr. Huber könnte am Sonntag eine Sekretärin drangsalieren. Aber, das ist weiter nicht schlimm, weil der Dr. Huber sonntags nie im Büro. Er ist schließlich der Abteilungsleiter von dem Laden hier. Und wenn so einer nicht sein regelmäßiges freies Wochenende mit Golf oder so, dann ... Ehrlich gesagt weiß ich auch nicht, was dann wäre, aber was Gutes wäre es bestimmt nicht.

Heute ist für den Köstlbacher allerdings das Fehlen der Klein ein Nachteil. Selber kann er mit dieser neuen Kaffeemaschine im Vorzimmer der Klein nicht umgehen. Drum steht er jetzt auch schon eine geraume Zeit vor seiner Pinnwand, weil, ohne den Kaffee, die Einfälle einfach etwas zäher. Zumindest bildet sich der Köstlbacher das so ein.

Länger als gewöhnlich lässt er das Pinnwandbild auf sich wirken. Allzu viel bietet es ja noch nicht, was er auf Zetteln geschrieben übersichtlich angeordnet hat. Da sind einmal die beiden Tatorte, das Bezirksklinikum und der Kornmarkt, genauer der Taxistand vor der Karmelitenkirche. Und darunter die jeweils gewonnenen Ermittlungsergebnisse.

Ausgesehen hat dem Köstlbacher seine Pinnwand dann ungefähr so:

(Ungefähr deshalb, weil das, was ich hier für dich untereinander aufgeschrieben habe, das hat der Köstlbacher übersichtlich in einer Ellipse angeordnet. So ist er immer in der Lage, außen rum oder innen noch weitere Informationen einzufügen. Und, damit rechnet der Köstlbacher selbstverständlich, dass noch viele solche weiteren Informationen und so.)

Mord im Bezirksklinikum

- *Opfer Hans Hebauer*
- *45 Jahre alt*
- *Klaustrophobie*
- *Angstneurose*
- *Verfolgungswahn*
- *durchgeschnittene Kehle*
- *Tatwaffe Cutter-Messer(?)*
- *Opfer wurde vor der Tat sediert*
- *Täter vermutlich Linkshänder*
- *Tatzeit: Mittwoch, 04. August, ca. 10.00 Uhr*

Das mit dem Cutter Messer und dem Linkshänder hat der Köstlbacher dem Bericht vom Dr. Kroner entnommen, der ihm inzwischen vorliegt.

Zeuge Sebastian Weber

Beschreibung mutmaßlicher Klinikmörder:

- *männlich*
- *groß (etwa 1,80 m))*
- *schlank*
- *schwarzer Dreitagebart*
- *junges Gesicht*
- *Ende 30 bis Mitte 40*
- *sehr kurz geschnittene, schwarze Haare, kaum länger als der Dreitagebart*
- *etwas zu groß geratene Nase*
- *auf der Stirn eine Harry Potter Narbe*
- *Jeans mit Riss am Knie (Seite?)*
- *dunkelblaues T-Shirt mit V-Ausschnitt ohne Aufschrift*
- *dunkelgraues Kurzarmjäckchen mit vielen Taschen*
- *weiße Turnschuhe.*

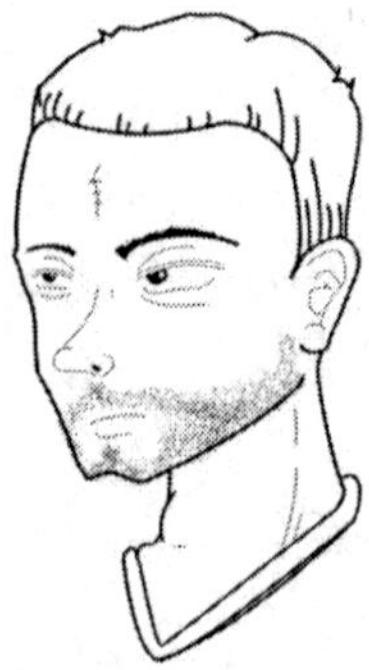

PHANTOMBILD KLINIKMÖRDER

Taximord

- *Opfer Luise Lauber*
- *Taxifahrerin*
- *Alter 42*
- *durchgeschnittene Kehle*
- *Tatwaffe Cutter Messer(?)*
- *Täter vermutlich Linkshänder*
- *Tatzeit: Freitag,06. August, ca. 22.30 Uhr*

Das endgültige Untersuchungsergebnis der Gerichtsmedizinischen liegt noch nicht vor.

Zeugin Susanne Ziegler

Beschreibung mutmaßlicher Taximörder:

- *männlich*
- *groß (etwa 1,80 m)*
- *kurz geschnittene, dunkle Haare*
- *Dreitagebart*
- *Alter (?)*
- *dunkle Schlaghose*
- *dunkles Hemd mit V-Ausschnitt*
- *graue, ärmellose Anzugsweste*
- *goldfarbene Uhrkette*
- *große Nase*
- *Aussage zweifelhaft!!! Ziegler bereits um 22.00 Uhr in der Disco!*

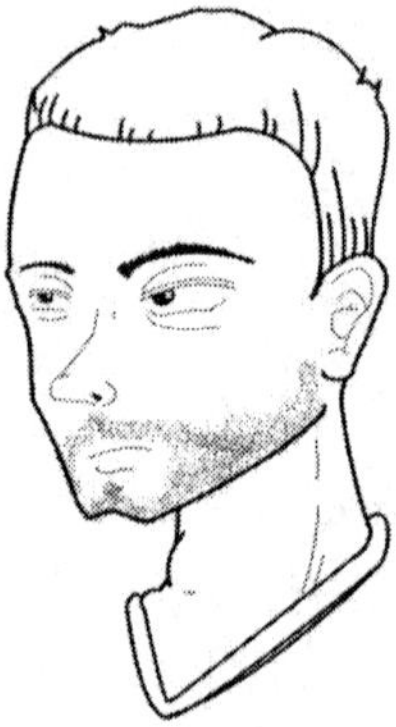

PHANTOMBILD TAXIMÖRDER

<u>Sonstige Erkenntnisse:</u>

<u>Martin Lauber:</u>

- *Ehemann der ermordeten Luise Lauber*
- *Alter 45*
- *Beruf Pfleger im Bezirksklinikum*
- *Alibi für die Tatzeit bezüglich Mord an seiner Frau*
- *kein Alibi für den Mord im Bezirksklinikum*
- *hatte dort Dienst*

<u>Nicht näher begründete Zweifel an:</u>

- *Dr. Hammstig.*
- *Prof. Dr. Neumann.*
- *Schwester Josefine.*

Unter dem Sebastian Weber seiner Täterbeschreibung heftet der Köstlbacher ein DIN A5 großes Phantombild, das nach den Angaben vom Sebastian Weber erstellt worden ist, weil der in der Kartei, die er sich angesehen hat, niemanden gefunden hat, den er wiedererkannt hätte. Die Kollegen haben das Bild natürlich sofort mit allen Datenbanken abgeglichen. Bisher allerdings erfolglos! Ob die Mittelbayerische Zeitung und weitere regionale und überregionale Zeitungen mehr bringen werden, oder vielleicht die noch für heute Abend geplante Fernsehfahndung, das wird sich zeigen.

Zeitgleich mit dem Zeugen Weber generierte am PC noch am gestrigen Samstag ein weiterer Beamter, den alle ›*Phantomas*‹ nennen, weil seine Phantomzeichnungen meist perfekt gelingen, ein Phantombild in Zusammenarbeit mit der Zeugin Ziegler. Die hat sich vielleicht aufgeführt, als sie von der Kripo Leitstelle angerufen und zum ›*Phantomas*‹ aufs Präsidium zitiert worden ist. Aber gekommen ist sie dann trotzdem. Ihrem verkaterten Eindruck nach zu urteilen, hat sie am Freitag nach ihrer Zeugenaussage noch bis in die Morgenstunden vom Samstag hinein in der Disco oder sonst wo gefeiert. Kann natürlich auch sein, sie hatte eine anstrengende Liebesnacht hinter sich oder so. So genau vermag das ja niemand einzuschätzen, die Kripo schon dreimal nicht.

Interessant ist allerdings, dass das Phantombild, das unter ihrer Anleitung entstanden ist, dem vom Zeugen Weber sehr ähnlich geworden ist. Fast möchte ich sagen, die beiden sehen gleich aus. Das fällt sofort ins Auge, weil der Köstlbacher selbstverständlich auch dieses Phantombild an seine Pinnwand geheftet hat.

Das hat dem Köstlbacher sofort Kopfzerbrechen bereitet. Und, drum steht er jetzt auch ewig vor seiner aktualisierten Pinnwand und schüttelt den Kopf. Was natürlich auch gleich wieder ein Halsjucken auslöst. Verwundern braucht dich das aber nicht. Weil, eines ist dir bestimmt genauso klar wie dem Köstlbacher, diese zeitlich gesehen unmöglich realistische Zeugenaussage von der Ziegler und jetzt ihr Phantombild, das geht irgendwie nicht zusammen.

Und das ist nicht alles, was nicht zusammengeht. Drum wird das Jucken ja auch immer heftiger. Vor allem, wenn der Köstlbacher auf den Namen schaut, den er ganz rechts unten noch hingeheftet hat.

Bestimmt denkst du dir, dass der Köstlbacher jetzt langsam wirklich das Gras wachsen hört. Weil, wenn er diesen Namen hinheftet, dann kann er gleich jeden beliebigen Namen dazuheften. Und wenn ich ehrlich bin, wissen tut's der Köstlbacher selbst nicht, warum er diesen Namen an seine Pinnwand und so. Aber, da lässt ihn einfach sein Bauchgefühl wieder einmal keine Ruhe. Auch wenn der Name und die Person, die damit gemeint ist, im Prinzip gar nichts bedeuten kann.

Aber, rede du einmal einem Kriminalhauptkommissar was aus, was sich der in den Kopf gesetzt hat. Und, drum nützt auch alles nichts: Der Name muss an die Pinnwand, und wenn ihm die Klein deswegen ein Loch in den Bauch fragen wird:

›Jürgen Matschik‹

Und, obwohl dieser Name jetzt zusammenhanglos und doch unübersehbar einen Platz an der Pinnwand gefunden hat, der Köstlbacher ist mit dem gesamten Bild, das sich ihm nun bietet, irgendwie trotzdem nicht zufrieden.

Bestimmt kennst du dieses Gefühl, irgendwas vergessen, irgendwas übersehen zu haben. Und, der Köstlbacher dieses Gefühl heute besonders intensiv. So intensiv, dass sein Halsjucken quasi verdrängt wird und stattdessen gleich ein heftiges Sodbrennen einsetzt. Aber, der Köstlbacher führt das nicht auf sein ungutes Gefühl wegen der Ungereimtheiten auf seiner Pinnwand zurück. Für ihn ist daran bestimmt wieder einmal nur der Kaffee von der Klein schuld. Immer wenn die eine neue Sorte ausprobiert, weil gerade im Sonderangebot, da passieren solche Sachen.

Dabei übersieht der Köstlbacher total, dass heute gar keine Klein, also auch kein Kaffee von ihr und schon gar keine neue Kaffeesorte und so.

Kapitel 8

Irgendwie hat es ihn zutiefst befriedigt, der Luise den Hals durchzuschneiden. Es ging einfacher, als er sich das vorgestellt hatte.

›Die Perfektion kommt mit der Übung‹, denkt er und lächelte dabei in sich hinein.

Nicht so ein Lächeln, das sich übers ganze Gesicht ausbreitet und dich quasi als glücklichen Menschen für jeden outet, der dich sieht. Es ist mehr so ein innerliches Lächeln, das dem Betrachter verborgen bleibt.

Und so nimmt auch niemand Notiz von ihm, hinauf im Bus zum Bezirksklinikum. Nur, als das Handy in seinem dunkelgrauen Kurzarmjäckchen sich lautstark meldete, und er nicht rangeht, beäugen ihn fragend sämtliche Fahrgäste seiner Umgebung. Weil es aber bald wieder verstummt, ist auch diese Begebenheit schnell von jedermann wieder vergessen.

Kapitel 9

»Wenn du mich fragst, dann müssen wir die Sache selbst in die Hand nehmen. Oder willst du der nächste sein, dem die Kehle durchgeschnitten wird, nur, weil die von der Kripo keinen Peil haben, und der Mörder deshalb immer noch frei da draußen rumläuft?«, ereifert sich einer der Taxifahrer, die gerade am Taxistreifen vor der Karmelitenkirche stehen.

Normalerweise ist dort ja nur Platz für zwei Taxis, aber wegen dem Mord an der Kollegin Luise haben sich eine ganze Reihe von Taxifahrerinnen und Taxifahrern am Kornmarkt eingefunden, um eine Kerze anzuzünden, um Neuigkeiten zu erfahren oder ganz einfach nur, um in Gedenken an die Ermordete ein paar Minuten an der Stelle zu verweilen, wo die schreckliche Bluttat verübt worden ist.

»Und, wie soll das aussehen?«, fragt eine kleine, etwas ältliche Blondine, die bestimmt im Original schon lange nicht mehr blond. Vielleicht ist sie es auch noch nie gewesen. Heutzutage Haarfarbe ja weniger eine Frage der Gene, als die der Färbungsmittelherstellung.

»Wir stellen dem Killer eine Falle, was sonst!«, antwortet ein Kollege, bei dem kaum jemand auf seine Größe oder sein sonstiges Aussehen achtet, weil bei dem sein hochgezwirbelter Schnurrbart ein absoluter Blickfang.

»Wie sollte das gehen?«, wirft ein vierter Taxler mit einer schwarzen Fliegerjacke ein. »Glaubst du etwa, der hat es noch auf mehr von uns abgesehen?«

»Bestimmt nicht!«, meint dazu eine weitere Frau in der

Gruppe. »In der Zeitung steht, dass der Mörder zuerst in ›*Karthaus*‹ jemanden umgebracht hat. Und dann erst die Luise. Zumindest vermuten sie, dass es der gleiche war. So einer in ›*Karthaus*‹ und die Luise, was sollen die miteinander zu tun haben? Bestimmt ist sein nächstes Opfer ein Pfarrer, ein Bäcker oder sonst irgendwer. Auf eine Taximordserie deutet jedenfalls nichts hin.«

»Kann schon sein!«, meldet sich der erste nochmal zu Wort. »Aber wenn doch? Mir wird der jedenfalls vom Leib bleiben. Ich werde mir zumindest eine Knarre zulegen. Waffengesetz hin oder her! Notwehrparagraph! Versteht ihr? Dem puste ich die Birne weg, bevor der kapiert, was überhaupt passiert!«

Das allgemeine Gemurmel dazu hat einen deutlich zustimmenden Charakter. Und, es ist ja nicht so, dass es allzu schwierig wäre, an eine Waffe passender, sprich handlicher Größe heranzukommen. Die meisten Taxler haben für solche berufsbedingten Notfälle schon seit Jahren eine zu Hause deponiert. Einige sind dazu extra einem Schützenverein beigetreten, um sich legal damit eindecken zu können. Auch mit Munition und so. Dass so ein Zweizoller im Kaliber 38 ganz unauffällig spätestens ab der nächsten Schicht im Taxi, das zwar nicht legal, aber Taximord ganz eindeutig auch nicht legal. Und, Kripo offensichtlich machtlos. Moralische Bedenken quasi überflüssig.

Was die Taxler nicht ahnen können: Der nächste Mord würde mit einem Zweizoller verübt werden, mit einem aus dem Handschuhfach eines Regensburger Taxis.

Kapitel 10

Wenn der Köstlbacher gewusst hätte, wie das gewesen ist, als sie den Hans Hebauer ins Bezirksklinikum eingeliefert haben, dann hätte er bestimmt die ganze Suche nach dem Mörder vom Hebauer, der vielleicht auch der von der Taxifahrerin gewesen ist, anders gestaltet. Zumindest ein wenig effektiver! Weil, dass dem Hebauer sein Mörder einen Grund gehabt haben muss, warum der dem Hebauer die Kehle ..., davon kannst du ausgehen. Ich meine, dass jedes Gewaltverbrechen auch ein Motiv und so, das kannst du in jedem mittelmäßigen Krimi nachlesen. Und, in der Realität ist das natürlich kaum anders. Aber, der Köstlbacher ist einfach am Anfang so sehr auf den Mörder fixiert gewesen, den er sich wegen der Phantombilder sogar optisch vorstellen konnte, dass er die Sache mit dem Motiv total vernachlässigt hat. Zum Glück ist das dem Dr. Huber nicht aufgefallen. Dass der dann dem Köstlbacher die Hölle heiß und so, darüber brauche ich ja wohl nichts sagen. Aber, der Dr. Huber, und das stimmt wirklich, der einfach keine Ahnung von nix. Hab's ja schon mal erwähnt! Und daran ändert in der Tat auch sein Doktortitel nicht wirklich was.

Jedenfalls ist die ganze Geschichte mit dem Hebauer von allem Anfang an suspekt gewesen. Das ist schon bei seiner Einlieferung ins Bezirksklinikum losgegangen. Normalerweise, wenn du in ein Krankenhaus musst, dann begleitet dich da irgendwer aus deiner Familie oder, wenn du keine hast, irgendein Freund oder so. Der Hans Hebauer aber ist ganz allein gekommen. Die Taxifahrerin, die ihn hingebracht hat, die hat ihm nur seinen Koffer hinten aus dem Auto gehoben, sich bezahlen lassen und weg war sie. Ein Taxi hat der Hebauer genommen, weil ihm die Fahrt im Bus mit dem Koffer zu beschwerlich erschienen ist.

Gekannt hat der Hebauer das Bezirksklinikum ja schon. Bevor er damit einverstanden gewesen ist, einem stationären Aufenthalt zuzustimmen, hat er dort ambulant erst mehrere ›*Liegungen*‹ gehabt. Aber, weil der Hebauer nicht privat und so, drum nur beim Dr. Hammstig und nicht beim Prof. Dr. Neumann, wie der Köstlbacher.

Weil, eines musst du wissen, so ein Professor oft nur privat! Hat bestimmt was mit den Abrechnungsmöglichkeiten zu tun. Weil Leistung ist Leistung. Und, die Gesetzliche fragt da nicht danach, ob die jetzt von einem Professor oder nur von einem normalen Facharzt. Und drum, so ein Privatpatient die einzige Möglichkeit, sein mageres Arzteinkommen ein bisschen aufzupeppen. Nicht, dass ein Arzt am Hungertuch nagen müsste. Und erst recht kein Professor. Aber so flüssig wie früher haben's die heute jedenfalls nicht mehr, zumindest wenn man ihrem Gejammere Glauben schenken darf.

Den Köstlbacher hat das zwar immer geärgert, wenn er nach seinen ›*Liegungen*‹ die Privatrechnung erhalten hat. Aber geblieben ist er beim Professor trotzdem, weil, du weißt schon, was teuerer ist, das ist bestimmt auch besser. Das ist mit einer Kartoffelsuppe, die du in einem Gourmetrestaurant isst, nicht anders.

Der Hebauer nur gesetzlich. Drum auch gar nicht die Wahl. Der Dr. Hammstig hätte es zwar auch nicht sein müssen, weil im Klinikum noch genug andere Fachärzte seines Kalibers, aber das mit dem Dr. Hammstig quasi Zufall. Dem Hebauer sein Hausarzt, der hat ihn vor einem halben Jahr zu einer Untersuchung ans Bezirksklinikum überwiesen. Und dort ist er über die Anmelde beim Dr. Hammstig gelandet. Und, bei dem ist er dann auch geblieben, weil, ›*Liegungen*‹ kannst du nicht einmal bei dem einen Psycho und einmal bei einem anderen machen. Bis da ein anderer sich in deinen Fall eingearbeitet haben würde, wäre die ›*Liegung*‹ praktisch schon wieder vorbei. Natürlich war der Dr. Hammstig inzwischen auch mal in Urlaub und so. Aber, auch da hat kein anderer seine ›*Liegungen*‹ übernommen. Die sind dann einfach ausgefallen.

Der Hans Hebauer ist wegen seiner Albträume in Behandlung gewesen. Albträume ist ja nur so eine Art Überbegriff. Weil Albträume hat ja auch der Köstlbacher gehabt. Aber dem seine waren ganz anders. Bei dem ist es fast immer drum gegangen, dass eines seiner Kinder entführt worden ist. Die Clara!

Dem Hebauer seine Albträume, das waren eher Angstträume, solche mit Verfolgungsangst. Und dazu hat der Hebauer auch gar nicht träumen müssen, so mit gleichzeitig schlafen und so. Er hat diese Albträume genauso oft im wachen Zustand gehabt.

Und, eines kannst du mir glauben, und das entspricht der Wahrheit, weil ich den Hebauer persönlich gekannt habe, schon länger als den Köstlbacher, der Hans Hebauer hat schrecklich unter diesen Albträumen gelitten.

Was dem Hebauer am meisten bedrückt hat und wovor er sich noch mehr gefürchtet hat, als vor all den bösen Kreaturen, die es nach seiner Meinung auf ihn abgesehen hatten, das ist der Umstand gewesen, dass der Hebauer single. Nicht nur, dass er keine Frau und so. Der Hans auch kaum richtige Freunde. Sogar ich, ich habe ihn zwar gut gekannt, aber den Begriff ›*Freund*‹ hätte ich im Zusammenhang mit ihm trotzdem nicht in den Mund genommen. Dazu ist er mir doch zu seltsam gewesen, der Hans.

Wenn du den eingeladen hast, dann verging kaum eine halbe Stunde, und schon hat der seinen Stuhl woanders hingerückt, weil er sich an der alten Stelle zu sehr beobachtet gefühlt hat von irgendwelchen Wesen in der Wand oder von mir aus auch von unsichtbar installierten Kameras vom FBI. Dass das verrückt klingt, das ist mir schon klar. Aber, der Hans war ja auch wirklich irgendwie verrückt.

Im Laufe der Zeit ist mir aber mehr und mehr klar geworden, dass der Hans einmal irgendwas Schreckliches erlebt haben muss. Und das hat dann seine Angstzustände, seinen Verfolgungswahn ausgelöst. Zum Glück bin ich nicht so ein ›*Freudianer*‹, wie die Psychiater es oft sind, so Typen wie der Dr. Hammstig, der den Hans bei sich im Behandlungsraum mehrfach auf der Couch liegen gehabt hat. Und so habe ich auch nie darüber nachgedacht, was wohl in der Kindheit beim Hans schiefgelaufen hätte sein können, mit seiner Mutter oder mit seinem Vater und so. Ich habe mir einfach vorgestellt, dass der einmal irgendwo irgendwas mitbekommen hat, an dem er bis heute herum beißt.

Und so ist's auch wirklich gewesen. Als wir uns vor 8 oder 9 Monaten zum letzten Mal gesehen haben, da hat er mir's erzählt. Warum da und vorher nie, das hat bestimmt an dem Wein gelegen, so ein spanischer, der brutal rein zieht und bei dem du schon nach dem ersten Glas nicht mehr checkst, dass ein zweites schon zu viel sein dürfte. Der Hans sowieso normalerweise nur Biertrinker. Und, vom Wein keinen Dunst, vom spanischen schon dreimal nicht. Drum hat er auch ein zweites und dann sogar noch ein drittes Glas getrunken. Seine Zähne und die Lippen sind schon ganz blau gewesen von der dunklen Farbe des schweren und tief roten aus der ›*La Mancha*‹.

Und dann ist er damit heraus gerückt. Eigentlich ganz spontan und von selbst. Ich habe ihn nicht danach fragen müssen. Hätte ich ihn gefragt, da hätte mir der Hans bestimmt keine Antwort gegeben und wäre bald darauf aufgestanden, um nach Hause zu gehen. Weil, eines musst du wissen, der Hans keiner, den man drängen konnte. Vor allem wenn's um das gegangen ist, was er mir damals erzählt hat. Da hätte er in null Komma nix dicht gemacht. So gut kenne ich ihn.

»Vor drei Jahren«, hat der Hans begonnen, und ich habe genau aufpassen müssen, um ihn zu verstehen. So einer aus der ›*La Mancha*‹, der macht die Zunge schwer, das glaubst du nicht. Und, das Denken und Aufpassen macht er auch nicht gerade leichter. »Vor drei Jahren, da bin ich Zeuge geworden. Und seitdem lässt mich dieses Bild nicht mehr los. Zeuge zu werden, ist eine Sache! Aber dabei gesehen zu werden, wenn du Zeuge wirst, das ist eine ganz andere Sache! Dass du von dem Zeitpunkt an nicht mehr in Ruhe leben kannst, das muss ich dir ja wohl kaum erklären. Immer und immer wieder siehst du ihn, den, der dich dabei erwischt hat, wie du Zeuge geworden bist.«

»Hm!«, habe ich da nur gesagt. So ein ›*Hm!*‹, mit dem unterbrichst du deinen Gesprächspartner nicht wirklich. So ein ›*Hm!*‹ ist keine Zustimmung und ebensowenig eine Ablehnung. So ein ›*Hm!*‹ ist genau die Antwort, die der Hans hören wollte. Quasi meine Bestätigung, dass ich ihm geistig folge und ihn ernst nehme.

»Du weißt ja, ich wohne in der Pfarrergasse, vorne am Eck zum Straußgässchen, im ersten Stock. Und, an mein Wohnzimmer erinnerst du dich bestimmt auch. Das, das zu beiden Seiten ein Fenster hat, eines zum Straußgässchen und eines zur Pfarrergasse. Wir haben dort beide zusammen schon öfter ein Bier getrunken, wenn du mich besucht hast. – An dem bewussten Abend, es war 21.45 Uhr, das kann ich mit Sicherheit sagen, weil ich mir fast jeden Abend das ›*heute journal*‹ auf ZDF anschaue, und das hatte gerade begonnen, also um Viertel vor Zehn, hörte ich unten in der Pfarrergasse einen Lärm. Der störte mich umso mehr, weil bei mir beide Fenster offen standen und ich vom Fernseher nichts mehr verstanden habe. Also stand ich auf und ging zu den Fenstern, um sie zu schließen. Zuerst das hinunter zur Pfarrergasse. Der Lärm war inzwischen stärker geworden. Es hörte sich zu dem Zeitpunkt so an, als ob ein paar Leute da unten lautstark miteinander streiten würden. Natürlich warf ich vom Fenster aus erst mal einen Blick nach unten. Außer einer Gruppe von Jugendlichen, die in absoluter Überlautstärke über irgendetwas diskutierten, war aber nichts zu sehen. Die jungen Leute heutzutage können sich ja nicht mehr normal unterhalten. Alle gehörgeschädigt, wegen ihrer Dauerbeschallung durch Kopfhörer. Was vorher wie ein Streit zu mir heraufgeklungen hatte, war also gar keiner.

Also machte ich das Fenster zu und wollte dasselbe mit dem anderen Fenster tun, das hinaus zum Straußgässchen. Und da habe ich es gesehen! Nicht unten, im Straußgässchen. Dort war tote Hose! Nein, direkt in der Wohnung mir gegenüber.

»Was hast du gesehen?«, bin ich nun doch herausgeplatzt, weil mir dieses ewige Gefasel den letzten Nerv geraubt hat. So gern ich ihn gemocht habe, den Hans, wenn der kurzweilig zu erzählen angefangen hat, weil er was getrunken hat. Aber aufgehört hat der dann auch nicht mehr. Und, du hast wirklich nur ernsthaft hoffen können, dass der auch wieder einmal in seine schweigsame Phase zurückfällt. Wenigstens zum Verschnaufen! Obwohl natürlich momentan ein Rückzug ins Schweigen auch nicht wünschenswert.

»Er hat ihr den Hals umgedreht! Die hat vor ihm gestanden und er hinter ihr. Dann hat er erst genussvoll, so hat's zumindest für mich ausgesehen, seine beiden Arme um sie geschlungen und ihre Brüste in beide Hände genommen. Da hab' ich mir noch gedacht: ›*Hey, nicht schlecht! Bin gespannt, wie's weiter geht!*‹ Ich meine, dass der sie umbringen würde, das war es nicht, was ich vermutet habe. Ich dachte, du weißt schon! Na ja, jedenfalls mehr in die erotische Richtung!«

»Aha!«, meinte ich dazu nur. War mehr so ein Verlegenheits-›*Aha*‹. Weil, dass der Hebauer ein Spanner, das hatte ich bisher bei ihm gar nicht gedacht. Aber, so ist das eben im Leben. Du glaubst jemanden gut zu kennen, bist sogar fast befreundet mit ihm, und dann merkst du plötzlich, dass der Seiten und so. Das glaubst du einfach nicht!

»Was heißt hier ›*Aha*‹? Nix ›*Aha*‹! Weil der hat sie ja gar nicht... Also jedenfalls nicht das, was man hätte meinen können, solange seine Hände noch am Busen und so. Aber dann sind die Hände plötzlich nach oben gerutscht. Da hat sie angefangen zu strampeln und wild mit den Armen zu fuchteln, wie seine Hände den Hals zusammengedrückt haben. Und dann hat er eine ruckartige Bewegung gemacht, so, als ob du einer Katze das Genick... Jedenfalls ist sie sofort zusammengesackt und weg war sie. Du weißt schon, wenn du in ein Fenster reinschaust, dann siehst du nicht alles! Vor allem, wenn es sich relativ nah vor dem Fenster abspielt. Alles, was da weiter unten, das ist wie vor dem Orchesterschacht in einem Theater, wenn du nicht ganz vorne sitzt. Aber nicht nur sie war verschwunden, abgetaucht. Er war auch weg. Nur kurz vorher, war nur eine Sekunde. Mag sein sogar weniger. Da hat er zu mir rübergeschaut. Den Blick werde ich nie vergessen. Von da an habe ich gewusst: Der wird mich eines Tages umbringen. Der wird mich töten, weil ich seine Tat beobachtet habe.«

»So wie's aussieht, lebst du aber doch noch putzmunter!«, sagte ich.

»Ja, so wie's aussieht. Aber wie lange noch? Ich wollte den ja gleich bei der Polizei melden. Ich meine den Mord. Das mit dem Täter natürlich auch. Aber, das machte mir noch mehr Angst. Vielleicht, so habe ich gehofft, lässt er mich ja doch am Leben, wenn ich nichts verrate.«

»Du hast den Mord nicht gemeldet?«, habe ich den Hans erstaunt gefragt.

»Später irgendwann schon. Ich hab's anders nicht mehr ausgehalten. Aber, die von der Polizei haben mir nichts geglaubt.«

»Na, wenn da eine Leiche gefunden worden ist, warum sollten die dann einem Zeugen, der sich meldet, nicht glauben?«

»Das ist es ja! Weil gar keine Leiche gefunden worden ist. Nicht in der Wohnung dort drüben und auch sonst nirgendwo. Ich meine, irgendwann später haben die in Regensburg schon wieder eine Leiche gefunden. Aber, die hatte mit der Frau mir gegenüber nichts zu tun. Die Frau haben sie nie gefunden. Und wenn man's genau nimmt, dann haben die sie ja auch gar nicht finden können!«

»Wie kommst du zu diesem Schluss?«, hab' ich gefragt und dabei den Kopf verständnislos geschüttelt.

»Weil die Frau noch lebt! Zumindest läuft da draußen eine rum, die aussieht wie die Frau, die vor meinen Augen gewürgt worden ist und die mit gebrochenem Genick zusammengesackt ist. Und wenn dir so etwas passiert, dann bist du tot und kannst nicht mehr draußen rum laufen, als wäre nichts geschehen.

Zu diesem Zeitpunkt habe ich angefangen, echt skeptisch zu werden. Ob der Hans noch richtig im Kopf? So sicher bin ich mir da ganz und gar nicht mehr gewesen.

»Okay! Okay!«, habe ich gesagt. »Wenn da eine rumläuft, die aussieht wie die, die vor deinen Augen ermordet worden sein soll...«

»Nicht soll! Ist! Ermordet worden ist!«, hat mich der Hans da gleich unterbrochen.

»Also gut, ermordet worden ist! Dann müsste die da draußen ihre Zwillingsschwester sein.«

»Hat sie keine gehabt. Hab' nie eine gesehen!«

»Dann eben eine Doppelgängerin!«

»Hm! Weiß nicht! Weiß überhaupt nichts mehr. Außer, dass er mich verfolgt. Das weiß ich sicher. So sicher wie das Amen in der Kirche! Der ist überall! Wie der das schafft ist mir ein Rätsel. Ich hab' sogar den Verdacht...«, und da ist er plötzlich näher zu mir herangerückt und hat mir unter vorgehaltener Hand ganz leise zugeflüstert, als hätten wir heimliche Zuhörer.

»Ich hab' den Verdacht, er hat alles verwanzt. Und, er steckt mit vielen unter einer Decke. Ich trau jedenfalls niemandem mehr!«

»Aber mir hast du doch jetzt auch vertraut!«, hab' ich dagegengehalten.

»Ja dir! Dich kenne ich ja schon seit Ewigkeiten. Na ja, nicht gerade seit Ewigkeiten, aber zumindest gut! Dass du nicht zu ihm gehörst, das ist doch klar!«

»Und wer ist er nun, der große Unbekannte?«

»Das wenn ich wüsste! Wenn du so einem in die Augen schaust, dann kommst du gar nicht mehr dazu, das Übrige seiner Erscheinung auch noch zu registrieren. Und die Augen! Ich kann dir sagen, die Augen! Da gefriert dir das Blut in den Adern! Seit ich diese Augen gesehen habe, verfolgen sie mich. Tag und Nacht! Sie beobachten mich. Sie beobachten mich überall und von überall her. Sogar aus Wänden heraus. Und, wovor ich mich am allermeisten erschrecke, sogar aus fremden Personen heraus. Als könnte er durch sie auf mich schauen! Ich sag dir! Der Horror!«

...

Damals habe ich schon geahnt, dass mit dem Hans, du weißt schon! Weil, normal ist so etwas ja nicht. Obwohl ich sie zumindest hab' nachvollziehen können, seine Angst.

Wenn ich nicht einen längeren Urlaub in der Toskana und überhaupt in Italien gemacht hätte, damals, als das mit dem Hebauer passiert ist, und dort praktisch von nichts eine Ahnung hatte, nicht so, wie der Dr. Huber, weil der wenigstens informiert, dann hätte ich bestimmt den Köstlbacher angerufen und ihm eine Menge Ärger ersparen können. Weil, dann der Köstlbacher viel mehr Ahnung und nicht immer nur bei seinen Ermittlungen von einer Sackgasse in die andere.

Kapitel 11

»Hallo Kollege Köstlbacher. Wir sind mit dem Taxi fertig. Sie können es vom Besitzer abholen lassen!«, teilt einer vom Spurensicherungsteam dem Köstlbacher mit.

Der Köstlbacher hatte eigentlich einen Anruf vom Liebknecht erwartet und braucht erst eine Sekunde, bis die Nachricht in sein Bewusstsein durchgedrungen ist.

»Hallo? Sind Sie noch dran?«, fragt daher der von der Spurensicherung nach.

»Ja! Ja! Entschuldigung! War gerade in Gedanken woanders!«

Dass sich der Köstlbacher wegen seinem Verhalten bei irgendwem entschuldigt, das quasi eher unüblich. Irgendwie merkt er das selber. Drum setzt er auch postwendend einen anderen Ton auf und fügt brummend hinzu:

»Heute ist Dienstag! Seid Ihr beim Arbeiten im Taxi eingeschlafen?«

»So ein Taxi ist kein blank geputzter Tresen. Bis da jedes Härchen eingesackt ist, das braucht eben seine Zeit!«, antwortet der von der Spurensicherung etwas angepisst.

»Und? Ist wenigstens was dabei heraus gekommen?«, fragt der Köstlbacher, ohne dem veränderten Tonfall seines Gesprächspartners am Telefon in irgendeiner Form Rechnung zu tragen.

»Was die Härchen betrifft, die haben wir katalogisiert. Bekannt sind uns nur die von der ermordeten Taxifahrerin.

»Fingerabdrücke?«

»Wie bei den Härchen! Unmengen! Bis auf die der Taxifahrerin aber alle unbekannt.«

»Handschuhfach? Nun lassen Sie sich doch nicht alles einzeln aus der Nase ziehen!«, grollt der Köstlbacher.

»Da hat's ausgesehen wie in einer Damenhandtasche. Nicht dazu gepasst hat ein Ölfleck. Übrigens eindeutig Ballistol-Öl. Wird ja für vieles verwendet. Auf alle Fälle besonders gerne zum Einölen von Waffen. Das wäre auch eine Erklärung dafür, warum unser Labor geringste Mengen an Schmauchspuren entdeckt hat, wie sie sich beispielsweise außen an der Trommel eines Revolvers ablagern, wenn der benutzt wird.«

»Interessant!«, meint da der Köstlbacher nur, kann sich aber im Moment keinen Reim drauf machen, weil als Tatwaffe ja kein Revolver benutzt worden ist. Damit er aber ja nicht vergisst, da nochmal nachzuhacken, greift er sich schnell einen Stift und notiert auf seiner Schreibtischunterlage ›*Revolver?*‹.

»Noch was?«

»Allerdings! Auf dem Rücksitz, genauer gesagt vom Mittelgurt des Rücksitzes verdeckt, fanden wir eine eingerissene Eintrittskarte für eine Veranstaltung in der Mordnacht im Jazzclub!«

»Im Jazzclub? Der im ›*Leeren Beutel*‹?«, fragt der Köstlbacher jetzt total überrascht.

»Steht drauf, ja!«

»Klar! Muss ja auch sein. Gibt ja nur den einen in Regensburg!«, sinniert der Köstlbacher halblaut vor sich hin.

»War's das dann?«, fragt er noch.

»Fast!«, antwortet der von der Spurensicherung. »Da war noch ein Designerfeuerzeug. Lag hinter dem Fahrersitz, genauer gesagt darunter. Drum hatten wir es am Tatort bei den nicht gerade idealen Lichtverhältnissen übersehen. Fingerabdrücke sind auch drauf.«

»Und?«, fragt der Köstlbacher genervt, weil der von der Spurensicherung ihn mit seiner Scheibcheninformationstaktik langsam zur Weißglut bringt.

»Nichts ›*und*‹! Eben Fingerabdrücke. Fremde! Die von der Taxifahrerin sind nicht dabei!«

»Und, was ist mit den Fingerabdrücken von diesem Martin Lauber? An den schon mal gedacht?«

»Klar haben wir an den gedacht. Nur haben wir dem seine nicht, um vergleichen zu können. Dem Lauber seine Abdrücke sind nicht in der Kartei. Warum sollten sie auch? Der hat sich noch nichts zu Schulden kommen lassen und besitzt immer noch einen alten Ausweis, keinen der neuen Generation, wo die Fingerabdrücke ...«

»Ja, ja! Schon gut! Ich werde die Abdrücke besorgen!«, unterbricht der Köstlbacher den Kollegen von der Spurensicherung. »Ich ruf Sie an!«, fügt er noch hinzu und legt auf.

»Alles muss man selber machen!«, grummelt er vor sich hin und geht hinaus zur Klein.

»Lassen Sie doch den Liebknecht anfunken! Ich brauche ihn dringend!«

»Selbstverständlich Herr Köstlbacher! Für Sie auch ohne ›*Bitte*‹!«, antwortet die Klein suffisant und wählt die Nummer der Zentrale.

»Bitte!«, brummt der Köstlbacher. Wobei nicht sicher ist, ob er nicht die Klein nur nachäfft.

Weil, eines musst du wissen, der Köstlbacher hasst es, wenn jemand versucht, seine Manieren zu verbessern oder an ihnen herumzukritisieren. Das hat er sich sein ganzes Leben von seiner Mutter anhören müssen und, weil er relativ früh die Anna geheiratet hat, ab da dann quasi übergangslos von ihr. ›*Edmund lass dies! Edmund lass das! Edmund, wie kannst du nur!*‹ Das verursacht ihm zwar fast nie Halsjucken, aber dafür spontan Sodbrennen. Und das ohne Kaffee oder den Roten aus Südtirol, bei dem es im Magen schon heiß wird, bevor er auch nur einen Schluck davon getrunken hat.

»Hallo Chef!«, meldet sich nicht einmal eine Minute später der Liebknecht am Telefon. Die Klein ist wieder einmal schneller als die Feuerwehr gewesen. »Was liegt an?«

Gerade dass er nicht fragt ›*Was geht ab?*‹, der Liebknecht. Obwohl alles andere als ein junger Kollege, versucht der Liebknecht bei jeder sich ergebenden Gelegenheit, sich jugendlich zu geben. Und, was er mit der Optik nicht mehr auf die Reihe bringt, das soll dann der Wortschatz wett machen, den er bestimmt nicht selber als Jugendlicher drauf hatte. Sogar ›*Voll cool!*‹ oder ›*Voll krass!*‹ kommt immer wieder mal über seine Lippen. Allerdings musst du wissen, dass der Liebknecht eher selten in Gegenwart von seinem Chef so. Das sind schon mehr seine Ausdrücke, wenn Mädchen der entsprechenden Altersgruppen sich in Hörweite befinden. Der Liebknecht Single! Und, als Single, da streckst du deine Fühler ja praktisch überall hin aus. Ins Altenheim freilich weniger. Außer eine alte Jungfer sucht nach einem Erben für ihre Millionen. Weil, die Millionen könntest du bestens gebrauchen, damit die jüngere Generation dich nicht mehr abstoßend findet.

Der Liebknecht ohne Millionen. Und auch ohne Aussicht auf Millionen aus dem Altenheim. Drum versucht er es mit ein paar Brocken Spanisch oder coolen Sprüchen. Einen durchschlagenden Erfolg bring ihm das freilich nicht. Von ein paar kurzen Affairen einmal abgesehen, hängt er bis dato permanent ohne Frau an seiner Seite rum.

Dass der Liebknecht heute trotzdem so gut gelaunt und sogar gegenüber dem Köstlbacher sein ›*Was liegt an?*‹ verlauten lässt, das hat nur einen einzigen Grund. Die Kollegin Gradl, die Brigitte Gradl, die hat seine Einladung für heute Abend zum Essen angenommen. Die Gradl ist zwar keine 20 mehr, aber viel drüber ist sie auch noch nicht. Zumindest ist sie eine von den Frauen, die optisch quasi längere Zeit knapp über 20. Oft sogar dann noch, wenn vor dem Nuller schon eine 3 steht. Egal was nun stimmt bei ihr, auf alle Fälle hat sie die Hormonproduktion vom Liebknecht fast schmerzlich gesteigert, wenn du verstehst, was ich meine.

»›*Was liegt an? Was liegt an?*‹ Kannst du nicht normal mit mir reden? So schlimm ist ja nicht einmal mein Karl!«, schimpft der Köstlbacher ins Telefon.

»'Tschuldigung!«, reagiert da der Liebknecht schnell, weil seine Laune momentan so gut, dass er sie sich von einem grantelnden Hauptkommissar nicht kaputt machen lassen möchte. »War g'rad nicht bei der Sache!«

»Merkt man!«, antwortet der Köstlbacher. Sonst sagt er dazu weiter nichts. Das, was anliegt, erscheint ihm wichtiger.

»Ich brauche dringend Fingerabdrücke vom Martin Lauber. Du weißt schon! Dem Mann von dieser toten Taxifahrerin.«

»Ist der jetzt verdächtig?«, wundert sich der Liebknecht.

»Verdächtig! Verdächtig! Momentan ist jeder verdächtig, der im Taxi gesessen hat!«

»Der Lauber hat mit Sicherheit auch schon drin gesessen.

Die haben das Taxi ab und zu bestimmt auch mal privat genutzt!«, meint der Liebknecht.

»Bestimmt! Aber, erstens hat da der Lauber vermutlich vorne gesessen, und zweitens kann ich mit Hilfe seiner Abdrücke wenigstens einen Teil aller Abdrücke als identifiziert abhaken.«

Dass er die Fingerabdrücke wegen dem Designerfeuerzeug haben möchte, das erwähnt der Köstlbacher nicht. Als Chef musst du ermittlungstechnisch einfach immer den Mitarbeitern etwas voraus sein. Dann viel mehr Respekt!

»Ich lass' mir was einfallen!«, meint der Liebknecht. »Spätestens morgen hast du deine Fingerabdrücke!«, sagt er noch und legt auf.

Das ist das Tolle am Liebknecht. Drum schätzt der Köstlbacher den Liebknecht so, auch wenn er ihm das nur selten sagt. Zu selten, wie der Liebknecht denkt. Oft genug, wie der Köstlbacher glaubt. Weil, eines musst du wissen, zu viel loben steigert das Selbstbewusstsein über das hinaus, was gerechtfertigt ist. Und schnell hast du dann einen Mitarbeiter, der glaubt, der Größte zu sein, nur weil er es auf die Reihe bringt, dir zum Kaffee deine geliebten Croissants aus der Bäckerei von nebenan zu holen.

Natürlich hätte der Köstlbacher den Lauber einfach aufs Revier kommen und dort seine Fingerabdrücke nehmen lassen können. Aber, wenn du so eine Anordnung triffst als ermittelnder Kriminaler, dann weckt das im Nu das Misstrauen der Person, die du antanzen lässt. Und genau das will der Köstlbacher vermeiden. Bisher gibt es keinen konkreten Anlass dafür, den Marin Lauber in irgendeiner Weise zu verdächtigen. Auch wenn der im Bezirksklinikum rein zeitlich gesehen auf dem Plan gewesen hätte sein können. Die Beschreibung des Zeugen, der diesen mit Blut bespritzen Mann gesehen haben will, die passt überhaupt nicht auf den Lauber.

Für den Mord an seiner Frau jedenfalls kam er schon deswegen nicht in Frage, weil er da Dienst gehabt hat. Außerdem hat der Taximörder keine Ähnlichkeit mit dem Lauber, falls die Zeugenaussage der Susanne Ziegler doch stimmen sollte.

Es ist nicht nur das Feuerzeug, das den Köstlbacher beschäftigt. Irgendwas übersieht er. Da ist er sich todsicher. Aber was? Und, der Lauber, hat der was damit zu tun?

Am besten erst einmal die Fingerabdrücke abwarten und einstweilen den Kopf frei machen für weitere Ermittlungen. Wenn du da nicht aufpasst, dann verrennst du dich schnell in eine Sackgasse und marschierst darin auf und ab, wie ein aufgescheuchtes Huhn.

Kapitel 12

Die Beerdigung auf dem ›*Unteren Katholischen Friedhof*‹ in Regensburg, ich meine, so eine Beerdigung, die hat es in Regensburg schon eine Ewigkeit nicht mehr gegeben.

Falls du jetzt denkst, ich rede von der vom Hebauer Hans, dann muss ich dich enttäuschen. Nicht, dass der Hebauer für die Öffentlichkeit uninteressant. Seit der nämlich ermordet worden ist, da hat sich plötzlich jeder über den Hans ausgelassen, die paar, die ihn gekannt haben und vor allem die vielen, die ihn nicht gekannt haben.

Die, die ihn gekannt haben, die haben ja gewusst, dass der Hebauer seltsam. Und wenn einer seltsam, dann auch ein gewaltbedingter Tod nicht abwegig. Da waren sich die meisten einig. Schließlich hatte der Hebauer schon seit Wochen diesen Verfolgungswahn. Und wenn ihm auch bisher kaum einer geglaubt hat, im Nachhinein ist für viele die Angst vom Hebauer vielleicht doch nicht so abwegig gewesen. Und, falls der Hebauer so einer wie der Günter Wallraff gewesen ist? Was dann? Wenn der vielleicht Dinge gewusst hat...? Und wenn deshalb die Angst vom Hebauer begründet und so? Selbst vor so Organisationen wie dem FBI? Wieso eigentlich nicht? Ja, die, die ihn gekannt haben! Die können sich inzwischen so einiges vorstellen.

Wenn die erst gewusst hätten, was mir der Hebauer erzählt hat. Aber, ich glaube nicht, dass irgendwer außer mir davon weiß. Nicht, dass ich für den Hebauer was Besonderes gewesen wäre. Aber, so oft hat der Hebauer keinen Roten getrunken. So einen aus dem sonnigen Süden Spaniens.

Und dann erst die, die ihn nicht gekannt haben, zumindest nicht persönlich. Weil, nach all den Zeitungsberichten, da hat ihn ja praktisch jeder gekannt, zumindest nicht persönlich. Die haben ja im Prinzip gar nichts gewusst. Aber, wenn du gar nichts weißt, dann sind deinen Interpretationsmöglichkeiten auch keine Grenzen gesetzt. Und, wer sich sein Maul über jemanden zerreißt, der als Patient im Bezirksklinikum, quasi in ›*Karthaus*‹, so einem, dem fehlt es bestimmt nicht an Ideen, wer, was und warum. Auch wenn die alle bar sind jeder Realität und wenn du so willst, nur aus der Luft gegriffen.

Beerdigt worden ist der Hebauer auch nicht auf dem ›*Unteren Katholischen Friedhof*‹, weil der Hebauer evangelisch und deshalb am ›*Evangelischen Zentralfriedhof*‹.

Aus dem gleichen Grund, aus dem der Köstlbacher jetzt in der Nähe vom Grab von der Luise Lauber steht, aus dem gleichen Grund hat der Köstlbacher auch in der Nähe vom Grab vom Hebauer gestanden. Du wirst es dir schon denken: Der Köstlbacher quasi nur zur Beobachtung hier. Dass er seine Hände trotzdem gefaltet auf seinem Bauch ruhen hat oder genauer gesagt, mit seinen halb gefalteten Händen seinen Bauch umfasst, das eigentlich nur Gewohnheit. Weil, an ein Gebet denkt der Köstlbacher nicht, nicht für die Lauber und vorher beim Hebauer hat er auch nicht aus Frömmigkeit dagestanden. Aber Schirm hat er keinen halten müssen, der Köstlbacher. Nicht beim Hebauer und auch jetzt nicht bei der Lauber. Strahlend blauer Himmel und für eine Beerdigung fast ein wenig zu warm. Zumindest, wenn du kein schattiges Plätzchen für dich in Anspruch nehmen kannst.

Und wenn du alles sehen willst, dann kannst du nicht auch noch erwarten, dass das von einer Stelle aus geht, die auch noch im Schatten ist.

Beim Hebauer, da ist der Köstlbacher höchstens 10 Minuten geblieben. Erstens waren nur eine Hand voll Leute da. Und die hat er alle uninteressant gefunden. Keiner dabei, der irgendwie auffällig oder so.

Ich meine, als alter Kriminaler, da schaust du dir die Leute an und merkst irgendwie sofort, da musst du nochmal hinschauen oder nicht. Das wäre jetzt zwar wieder die alte Geschichte mit dem ›*aus dem Bauch heraus*‹. Aber in diesem Fall, da sage ich dazu eher ›*Erfahrung*‹! Dass die der Köstlbacher hat, da ist sich zumindest er selbst sicher.

Ganz ehrlich gesagt muss ich aber zugeben, dass es eher die Sonne war, die so unbarmherzig heruntergeleuchtet hat, warum der Köstlbacher nicht die ganze Beerdigung vom Hebauer dabei und so. Gereut hat den Köstlbacher nur der arme Pfarrer, oder Pastor, wie er bei den Evangelischen genannt wird, weil der mindestens so korpulent wie er und noch dazu ein schwarzes Gewand. Aber dafür ist einer eben Pfarrer oder Pastor. Wenn du da einen beerdigen sollst, dann hast du keine Wahl, auch wenn dir die Sonne noch so sehr zu schaffen macht und du lieber was Helles an und einen Strohhut auf hättest.

Jetzt steht er wieder in der prallen Sonne. Der Pfarrer natürlich auch. Aber der wird dich ja weniger interessieren. Drum meine ich auch mehr den Köstlbacher. Nicht, dass es am ›*Unteren Katholischen Friedhof*‹ keine Bäume geben würde. Aber, die paar schattigen Plätze waren schon belegt, als der Köstlbacher etwas verspätet gekommen ist, weil er es wegen der ewigen Sucherei nach einem Parkplatz nicht rechtzeitig zum Friedhof geschafft hat.

Aber, im Gegensatz zur Beerdigung vom Hebauer, wo der Köstlbacher mit ein paar professionellen Ermittlungsrundumblicken alles abgescannt hatte und sich ruhigen Gewissens wieder verziehen konnte, ist hier ein Menschenaufkommen, dass es der Kommissar schon wieder bereut, alleine gekommen zu sein. Dass zur Beerdigung einer ermordeten Taxifahrerin Kolleginnen und Kollegen aus der ganzen Republik anreisen würden, damit war zu rechnen. Aber, der Köstlbacher hat nicht damit gerechnet. Erst als er die ganzen Busse draußen vor dem Friedhof hat stehen sehen. Da ist ihm sein Fehler klar geworden.

Natürlich gehören all diese Beerdigungstouristen nicht zum Kreis etwaiger Verdächtiger. Aber, wie sollst du auf so einem unübersichtlichen Friedhof, wo dir Bäume und etliche zu hoch geratene Grabsteine die Sicht verderben, erkennen können, wer nun ein Taxler ist und wer nicht? Wäre ein Polizist ermordet worden, dann kämen bestimmt mindestens genauso viele Kollegen, aber die meisten von denen in Uniform. Und, bei den Taxlern, Uniform Fehlanzeige! Abgesehen vielleicht von einer Lederjacke, die für viele von denen Standard.

Dass der Köstlbacher zu spät gekommen ist, das stellt sich dann aber letztendlich doch nicht als Fehler heraus. Als Erster da zu sein, bevor etwas los geht, und zu beobachten, wie einer nach dem anderen eintrudelt, das hat natürlich schon was. Aber, du selber fällst dabei auch umso mehr auf, wenn du nur da stehst und kritisch rundum schaust. Da kannst du dir gleich ein Schild umhängen und POLIZEI drauf schreiben. Kommst du aber später, wenn die meisten Trauergäste schon da sind, dann schaut kaum einer auf dich und du kannst dich in aller Ruhe schlau machen.

Bist du hingegen selbst einer von denen, die als Trauergäste auf eine Beerdigung gehen, dann kann das verschiedene Gründe haben. Eigentlich solltest du ja nur auf eine Beerdigung, weil letzte Ehre erweisen und so. Aber, sei doch einmal ehrlich, wie oft war das bisher der Grund, warum du gegangen bist? Meistens sind deine Beweggründe doch ganz anderer Natur. Du bist neugierig. Du willst gesehen werden. Du willst Leute treffen. Du gehst, weil sonst die anderen fragen würden, warum gerade du nicht gegangen bist. Und, und, und...

So schaut's aus bei den über 100 Trauergästen am ›*Unteren Katholischen Friedhof*‹! So, und nicht anders.

Nur zwei sind dabei, von denen, die die ganzen Zeremonien durchführen, einmal abgesehen, nur zwei, die einen außergewöhnlich anderen Grund haben.

Den einen kennst du. Natürlich unseren Kriminalhauptkommissar Edmund Köstlbacher! Der ist auf der Suche nach dem Mörder. Der hofft einzig und allein, irgendwas Auffälliges zu erspähen oder irgendwen zu Gesicht zu bekommen, dessen Anwesenheit verdächtig erscheint. Weil, eines musst du wissen, so eine Ermittlung, die macht nur Fortschritte, wenn unvorhergesehene Erkenntnisse. Sonst trittst du nur auf der Stelle, wirst total unzufrieden und muss dich zudem noch schwach von deinem Vorgesetzten anschnauzen lassen.

Wenn wenigsten sicher wäre, dass in beiden Fällen derselbe Täter. Aber, sicher ist das keineswegs. Nur weil eine ähnliche Handschrift.... Das könnte Zufall sein. Oder ein Trittbrettfahrer. Du glaubst ja gar nicht, was da schon alles vorgekommen ist!

Aber, was bei dem Hebauer seiner Beerdigung zu wenig war, das war jetzt eindeutig zu viel. Eine Handvoll Leute, die hast du ja quasi mit einem Blick abgecheckt. Als Laie musst du vielleicht zweimal hinschauen. Aber nicht als alter Fuchs. Bei 100 Gästen oder gar mehr, da kannst du auch als alter Fuchs nicht alle abchecken. Und wenn du die meisten nur von hinten siehst, dann schon dreimal nicht. In so einem Fall, da fällt dir entweder zufällig und ganz spontan was auf, oder nicht. Und wenn nicht, dann kann dir keiner einen Vorwurf machen.

Einen Vorwurf muss dem Köstlbacher schon deshalb keiner machen, weil dem gleich nach den ersten 5 Minuten was auffällt. Mag ja sein, dass da der Zufall mitspielt. Ich sag das jetzt, damit bei dir nicht der Eindruck entsteht, der Köstlbacher ein Superbulle oder so. Nicht, dass der Köstlbacher sogar wirklich einen Tick besser ist, als die meisten seiner Kollegen. Zumindest hat er den besseren Überblick. Aber, ganz ehrlich gesagt, den hat er auch nur wenn er vor seiner Pinnwand steht. Und die hat er hier auf dem Friedhof allerhöchstens abgespeichert in seinem Gehirn mit dabei.

Und, wie der Köstlbacher jetzt zu denken anfängt, ich meine die Art und Weise, wie sein Gehirn zu arbeiten beginnt, wie er diese Beobachtung macht, das kannst du nur nachvollziehen, wenn du den Köstlbacher so gut kennst wie ich. Wie er mir das später erzählt hat, da war mir natürlich schnell wieder einmal klar, dass mein Freund der Köstlbacher schon ein echter Hund ist, wenn du verstehst, was ich meine. Auch wenn am Ende dann doch alles .... Aber zu dem Zeitpunkt hat das ja noch keiner wissen können.

Vielleicht ist nämlich so eine Konstellation gar nicht so

schlecht, wenn du hinten stehst und nicht von den Gesichtern abgelenkt wirst. So Gesichter, die lenken mehr ab, als dass du groß was aus ihnen herauslesen könntest. Eins ohne Trauermine, das vielleicht auf irgendwas hinweisen würde, so eins findest du vor einem offenen Grab auf dem Friedhof sowieso nicht. Sogar dann, wenn einer dabei sein sollte, der gar nicht traurig und eigentlich nur froh, dass endlich Erbschaft und so, sogar so ein Gesicht hat Tränen in den Augen, auch wenn solche Tränen bekanntlich nur Krokodilstränen. Schaust du dir die Personen aber von hinten an, dann kannst du deinen Intuitionen besser freien Lauf lassen. Mag sein, dass das eine oder andere weibliche Hinterteil sich deinen Überlegungen in den Weg stellt, weil es deine Gedankengänge auf eine Weise manipuliert, die deine tatsächlichen Absichten stört. Dazu kommt noch dieser schwarze Trauerstoff, der die Teile derart hauteng überspannt. Ich kann dir sagen, wenn du da Testosteronüberschuss, dann besser, du übernimmst so einen Ermittlungsauftrag nicht. Die Möglichkeit hast du allerdings nur wenn du Privatdetektiv und nicht von der Kripo, so wie der Köstlbacher.

Zum Glück der Köstlbacher keinen Überschuss. Von Testosteron meine ich! Dagegen schon länger sogar Defizit! Sogar ärztlich attestiert! Und drum mögliche Ablenkung durch weibliche Attribute, selbst die von hinten, eher unwahrscheinlich.

Dass die Taxler auf dem Friedhof alle zusammenstehen, das hat bestimmt was damit zu tun, dass die so eine Art Taxlerpower demonstrieren wollen. Ein Großteil von ihnen ist weiblich, wenn nicht gar die Mehrzahl. Das ist heute in dem Gewerbe so. Auch wenn das Taxifahren schon immer ein gefährliches Geschäft. Frauen lassen sich eben von so einer möglichen Gefahr nicht einschüchtern und jetzt schon dreimal nicht davon abhalten, weiter im Taxi hinter dem Steuer zu sitzen. Aber, dass sie den Treff hier nicht nur zum Trauern nutzen würden, wer hätte das gedacht? Ganz ehrlich gesagt nicht einmal der Köstlbacher.

Doch, es ist eindeutig, was er da sieht. Wenn du so etwas zum ersten Mal beobachtest, noch dazu auf einem Friedhof, und das noch mitten in der Trauerrede vom Pfarrer, die der natürlich total nutzt, um gegen das Böse zu wettern und so, wenn du also so etwas mitbekommst, dann denkst du dir bestimmt erst einmal, dass du nur was mit den Augen hast und das Ganze bestimmt nur eine Halluzi gewesen ist.

Halluzi scheint es aber keine zu sein. Und, weil es wiederholt passiert, da ist sich der Köstlbacher so gut wie sicher, dass er sich nicht irrt, auch wenn es ihm lieb wäre, es zu tun. Weil, was sollte er nur unternehmen, alleine und quasi inkognito. Schon allein der Griff zum Handy und ein Versuch, seine Kollegen zu informieren, wäre auffällig.

Allerdings erweist es sich jetzt doch als nachteilig, dass der Köstlbacher all die Taxler nur von hinten. Weil, wie soll er jetzt wissen, wen er hinterher ...? Ich meine, wenn die nach der Beerdigung alle durcheinander nach draußen, da müsste der Köstlbacher praktisch jeden untersuchen. Das käme einer Razzia gleich!

Sicher kannst du gut nachvollziehen, dass der Köstlbacher in diesem Moment wieder mit Halsjucken und so. Weil, eines musst du wissen, so eine Beobachtung, die kann einen einzelnen Kriminaler, der mit allem rechnet, nur nicht damit, die kann selbst einen Köstlbacher überfordern. Nicht die Beobachtung an sich, aber das, wie er sich jetzt verhalten soll. Instinktiv greift der Köstlbacher jetzt trotzdem zu seinem Handy. Razzia hin, Razzia her, ohne Verstärkung geht's nicht.

Oder, was würdest du tun, wenn du da als Gesetzeshüter sehen würdest, wie hinter den scheinbar trauernden Taxlern drei/vier, vielleicht sogar mehr, weil, der Köstlbacher ja nicht alle Taxler im Blickfeld, wenn da also so einige Zweizoller mittleren Kalibers den Besitzer wechseln? Bestimmt wäre dein erster Gedanke auch der, dass du das allein nicht schaffst. Also auch du Griff zum Handy.

Und genau da liegt jetzt der Hase im Pfeffer. Der Köstlbacher zwar Griff zum Handy, aber quasi Griff ins Leere. Weil da, wo normalerweise das Handy sein sollte, nur eine Packung Tempos. Natürlich sucht der Köstlbacher nicht weiter, weil, in dem Augenblick, wo nur die knautschigen Tempos zwischen seinen Fingern, da erinnert sich der Köstlbacher wieder dran, dass sein Handy ja schon seit einigen Tagen unauffindbar verschwunden ist. Und mit einem Ersatz hat er sich bislang nicht eingedeckt, weil er sich ganz sicher gewesen ist, dass sein Handy schon wieder irgendwo auftauchen würde.

»Zifix!«, murmelt der Kriminaler, fast eine Idee zu laut, was an den paar erstaunten Köpfen zu sehen ist, die sich irritiert nach hinten drehen, um den Frevler ausfindig zu machen. In Bayern ist so ein halber Fluch ja quasi kein richtiger Fluch. Und, zur richtigen Zeit, da akzeptiert so einen verbalen Ausrutscher praktisch jeder, wenn es sein muss sogar der Pfarrer selbst. Aber Friedhof und Beerdigung weder die richtige Zeit noch der richtige Ort. Weil, wo kämen wir da hin, wenn während so einer religiösen Amtshandlung ketzerisches Lästern und so?

Allerdings ist die ganze Aufregung umsonst, weil natürlich keiner merkt, woher dieses ›*Zifix!*‹ gekommen ist. Und der Köstlbacher kann so unbeteiligt drein schauen, dass ein Verdacht auf ihn mehr als unwahrscheinlich. Sicherheitshalber fügt er seiner Mine auch noch eine Nachhintendrehbewegung seines Kopfes hinzu, als würde auch er vermuten, dass dieses ›*Zifix!*‹ von hinten gekommen sein muss.

Nun ist ja das mit den Zweizollern schon ein Ding gewesen. Ich meine, nicht, weil es Zweizoller waren, also so kleine handliche Revolver im FBI-Format. Kann nämlich durchaus sein, dass die Zweizoller im Einzelfall auch Dreizoller oder Vierzoller waren. Wenn du den Lauf nicht ganz genau siehst, dann ist da eine optische Täuschung schon mal drin. Dass es in jedem Fall so Teile gewesen sind, das jedenfalls sehr wahrscheinlich! Aber, wenn du kein Handy und nix, also auch keine hilfsbereiten Kollegen vor Ort, dann stehst du mit so einer Beobachtung allein da und kannst sie quasi gleich wieder vergessen, weil, selbst einem Kriminalhauptkommissar glaubt so eine Beobachtung so leicht niemand. Und schon dreimal nicht so einer, wie der Abteilungsleiter Dr. Ernst Huber, der ohne handfeste Beweise nichts glaubt. Nicht, dass so Zweizoller nicht handfest genug wären, aber wie soll's der Köstlbacher beweisen, ohne Razzia und so, und noch dazu ohne Zeugen.

Wenn er da nicht ›*Zifix!*‹ gesagt hätte, der Köstlbacher, dann hätte er vermutlich bis heute nichts unternehmen können in Sachen ›*Zwei- oder Mehrzoller*‹. Aber, es war ihm nun einmal raus gerutscht. So ist es doch immer wieder im Leben, du trittst in irgendeiner Angelegenheit auf der Stelle. Und urplötzlich passiert was, was du eigentlich gar nicht beabsichtigst. Es passiert einfach. Und zu Ende ist's mit dem auf-der-Stelle-treten.

Wie der Köstlbacher ›*Zifix!*‹ gesagt hat, da haben nämlich auch drei von den Taxlern umgesehen, die kurz zuvor hinter ihren Rücken sich als Waffenschieber betätigt hatten. Anders kann ich es nicht bezeichnen, weil die quasi wirklich Waffen von einem zum anderen geschoben haben. Die Gesichter von zwei von denen sagen dem Köstlbacher nichts, zumindest nicht spontan. Dass er wegen dieser zwei unbekannten Gesichter eine halbe Nacht vor dem PC wird sitzen müssen, das wurmt den Köstlbacher so schnell, wie er die Gesichter sieht.

Weil, eines musst du wissen, wenn du schon auf eine Beerdigung von einer ermordeten Taxifahrerin gehst, um Beobachtungen zu machen, dann kannst du hinterher nicht einen Rückzieher machen, nur weil die Beobachtungen eine zähe und langwierige Suche in den Bilddateien erfordern, die der Kripo über Personen zur Verfügung stehen, die schon einmal einschlägig oder auch nur annähernd einschlägig erkennungsdienstlich erfasst worden sind. Dass das so viele sind, das glaubst du nicht! Ganz ehrlich gesagt sind es aber sogar noch viel mehr.

Aber die Gedanken an die stupide Session vor dem PC, wo dir langsam die Augen zu tränen beginnen und du am Schluss kaum mehr siehst, was du siehst, diese Gedanken plagen den Köstlbacher nur eine Schrecksekunde. Wäre sonst nichts passiert, dann würde ich meine Hand dafür ins Feuer legen, dass der Köstlbacher zu seinem Halsjucken spontan Sodbrennen bekommen hätte.

Aber, es ist eben doch noch was passiert. Und das hat den Köstlbacher wie ein Blitz getroffen. Halsjucken und Sodbrennen mit einem Schlag vergessen. Einzig das fehlende Handy drückt sich noch parallel ins Bewusstsein des Kriminalers. Weil, ohne dieses Handy, professionelles Agieren nur ansatzweise möglich.

Natürlich weißt du längst, worum es geht. Das Gesicht! Das dritte Gesicht. Genauer gesagt das zweite Gesicht, weil, es war das Gesicht zwischen dem ersten links und dem dritten rechts. Das Gesicht war dem Phantombild, dem einen wie dem anderen so ähnlich, dass es nur dieses Gesicht gewesen sein konnte, das die Zeugen gesehen hatten, der Zeuge im Bezirksklinikum wie die Zeugin auf dem Kornmarkt. Wobei deren Unglaubwürdigkeit im Moment nur noch relativ zu sehen war. Weil, wie sollte die einen real existierenden Menschen phantomieren lassen können, wenn sie ihn am Ende nicht doch wirklich gesehen hat?

Und, noch was ist passiert, wie der Köstlbacher dem zweiten Gesicht eine halbe Sekunde in die Augen gesehen hat. Da hat es geblitzt in den Augen des Taxlers. Ganz deutlich! So ein Blitz eben, den du nicht siehst, aber doch sofort merkst, was los ist. Irgendwie hat der den Köstlbacher erkannt und sich im Bruchteil einer Sekunde wieder von ihm weggedreht. Vielleicht war das sein Fehler. So ein Kriminaler wie der Köstlbacher, der ist ja gerade darauf spezialisiert, überraschende Handlungsweisen sofort zu erkennen und mit denen dann auch was anfangen zu können.

Dass der Köstlbacher auch von Null auf Hundert im totalen Einsatz, das kannst du dir denken. Jetzt keine Bedenken mehr wegen Störung der Beerdigung und so. Ohne Handy bleibt nur der ganz persönliche Einsatz, quasi Zugriff. Aber, da ist das Phantom schneller als die Umsetzung des Gedankens vom Köstlbacher. Was auch nicht weiter verwunderlich ist, wenn du dich daran erinnerst, dass der Köstlbacher nicht gerade ein sportlicher Typ, und ein Spurt, auch wenn er nur für wenige Meter nötig ist, für ihn einer Teilnahme an einer olympischen Laufdisziplin gleich kommt, für die er sich nie würde qualifizieren können.

Dass der Köstlbacher das zweite Gesicht nicht zu fassen bekommt, liegt an einer Mischung zwischen seiner Unfähigkeit, körperlich schnell zu reagieren und der geradezu phänomenalen Geschwindigkeit, mit der der Taxler sich zwei/drei Reihen nach vorne schiebt, um dann seitlich die Menschentraube zu durchbrechen, um den Friedhof durch seinen Hintereingang in Richtung Antoniushaus zu verlassen.

Viele der Trauergäste registrieren diese nur Sekunden andauernde Begebenheit nicht einmal. Ein paar tun es doch, heben erstaunt ihre Köpfe, lassen sie aber gleich wieder hängen, um den salbungsvollen Rednerinnen und Rednern nicht zu zeigen, wie sehr sie gegen das Zufallen ihrer Augen ankämpfen. Weil, eines weißt du so gut wie ich, nichts ist ermüdender, als sich Reden anhören zu müssen, die kein Schwein interessieren, weil der Inhalt entweder jedem bekannt oder erstunken und erlogen ist.

So sehr ich ihn auch mag, meinen Freund den Köstlbacher, aber manchmal zweifle ich schon sehr daran, ob es nicht doch besser wäre, wenn er endlich einmal auf seine Anna hören würde und die vom Amtsarzt schon lange genehmigte Kur für sich in Anspruch nähme. Ich meine, wenn er unter einem anderen Kriminaler arbeiten würde, dann wären die Fehler schon schlimm genug, die er macht. Weil, kein Chef hat das gerne, wenn seine Leute quasi schuld daran sind, wenn etwas schief läuft. Aber, als Leiter des ganzen Haufens, wenn du den Dr. Huber einmal außen vor lässt, also als Leiter einer ganzen Reihe von guten Kriminalern, da solltest du selber schon Vorbild uns so. Auf jeden Fall nicht einen Fehler nach dem anderen. Und Fehler ist es einer, den der Köstlbacher jetzt macht, ein ganz unverzeihlicher Fehler.

Anstatt jetzt wenigstens zu versuchen, die übrig gebliebenen Waffenschiebertaxler zu stellen, sich vielleicht vom Pfarrer ein Handy zu borgen oder was auch immer, anstatt was zu tun, was Sinn macht, stattdessen rennt der Köstlbacher ohne Aussicht auf Erfolg dem Phantombild nach. Wobei das Wort ›*rennen*‹ in diesem Zusammenhang und vor allem auf den Köstlbacher bezogen kein wirkliches Rennen ist. Eher eine schnelle Art zu gehen. Der Betrachter erkennt eher ein Vorwärtshumpeln, bei dem man jeden Augenblick mit einem Stolpern oder gar einem Sturz zu rechnen hat.

Weil der Taxler offensichtlich durchtrainiert und zudem um Einiges jünger als der Köstlbacher, drum auch keine Chance, ihn einzuholen. Der Abstand ist schon zu groß, wie der noch auf dem Friedhofsgelände. Und, bis der Köstlbacher dann ebenfalls am Ausgang zur Hermann-Geib-Straße ankommt, da ist vom Taxler keine Spur mehr, obwohl von dort ums Eck eigentlich eine gute Sicht zum Antoniushaus wäre.

In diesem Moment ist es dem Köstlbacher nach einem ganz kräftigen ›*Zifix!*‹. Und, es ist ihm auch völlig egal, ob das vielleicht noch auf dem Friedhof zu hören wäre. Aber er bringt's nicht heraus, weil er nur noch nach Luft japst.

»Was war das jetzt eben?«, hört in diesem Moment der Köstlbacher eine vertraute Stimme hinter ihm.

»Du?«, fragt er, erstaunt, den Kommissar Liebknecht hier anzutreffen.

»Ist dem Huber seine Idee gewesen!«, antwortet der Liebknecht. Das ›*Dr.*‹ lässt er dabei wieder einmal, wie schon so oft, weg. Weil, eines musst du wissen, der Liebknecht keinen wirklichen Respekt vor seinem obersten Boss in Regensburg. Nur, der Köstlbacher ist der einzige, gegenüber dem er es sich erlaubt, das auch zu zeigen. Auch wenn der ihn dann meistens rügt.

Aber diesmal überhört der Köstlbacher ganz bewusst den fehlenden Titel, weil die Sache mit den Taxlern wichtiger, als der ›*Dr.*‹ vom Huber.

»Auf welcher Seite hast du gestanden?«, fragt der Köstlbacher immer noch etwas außer Atem, ohne seine Aktion zunächst näher zu erklären.

»Wie, auf welcher Seite?«

»Ja, da wo ich gestanden habe oder mitten unter den Trauergästen?«, erläutert der Köstlbacher näher.

»Du? Keine Ahnung wo du gestanden hast. Ich hab' dich erst gesehen, wie du auf einmal zum Hinterausgang gehechelt bis, nachdem dort kurz zuvor irgendwer recht schnell verschwunden ist. Und selber gestanden habe ich hinter dem Pfarrer. Ein guter Platz, wenn du mich fragst. Konnte mindestens die Hälfte der Leute von vorne sehen!«

»Und?«, fragt der Köstlbacher. »Irgendwelche Beobachtungen gemacht?«

»Nein! Höchstens deinen Sprint! Der war bemerkenswert. Hab' aber leider erst den Endspurt mitbekommen!«, spöttelt der Liebknecht.

»Den Kommentar kannst du dir sparen! Du hast also von der Revolverschieberei nichts bemerkt?«

»Revolverschieberei? Wo? Hier findet gerade eine Beerdigung statt! Schon vergessen? Oder hast du den Weg durch den Friedhof nur als Abkürzung genommen?«

»Leck mich!«, schnauzt da der Köstlbacher den Liebknecht an, weil der ihm nun wirklich auf den Keks geht. »Gib mir lieber dein Handy!«

»Immer noch nicht wieder gefunden?«, fragt der Liebknecht, reicht seinen Chef aber doch geflissentlich sein Handy.

Kann schon sein, dir erscheint dieses Gespräch zwischen dem Köstlbacher und dem Liebknecht unrealistisch, weil doch der Köstlbacher der Chef und er natürlich dem Liebknecht gegenüber weisungsberechtigt. Aber erstens ist das Verhältnis zwischen dem Köstlbacher und dem Liebknecht schon seit der Sache mit den ›*Septembermorden*‹ kein rein dienstliches mehr, und zweitens zeichnet sich schon seit einiger Zeit beim Liebknecht ein Respektsverlust gegenüber dem Köstlbacher ab, weil dem seine Entscheidungen oft nicht nachvollziehbar und zudem wenig von Erfolg gekrönt sind.

Dem Köstlbacher ist das auch bewusst. Drum auch immer mehr Alleingänge. Irgendwie hängt das alles mit den ›*Liegungen*‹ beim Dr. Neumann zusammen. Oder vielleicht auch damit, dass diese ›*Liegunge*n‹ nicht sehr hilfreich, was sein Problem betrifft. Wenn dir die Angst im Nacken sitzt, dann handelst du defensiv und verlierst den Biss. Und, Angst hat er schon länger, der Köstlbacher, Angst wegen der vielen Albträume noch verrückt zu werden.

»Wird schon wieder auftauchen!«, meint der Köstlbacher und nimmt dem Liebknecht sein Handy ohne ein Wort des Dankes entgegen.

»Bitte! Keine Ursache!«, sagt der Liebknecht und erntet dafür nur einen kurzen giftigen Blick vom Chef.

Ohne ein weiteres Wort tippt der Köstlbacher die Nummer von der Klein ins Gerät. Wäre es sein eigenes Handy, bräuchte der Köstlbacher nur ›*Kurzwahl 1*‹ drücken, aber mit dem modernen Teil vom Liebknecht, da kennt er sich nicht aus und fragen will er ihn natürlich schon gar nicht.

»Klein! Sie müssen sofort was für mich tun!«, sagt der Köstlbacher, sobald sich die am anderen Ende der Leitung meldet.

»Ich dachte, Sie sind auf der Beerdigung der Taxifahrerin?«, antwortete die Klein ein wenig verschnupft, weil es ihr Chef nicht einmal der Mühe wert findet, sich ordentlich zu melden und sich vielleicht sogar ein ›*Hallo, Frau Klein!*‹ abzuringen.

»Bin ich auch! Ich brauche 2 Hundertschaften. Schutzwesten! Der Einsatz kann gefährlich werden! Eine am Vordereingang und eine am Hintereingang vom ›*Unteren Katholischen Friedhof*‹. Und, lassen Sie eine Fahndung nach der Person auf dem Phantombild herausgeben. Die beiden Bilder sind fast gleich. Aber kopieren Sie trotzdem zur Sicherheit beide auf ein Blatt! Der Gesuchte wurde soeben von mir hier auf dem Friedhof gesichtet. Er hat den Friedhof hinten beim Antonius Haus verlassen. Und dalli dalli! Der Dr. Huber soll alles absegnen!«

»Alles klar, Chef!«, antwortet die Klein nur knapp, um schnellstens alles in die Wege zu leiten.

»Prima! Und, geben Sie bekannt, dass ich die Hundertschaft am Hintereingang erwarte. Der Liebknecht steht vorne am Haupteingang!«, fügt der Köstlbacher noch hinzu und beendet, du wirst es nicht glauben wollen, das Gespräch mit einem ›*Danke!*‹.

Kapitel 13

Bei den Trauernden rund um das Grab der Luise Lauber ist die ganze Geschichte mit dem Köstlbacher und dem eilig davon rennenden Taxler zwar nicht ganz unbemerkt geblieben, aber, weil sie gerade alle so gerührt waren von den schönen Worten, die der Vorsitzende vom Taxiverband für die Luise gefunden hat, drum kaum Notiz von dem Geschehen. Irgendwie machte das alles sowieso nur den Eindruck, als ob einer verschwunden ist, weil ihm schlecht geworden ist oder so, und dass dann ein zweiter ihm nachgehechelt ist, um ihm zu helfen. Zumindest hast du die ganze Situation so interpretieren können. Und, bestimmt hättest du sie auch so interpretiert, weil, dass gerade du darauf gekommen wärst, dass sich da was Kriminelles abspielt, das wirst du ja wohl kaum behaupten wollen.

Nur die paar Waffenschieber. Die haben schnell gemerkt, dass da was im Gange ist, was ihnen eventuell auch gelten könnte. Davonrennen wäre zu auffällig gewesen. Und wenn jetzt der Köstlbacher immer noch da stehen würde, wo er vorher gestanden hat, dann wäre er Zeuge einer sehr seltsamen Aktion geworden. Die Waffen wandern nämlich hinter den Rücken der Taxler allesamt wieder zurück zu den ursprünglichen Verteilern. Ausgenommen die vom Phantombild-Taxler. Der ja inzwischen verschwunden, und sein neu erworbener Zweizoller mit ihm.

Ansonsten kehrt schnell wieder Ruhe ein und jeder trauert

den Rest der Beerdigung so vor sich hin. Und wenn der eine oder andere vielleicht auch gar nicht so gerührt ist, weil er die Luise gar nicht gekannt hat und quasi nur wegen der Berufszugehörigkeit hier ist, dann lässt er sich das nicht anmerken und setzt zumindest das zerknirschteste Gesicht auf, das seine laienhaften Schauspielfähigkeiten zulässt. Manche schaffen da sogar die eine oder andere Träne.

Weil, eines musst du wissen, als Trauernder am offenen Grab von so einer ermordeten Taxifahrerin, da hast du schon eine gewisse Verpflichtung. Nicht nur, weil das regionale Fernsehen auch vor Ort und dein Gesicht womöglich heute Abend noch im Programm.

Und, an den Kameramann vom Fernsehen, da denkt der Köstlbacher jetzt auch, wie er da so am hinteren Friedhofseingang steht und auf die Hundertschaft wartet, die natürlich keine 100 Polizisten sind. Mag ja sein, dass auf dem Papier eine Hundertschaft auch 100 Einsatzkräfte. Aber, wo sollten die in Regensburg so schnell herkommen? Ja, wenn der Papst wieder einmal auf Besuch käme, wo alles von langer Hand geplant werden kann, dann vielleicht schon eher. Aber so, im ganz normalen Regensburger Alltag? Wer sollte so viele Polizisten bezahlen, wenn die dann nur das halbe Jahr rumlungern müssten, um auf einen Friedhofeinsatz zu warten. Und, selbst dann, dann wären sie vom Herumlungern so geschafft und außer Kondition, dass sie vielleicht inzwischen die tägliche Bildzeitung auswendig hersagen könnten, aber körperlich nicht wirklich zu gebrauchen wären.

Bisher wurden all die Polizisten, für die es gerade nichts zu tun gab, bei den Atommülltransporten eingesetzt. Das dauernde Nebenherlaufen war immer ein tolles Training. Wie das aber jetzt weiter gehen soll, wenn eines Tages kein Atommüll mehr, weil Ausstieg, darüber wird noch mancher leitende Ordnungshüter Überlegungen anstellen müssen.

Und, wie der Köstlbacher gerade anfängt mit dem aufgekommenen Gedanken an den Kameramann vom ›*TVA Regionalfernsehen*‹ eine konkrete Idee zu verbinden, da hört er auch schon die Martinshörner der beiden auf zwei Kleinbusse geschrumpften Hundertschaften, und sein Gedanke ist wieder futsch.

Die im Friedhof, die sind das ja gewöhnt, dass während irgendwelcher Trauerfeierlichkeiten an den Gräbern draußen Martinshorn und so. Ich meine, das kannst du eben nicht verhindern. Der Friedhof liegt quasi eingekeilt wie eine Insel in einen Verkehrsknotenpunkt. Und an dem müssen die Rettungssanis vorbei, der Notarzt, die Feuerwehr, die Polizei, eben alles, was ein Martinshorn und ein Blaulicht hat. Was aber eher selten passiert, dass die praktisch nicht am Friedhof vorbei, sondern den Friedhof zum Ziel. Und noch dazu von zwei Seiten: Haupteingang und Hinterausgang. Das kommt zuletzt sogar dem Pfarrer komisch vor, obwohl der so vertieft in seinen Abschlusssingsang, dass da schon etwas dazu gehört, um den von dieser meditativen Tonleiter herunter zu holen.

›*Typisch Polizei*‹, denkt der Köstlbacher und klinkt sich dabei in seinem Unterbewusstsein total aus dieser Berufsgruppe aus, der er zwar angehört, die er ansonsten aber oft mit den gleichen Augen sieht, wie viele andere Bürger auch. ›*Unsensibel bis zum Gehtnichtmehr! Als ob die sich dem Friedhof nicht ohne Lärm hätten nähern können!*‹

Aber, eines muss du wissen, so eine reduzierte Hundertschaft, die kann alles, nur nicht leise sein. Weil, wenn die auch noch leise, wo soll dann noch der Respekt und die Angst herkommen, wenn die als lächerliches Häufchen anrücken, das auf so einem großen Gelände wie dem Friedhof verloren geht und womöglich sogar als Sargbegleiter angesehen wird. Weil die auch Uniform. Unterschied Stahlhelm und Waffe! Aber hätte ja auch noch irgendwo eine militärische Beerdigung sein können. Dann dieser Auftritt sogar normal!

Der Lärm und das spontane Ausschwärmen in geduckter Haltung überzeugt auch die letzten Zweifler an einer Polizeiaktion. Und alles im Eilschritt, sodass der Köstlbacher keine Chance hat, direktiv einzugreifen. Und, weil die Beerdigung von der Lauber nicht die einzige im Moment und die beiden Hundertschaften offensichtlich nur unzureichend instruiert, drum nach kaum 2 Minuten in jedem Friedhofsektor zwei Einsatzkräfte unterwegs, und somit genug Zeit und Raum für die anwesenden Waffenschieber, sich schnell durch die Ausgänge unbemerkt zu verdünnisieren, durch die soeben die abgespeckten Hundertschaften auf das Friedhofsgelände gestürmt waren. Wenn der Köstlbacher noch am Hinterausgang gestanden hätte, vielleicht hätte der ja wenigstens einen anhalten können. Aber der hechelt seit Beginn des Einsatzes den bewaffneten Kollegen in Uniform hinterher, um noch irgendwie organisatorisch auf die einzuwirken. Natürlich ohne Erfolg, weil, für die der Köstlbacher ohne sichtbare Uniformierung momentan nur Zivilist. Und, ein solcher nie weisungsberechtigt!

»Wer hat denn hier das Kommando?«, schreit auf einmal der Köstlbacher, womit er sich von der Mehrheit der Friedhofsbesucher teils erschrockene, überwiegend aber verärgerte Blicke einhandelt.

Und, zum Leidwesen des Kommissars, reglementiert ihn nun auch noch der Geistliche, der sich gezwungen sieht, seine Abschlussworte am Grab der Lauber wegen der polizeilichen Ruhestörung zu unterbrechen.

»Mein Herr, was fällt Ihnen ein? Sie befinden sich auf einem Friedhof!«, lamentiert der Priester.

Dem Köstlbacher wird in diesem Moment klar, dass der ganze Polizeieinsatz aus dem Ruder gelaufen ist und jede weitere Minute der Präsenz der beiden Schmalspurhundertschaften zwischen den Gräbern mehr Probleme schafft, als dass noch Aussichten auf einen Erfolg bestehen würden. Ein kurzer Blick in die Runde bestätigt ihm, dass unter den Trauernden am Grab sich keine der Personen mehr befindet, die ihm zuvor wegen ihrer Waffenschieberei aufgefallen waren. Ohne daher noch ein weiteres Wort zu verlieren wendet sich der Köstlbacher dem Friedhofsausgang zu, diesmal dem vorne an der Friedhofskirche.

Dort stehen auch, der Köstlbacher erwartet's nicht anders, der ihm persönlich bekannte Einsatzleiter Jäger der beiden ›*Hundertschaften*‹ und sein Kollege Liebknecht.

»Ihr seid wohl verrückt geworden!«, brüllt er seinen Kollegen Jäger, an. Wer hat dich denn auf die Schnapsidee gebracht, den Friedhof zu stürmen?«

»Langsam, langsam!«, beschwichtigt der Einsatzleiter und hebt dabei abwehrend seine Hände. »Du hast uns doch ausrücken lassen, oder?«

Jetzt die Zeit auch noch damit zu vergeuden, sich mit dem Jäger auf einen Disput einzulassen, das ist dem Köstlbacher schlichtweg zu blöd. Drum ordnet er auch nur knapp an:

»Pfeif' deine Männer zurück! Sie werden nicht mehr gebraucht!«

»Und, was soll ich in meinen Bericht schreiben?«, fragt der Kommissar Jäger, dessen größte Sorge es im Moment ist, wie er seinem Vorgesetzten den erfolglosen Einsatz so übermitteln kann, damit seine Vorgehensweise ohne Tadel bleibt.

»Dass sich die verdächtigen Personen bei deiner Ankunft schon verdünnisiert haben!«, rät der Köstlbacher, der zwar einen furchtbar dicken Hals hat wegen der Sache mit den ›*Hundertschaften*‹, einen vor Wut und Ärger, der aber auch als Kollege mitfühlen kann. Schließlich geht es ja bei jedem und allem immer nur darum, seine Handlungsweise gegenüber einem Vorgesetzten zu rechtfertigen. Und das ist bei dem Jäger nicht viel anders, als bei ihm selbst. Und, vor dem nächsten Zusammentreffen mit dem Dr. Huber, da graut's ihm jetzt schon.

Der Kommissar Jäger gibt ein paar schnelle Anweisungen in sein Mikrofon, über das er jeden einzelnen seiner Leute erreicht, weil die quasi eine Freisprechanlage in ihrem Helm eingebaut haben. Und dann dauert es auch nur wenige Minuten, bis die Friedhofsinvasion vorüber ist, als wäre das Ganze nur ein Spuk gewesen. Die Einsatzkräfte, die am Haupteingang und die am Hintereingang, besteigen erleichtert wieder ihren jeweiligen Kleinbus.

Dass die erleichtert sind, dass kannst du dir bestimmt gut vorstellen. So ein Einsatz, da weißt du schließlich nie, ob du da das Richtige machst und ob du da nicht selber zum Opfer wirst. Und, zwischen all den Gräbern auf dem Friedhof, da bist du dem Tod noch näher, als das bei anderen Einsätzen der Fall ist.

Übrig bleibt ein Gemurmel auf dem ganzen Friedhof. Keiner ist jetzt mehr so richtig in Trauerstimmung, die normalen Friedhofsbesucher nicht, die bei den Beerdigungen links und rechts an den Friedhofsseiten nicht und die am Grab von der Luise Lauber schon dreimal nicht. Der Pfarrer hat inzwischen seine Schlussworte wieder aufgenommen, aber kaum einer hört ihm noch so richtig zu.

Dem Köstlbacher kommt jetzt wieder das TVA-Regionalfernsehen in den Sinn. Dass die vermutlich einiges mitgefilmt haben, was ermittlungstechnisch hilfreich sein könnte, das ist die eine Seite. Die andere aber ist, dass der ganze Spuk noch heute Abend ein sensationslüsternes Publikum vor die Fernseher locken würde. Womöglich sogar überregional. Weil, eines kannst du mir glauben: Wenn so ein Minisender was in den Kasten bekommt, was sich gut vermarkten lässt, dann nutzt der seine Gelegenheit, auch wenn er damit einen einheimischen Kriminaler und einen ganzen Einsatzstab in arge Erklärungsnot bringt.

Das ist es schließlich auch, was dem Köstlbacher den ganzen restlichen Tag verdirbt. Und, weil ihn jetzt nicht nur sein Hals juckt und ein unerträgliches Sodbrennen nach Linderung schreit, fährt der Köstlbacher nur auf einen kurzen Sprung zurück in die Bajuwarenstraße. Nicht, dass die Bajuwarenstraße der geeignete Ort, um seinen Beschwerden Linderung zu verschaffen. Aber eine Kleinigkeit muss noch an der Pinnwand verändert werden. Außerdem will er seinen geplanten Kurzbesuch beim Prof. Dr. Neumann nicht ohne ein Handy in seiner Tasche machen. Weil, mittendrin passiert wieder was. Und nochmal ohne Handy reagieren zu müssen ...

»Falls mich jemand sucht, ich bin im Bezirksklinikum beim Dr. Neumann!«, sagt er zur Klein, bevor er geht.

Die schaut zwar mehr als erstaunt drein, weil ihr Chef

trotz unübersehbarer Gesundheitsprobleme quasi nie wirklich krank, und fragt:

»Hoffentlich nichts Ernstes?«

»Ernst genug, Kleinchen! Ernst genug! Aber keine Angst, ich komme wieder!«, lächelt der Köstlbacher, amüsiert über die Besorgnis seiner Sekretärin.

»Gute Besserung!«, ruft ihm die Klein noch nach, was der Köstlbacher aber nicht mehr hört, weil er die Tür schon hinter sich geschlossen hat.

Auch, wenn sich vieles in ihm gegen diese etwas unkonventionelle Ermittlung sträubt, trotzdem steigt er in seinen Wagen und fährt hinauf ins Bezirksklinikum. Einen Behandlungstermin hat er keinen beim Prof. Dr. Neumann. Und, ein offizieller Besuch als Kommissar, würde kaum Licht in die Angelegenheit bringen, zumal die Verdachtsmomente nicht gerade einen Hintergrund haben, den der Dr. Huber gelten lassen würde. Aber, dass der Dr. Neumann ihm etwas seiner Zeit widmen wird, da ist sich der Köstlbacher sicher.

Kapitel 14

Der Jazzclub war rappelvoll wie immer, wenn eines dieser Events angesagt war, das einheimischen Künstlern eine Präsentationsmöglichkeit bot. Und einheimische Künstler hat Regensburg zuhauf, die sich qualitativ mit so manchen von weither eingekauften Künstlern messen können. Allerdings Tatsache auch hier, dass der Prophet im eigenen Land nicht wirklich etwas gilt, es zumindest schwerer hat.

Das ältere Publikum ist an so einem Abend meist schon lange vor Öffnung des Clubs im Leeren Beutel um eine Eintrittskarte angestanden, weil die vorhandenen Sitzplätze immer begrenzt sind und das lange Stehen ab einem gewissen Alter den Musikgenuss nicht gerade fördert. Da zwickt dich schnell einmal deine Hüfte, dein Kreuz oder dein Knie und lenkt dich von denen da vorne auf der Bühne ab, die das Publikum zu wahren Begeisterungsstürmen hochpeitschen. Wenn du allerdings die Regensburger kennst, dann weißt du auch, wie toll so ein Abend sein muss, dass die sich überhaupt zu einem normalen Applaus hinreißen lassen, ganz zu schweigen von Standing Ovations.

Für ihn allerdings spielte das alles an diesem Abend nur eine untergeordnete Rolle. Obwohl ihm nicht nach einem Sitzplatz zwischen dem geh- und stehkranken Publikum gelüstete, hat er sich schon um 19.00 Uhr angestellt und mit Gott und der Welt ein Gespräch angefangen. Je mehr sich später an ihn erinnern würden, desto größer wurde die Wahrscheinlichkeit, ein perfektes Alibi zu haben. Wer würde später schon mit Sicherheit bestreiten können, dass er die ganze Zeit über bis gegen Mitternacht im Club verweilt hätte. Ein perfektes Verwirrspiel! Sollte es denn überhaupt nötig werden.

Er würde es heute ein zweites Mal tun. Noch vor wenigen Tagen undenkbar! Unvorstellbar, einem Menschen die Kehle durchzuschneiden. Aber alles ist möglich, wenn du erst einmal damit begonnen hast.

Kapitel 15

Was bringt dieser Posten hinter dem Tresen einer Patientenannahme mit sich, dass Freundlichkeit dort ein Fremdwort zu sein scheint und negative Auskünfte wesentlich lustbetonter erteilt werden, als positive? Die Frau, die gerade vor ihm abgefertigt wird, die tut dem Köstlbacher fast ein wenig leid. Ich meine, es reicht schon, wenn du dich bei einem Arzt anmelden musst, weil irgendwas mit dir nicht in Ordnung ist. Und wenn du einen Psychoarzt benötigst, dann fällt dir so eine Anmeldung ohnehin nicht gerade leicht. Bei der Anmeldung einen Bogen zu deinen Befindlichkeiten auszufüllen, das ist schließlich doch was ganz anderes, als später unter vier Augen mit dem Doktor zu reden. Und wenn dir die Tussi hinter dem Anmeldetresen dann noch eiskalt ins Gesicht sagt, natürlich erst nachdem du den ganzen Papierkram ausgefüllt hast, dass du als Kassenpatient frühestens in 3 Wochen einen Termin bekommen kannst, dann kommst du dir ganz schön verarscht vor.

Der Köstlbacher hat jedenfalls keine Lust auf diesen ganzen Klimbim, auch wenn es bezüglich seiner Person nicht so umständlich ablaufen würde, weil er erstens schon in der Kartei und zweitens Privatpatient. Er braucht jetzt einen Termin beim Prof. Dr. Neumann. Jetzt! Nicht morgen, nicht in drei Tagen und schon gar nicht erst nächste Woche. Drum meldet sich der Köstlbacher, als die Reihe jetzt an ihm ist, nicht als Patient an, sondern mit seinem Dienstausweis als Kriminalhauptkommissar Köstlbacher, der zum Prof. Dr.

Neumann vorgelassen zu werden wünscht und zwar unverzüglich.

Da kannst dir gar nicht vorstellen, wie da die Tussi zusammenzuckt. Nach dem Mord am Hebauer, und der liegt ja kaum ein paar Tage zurück, da bedeutet so ein forsches Auftreten eines Kriminalers vor der Patientenanmeldung nichts Gutes.

»Ist schon wieder was passiert?«, fragt drum erbleichend die Tussi und reißt dabei erschrocken ihre Augen auf. Wenn du die jetzt sehen könntest, dann könntest du dir nicht im Traum vorstellen, wie dasselbe Gesicht eine Minute vorher nur Arroganz ausstrahlen konnte. Aber, das war eben vor einer Minute. Da hat sich die Tussi auch noch als Vordame zum Allerheiligsten gefühlt. Ja, wenn da kein Köstlbacher daher kommt, der quasi dienstlich jede Terminplanung auf den Kopf stellen kann, da hat der Beruf von so einer Anmeldetussi schon was. Du kannst es dir vielleicht nicht vorstellen, aber, was meinst du, was das für ein Machtgefühl ist, wenn da ein Patient daherkommt, der glaubt, es besonders eilig haben zu müssen, und du blätterst seelenruhig in deinem leeren Terminkalender herum, guckst dabei besonders angestrengt und runzelst deine Stirn und schüttelst verneinend und gleichzeitig bedauernd deinen Kopf, um am Ende zu sagen:

›Tut mir leid! Vor nächster Woche hat der Herr Doktor leider keinen Termin mehr frei!‹

Und dann kommt da so einer wie der Köstlbacher! Machtverhältnisse plötzlich total anders. Du kannst nur deinen Schwanz einziehen, ob du nun einen hast oder nicht, und ergeben buckelnd das Feld frei machen.

»Darüber kann ich Ihnen keine Auskunft erteilen!«, antwortet der Köstlbacher und wählt bewusst das Verb ›*kann*‹, weil, so ein Verb wunderbar zweideutig ist und die Anmeldetussi es aber bestimmt eindeutig missverstehen würde.

»Selbstverständlich, selbstverständlich! Warten Sie bitte einen Moment, Herr Kommissar! Ich werde Sie sofort zum Herrn Professor bringen«, erwidert die Tussi und streicht sich dabei nervös eine fiktive Locke aus dem Gesicht. Ihr rot gefärbter, streng gebundener Pferdeschwanz hätte es jeder Locke schwer gemacht selbstständige Wege zu gehen.

Das unvermeidliche Telefonat mit ihrem Chef dauert dann auch wirklich nur Sekunden. Noch während sie mit der Rechten das Telefon zurück in die Ladestation legt, greift sie mit der Linken zu einem Schild und stellt es gut sichtbar vorne an die Anmelde:

›*Die Anmeldung ist vorübergehend nicht besetzt!*‹

»Kommen Sie bitte mit!«, fordert sie den Köstlbacher auf und geht ihm voraus zum Zimmer ihres Chefs. Gehen ist nicht ganz der richtige Ausdruck, weil das, was der Köstlbacher da von hinten zu sehen bekommt, erinnert ihn mehr an eine dieser Fernsehsendungen, die sich die Anna immer ansieht. Weil, so wie die Mädels auf dem Laufsteg, so in etwa bewegt sich die Tussi vor ihm. Dass man mit so hochhackigen Schuhen überhaupt gehen kann, das fasziniert den Köstlbacher schon immer. Und wie der ihr runder Po dabei hin- und herwackelt..., nur gut, dass er alleine hier ist und nicht mit dem Liebknecht. Weil, der wäre jetzt wieder stundenlang zu nichts mehr zu gebrauchen.

»Einen Moment bitte«, flötet die Tussi, klopft an der Tür vom Professor seinem Büro, öffnet sie einen Spalt und steckt ihren Kopf halb hinein, um sich daraufhin auf ihren Zehenspitzen, der hohe Pfennigabsatz hätt's anders nicht ermöglicht, zum Köstlbacher umzudrehen:

»Sie können eintreten! Der Herr Professor erwartet Sie!«

»Danke!«, brummt der Köstlbacher. Nicht, dass er das sonst auch überall machen würde, sich zu bedanken. Eigentlich kommt so ein Wort eher selten über seine Lippen. Aber irgendwie beeindruckt ihn die Tussi denn doch, weil, eben rein optisch, so gar nicht passend zu dem Laden hier. Und, weil du in so einem Moment nicht richtig weißt, wie du dich von ihr verabschieden sollst, da ist so ein ›*Danke!*‹ eben eine gute Alternative.

Der Professor Dr. Neumann beachtet den Köstlbacher erst einmal gar nicht, wie der in sein Zimmer tritt und den Psychiater im weißen Kittel hinter seinem Schreibtisch sitzend vorfindet. Aber genau dieses Verhalten kennt der Köstlbacher natürlich. Er selber macht's ja kaum anders, wenn die Klein jemanden anmeldet, den er schlecht abweisen kann und reinlassen muss. Da kommst du dir wie ein Eindringling vor, wenn dich der da hinterm Schreibtisch erst einmal nicht beachtet und ganz vertieft in seine Arbeit tut. Dass der Professor nicht wirklich in irgendeine Arbeit vertieft ist, das bemerkt der beobachtungsgeschulte Köstlbacher sofort, weil das Blatt, auf das der Psychiater gerade in seinem vermutlich hastig geöffneten Akt starrt, in Richtung Tür schaut. An der Schrift könnte es der Köstlbacher nicht erkennen, aber das Blatt ist eine Fahrradwerbung, wie sie oft in der Tageszeitung als Beilage zu finden ist.

Aber, wie es eben so ist, wenn zwei Menschen aufeinander treffen, deren Arbeit genaues Hinsehen verlangt, der Professor merkt natürlich sofort auf den ersten Blick, mit dem er zum Köstlbacher aufschaut, dass der dieses Missgeschick nicht übersehen hat.

»Meine Tochter!«, sagt der Dr. Neumann und deutet auf die Fahrradwerbung. »Stellen Sie sich vor, die will doch tatsächlich heuer zusammen mit ihrem Freund eine Rundreise durch Cuba mit dem Fahrrad machen!«

»Schnapsidee!«, äußert sich der Köstlbacher dazu in seiner bekannterweise telegrammstilmäßigen Art.

›*Vielleicht war's ja doch kein Versehen, das mit dem falsch herum liegenden Blatt! Vielleicht ist es ja nur eine professionelle Art des Professors, Kontakt aufzunehmen, ohne die üblichen Begrüßungs- und Befragungsfloskeln. Quasi gleich in medias res!*‹, denkt der Köstlbacher.

›*Das war knapp!*‹, denkt zur gleichen Zeit der Dr. Neumann. ›*Hatte schon befürchtet, der Schnüffler bemerkt meine Nervosität!*‹

Eines musst du wissen, eine normale Arzt/Patient Begegnung ist schon schwierig, wenn der Patient ein ermittelnder Kriminaler ist und der Arzt dem Personenkreis angehört, den der Kriminaler in seine Ermittlungen einbeziehen muss. Und, was der Prof. Dr. Neumann nicht wissen kann, der Köstlbacher hat sich zwar mit Hilfe seiner Hundemarke zu ihm vorgedrängt, aber er ist nicht dienstlich hier. Und, der Köstlbacher weiß in dem Moment nicht so recht, wie er das dem Professor klarmachen soll.

»Herr Kommissar?«, fragt in dem Augenblick der Professor, lehnt sich in seinem Bürosessel zurück, verschränkt die Hände vor sich auf dem Schreibtisch, setzt eine dienstliche Mine auf und leitet damit ganz offensichtlich von dem kleinen privaten ›*Ausrutscher*‹ zum dienstlichen Teil über. »Was verschafft mir die Ehre Ihres Besuchs?«

»Lassen Sie das ›*Kommissar*‹ weg, Herr Professor! Ich bin nicht dienstlich hier!«, antwortet der Köstlbacher, froh damit herausgerückt zu sein, dass er nicht in seiner Eigenschaft als Ermittler in einem Mordfall in diesem Zimmer sitzt.

Bei diesen Worten kommt sofort Bewegung in den Dr. Neumann. Er beginnt in seinem Terminkalender herumzublättern und fragt nach wenigen Augenblicken:

»Hatten wir einen Behandlungstermin? Ich bitte Sie um Entschuldigung. Da muss meiner Sekretärin ein Versehen unterlaufen sein. In meinem Terminkalender ist nichts eingetragen.«

»Wir haben keinen Termin! Aber ich muss dringend mit Ihnen reden. Und, ohne den kleinen Trick mit meinem Dienstausweis, wäre ich nie so schnell zu Ihnen vorgelassen worden!«

Da nimmt der Professor schnell wieder die vorherige Sitzposition ein und zieht überrascht seine Augenbrauen hoch.

»Nicht die feine Art!«, rügt er den Köstlbacher. »Aber, wenn Sie nun schon mal hier sind: Wo drückt der Schuh?«

»Die alte Leier! Nur noch viel schlimmer!«

»Wieder Albträume?«, fragt der Psychodoktor.

»Ja! Und nicht nur nachts! Wenn es nur hin und wieder nachts wäre, dann könnte ich ja noch damit leben. Ich meine, zu gegebener Zeit zu Ihnen aufs Sofa, das machte alles erträglicher. Aber, seit ich diese beiden Mordfälle am Hals habe, schlafe ich keine Nacht mehr ohne die Träume und in gewissen Momenten habe ich sie jetzt auch schon am helllichten Tag. Sie kommen überraschend wie ein Blitz! Ich hab' keine Ahnung, wie ich dagegen ankämpfen könnte!«

»Immer noch die selben?«, fragt der Professor und zeigt

dabei eine Mine, die irgendwo zwischen interessiert, fragend und besorgt angesiedelt ist.

»Jein!«, meint der Köstlbacher. »Die Entführung meiner Clara kommt eher seltener vor. Irgendwas ist jetzt anders. Irgendwas macht mir Angst! Es sind so Blitze. Wie wenn Reporter ein Blitzlichtgewitter veranstalten. Und die kommen ganz spontan, ohne Voranmeldung. Und, was das Schlimmste ist, sie behindern meine Arbeit. «

Weil der Köstlbacher eine Pause macht und nicht abzuschätzen ist, ob oder wann er wieder weitersprechen würde, entschließt sich der Professor zu einer kurzen Zwischenäußerung. Und, so eine Zwischenäußerung, da ist der Dr. Neumann 100 pro professionell, so eine Zwischenäußerung, die niemals als Frage. Weil, durch so eine Frage, da gängelst du einen Patienten zu sehr und hemmst total seine Spontaneität.

Weil, eines musst du wissen, so ein Psychodoktor, für den erste Regel, den Patienten sprechen zu lassen. Solange, bis der still. Ja nicht dazwischenfunken. Weil, so ein Patient ja oft gehemmt, und von sich aus eher introvertiert. Drum ja auch meistens Liege. Wirkt erstens auf den Patienten beruhigend und zweitens muss der, wenn er erzählt, dabei nicht seinem Gegenüber in die Augen schauen.

Der Köstlbacher hat das gerade auch vermieden. Trotz der ›*Gegenübersitzung*‹. Und deshalb ist ihm auch gar nicht aufgefallen, dass dem Dr. Neumann seine Gesichtszüge angefangen haben zu entgleisen. Das ist so weit gegangen, dass er jetzt fast einen Lauerblick hat. Kann natürlich auch sein, dass es nur so ausschaut, als ob er einen Lauerblick hätte und der Dr. Neumann in Wirklichkeit einfach nur extrem interessiert ist an dem, was der Köstlbacher ihm da als sein Patient anvertrauen möchte.

Den Köstlbacher wundert's langsam, dass er immer noch sitzen muss und der Dr. Neumann ihn noch nicht aufgefordert hat, sich auf die Liege zu legen. Aber, wenn man's genau nimmt, dann nennt man so eine Behandlung ja auch ›*Sitzung*‹ und nicht ›*Liegung*‹. Und drum wäre rein logisch gesehen auch nichts dagegen einzuwenden, wenn er heute zur Abwechslung mal eine wirkliche ›*Sitzung*‹ beim Professor hätte.

»Blitze können Situationen erhellen!«, sagt der Professor.

Wenn der Köstlbacher nicht gar so patientenmäßig drauf wäre, dann wäre ihm bestimmt aufgefallen, mit was für einer Taktik sein Gegenüber da operiert. Schließlich er selber Ausbildung und mehrfache Schulungslehrgänge, was Verhörtechnik betrifft. Von den vielen Tatortsendungen am Fernsehen ganz zu schweigen, wo man vielleicht nichts dazulernen kann in dieser Sache, aber immerhin gezeigt bekommt, wie man es nicht machen sollte.

»Genau!«, reagiert der Köstlbacher erwartungsgemäß in die richtige Richtung, die der Professor einschlagen möchte. »Genau! Erst wird für den Bruchteil einer Sekunde alles dunkel und dann sehe ich fast überbelichtet hell Sachen, die gar nicht da sind!«

Da macht der Köstlbacher wieder eine Pause. Aber der Psychodoktor ahnt schon, dass sein Patient gleich weiterreden würde, weil dem anzusehen ist, dass er nur nach Worten ringt und nicht an ein Verstummen denkt.

»Als ich noch in Straubing gearbeitet habe, da ist mir so etwas noch nie passiert. Nicht, dass die Arbeit dort einfacher gewesen wäre. Gewaltverbrechen gibt es überall. Und, die waren in Straubing nicht harmloser, als hier in Regensburg. Und doch ist es hier irgendwie anders. Ich kann die Arbeit nicht mehr im Büro lassen, wenn Sie verstehen, was ich meine. Sie verfolgt mich überall hin, bis hinein in mein Bett, wo mich dann diese Albträume plagen. Wie oft inzwischen in diesen Träumen meine Clara schon entführt worden ist, ich kann es nicht sagen. Immer die gleiche Leier! Lang genug hat mir die Anna damit in den Ohren gelegen, dass ich zu Ihnen damit gehen soll. Wollte nicht glauben, dass Sie mir helfen könnten. Aber letztendlich haben Sie mir doch geholfen. Nur, jetzt sind sie wieder da! Und, was mich am meisten beunruhigt, es geht jetzt nicht mehr um Entführung allein. Ich sehe Dinge, die im Zusammenhang mit den beiden Morden stehen. Verstehen Sie?«

Der Dr. Neumann nickt. Quasi nonverbale Bestätigung, dass er versteht. In Wirklichkeit versteht er nichts. Rein gar nichts! Was will ihm der Köstlbacher erzählen? Hat der vielleicht tatsächlich was gesehen? Nein! Das kann nicht sein. Wie hätte das geschehen können? Der Köstlbacher kam bei beiden Morden erst nach der Tat zum Tatort. Also kann er nichts gesehen haben.

Diese Gedanken gehen dem Dr. Neumann sehr schnell durch den Kopf und am Ende wirkt er irgendwie erleichtert und weit weniger angespannt.

»Im Fernsehen habe ich das ja schon oft gesehen«, fährt da der Köstlbacher auch schon fort. »Da sind es solche Spezialeffekte im Film. Zwei/drei Blitze, und es erinnert sich einer an was oder sieht irgendwas, was gar nicht da ist. Damit der Zuschauer sich diesen Vorgang noch besser vorstellen kann, werden die Farben oder die Schärfe verfremdet oder manchmal auch die Stimmen. Dass einem selber so etwas wirklich passieren kann und dass es dann sogar noch verblüffend ähnlich erlebt wird, das hätte ich nie für möglich gehalten. Als ich kürzlich hier war, als der Hebauer mit durchgeschnittener Kehle in seinem Patientenbett gelegen hat, da hatte ich zum ersten Mal diese ›*Visionen*‹.«

»Visionen?«, entfährt es in diesem Moment spontan und ganz unprofessionell dem Professor.

Weil, eines musst du wissen, mit so einem einzigen eingeworfenen Wort, da kann so eine Psychoanalyse schnell den Graben hinuntergehen, weil, so ein Wort kann den Patienten wie eine Ohrfeige aus seiner Sprechsituation herausholen und seinen Redefluss stoppen. Aber, der Dr. Neumann nochmal Glück, und der Köstlbacher ungebremst.

»Ja! ›*Visionen*‹! Anders kann ich es nicht nennen. Oder wie würden Sie es bezeichnen, wenn Sie vor einem Ermordeten stehen und sich, für Sie sichtbar, plötzlich eine kurze Szene einblendet, vielleicht nur 10 Sekunden, vielleicht sogar weniger? So ähnlich war das! Es war nur eine äußerst kurze Szene. Aber, was ich gesehen habe, ließ selbst mir das Blut in den Adern gefrieren. Jemand hatte sich über den Hebauer gebeugt und schnitt seine Kehle durch. Das Blut habe ich noch spritzen sehen. Dann war's auch schon wieder vorbei!«

›*Das zweite Gesicht!*‹, denkt da spontan der Psychodoktor, obwohl er eigentlich als Profi wissen müsste, dass so etwas unrealistisch. Die Psychoanalyse lässt für so einen Firlefanz ja keinen Spielraum. So einer wie der Prof. Dr. Neumann hat bei seinen Patienten eher deren Kindheit im Visier und betet bei jeder ›*Liegung*‹ sein ›*Freud'sches Brevier*‹ auf und ab, bis er ein Schublädchen gefunden hat, wo sein psychisch Erkrankter einsortiert werden kann. Weil erst, wenn du so ein Schublädchen gefunden hast, kannst du damit anfangen, durch Therapiegespräche, bei denen der Patient und der behandelnde Arzt gleichermaßen aktiv sind, den meist seelischen Fehler zu beheben. Das mit dem ›*zweiten Gesicht*‹, das aber nicht im ›*Freud'schen Brevier*‹! Und drum auch eher was für einen ›*Esospinner*‹, so einem Esoteriker, der sich quasi alles vorstellen kann, auch das, was es nicht gibt und auch nicht geben kann.

Der Dr. Neumann kein ›*Esospinner*‹! Aber irgendwas scheint mit dem doch nicht in Ordnung zu sein. Oder hast du eine andere Erklärung dafür, warum es ihn so aufregt, dass der Köstlbacher was gesehen haben will, auch wenn's nur wenige Sekunden lang war und auch wenn ganz und gar nicht fest steht, ob er wirklich was gesehen hat. Ich meine, außer das mit dem Kehle durchschneiden. Weil, wenn er was gesehen hat, der Dr. Neumann denkt da an die Person, die den Schnitt gemacht hat, wenn er so etwas gesehen hat, warum erwähnt der Köstlbacher das dann nicht?

»Nach diesem Blitzlichterlebnis habe ich auch wieder zwei/dreimal die Albträume gehabt. Bin jedes Mal schweißnass aufgewacht. Lang hat's ja auch nicht gedauert, und dann ist wieder was passiert. Der Mord an der Taxifahrerin. Und, Sie werden's sich schon denken, wieder Blitzlicht und ›*Vision*‹! Nicht viel anders als hier im Klinikum! Sogar die Person war die selbe!«

›*Dann hat er den Mörder also doch gesehen?*‹, denkt der Professor und reibt sich am Kinn, als könnte er dadurch leichter zu einem Entschluss gelangen, wie er mit dem ›*Wissen*‹ vom Köstlbacher umgehen soll.

»Da wollte ich dann eigentlich schon zu Ihnen kommen. Hab's aber dann doch nicht gemacht, weil das mit dem Blitzlicht ja immer nur bei einem Mord passiert ist. Und, dass nach den beiden Morden nochmal einer, damit rechne ich eigentlich nicht. Und wenn doch, dann muss das Blitzlicht ja nicht zwangsläufig wieder kommen. – Aber dann ist heute ganz ohne Mord was passiert. Ich glaube, ich hatte wieder eine ›*Vision*‹. Nur diesmal ohne Blitzlicht. Hab' einen riesen Polizeieinsatz angeordnet deswegen. Zwei Hundertschaften! Und noch dazu auf dem Friedhof! Mitten während der Beerdigung von der Luise Lauber. Sie wissen schon, die ermordete Taxifahrerin! Ich sehe Gespenster! Jedenfalls bin ich mir nicht mehr sicher, was ich nun wirklich sehe und was nicht.«

Mit diesen Worten bricht der Köstlbacher ab. Der Dr. Neumann wartet zwar noch eine halbe Minute, aber dass der Köstlbacher jetzt so schnell nicht mehr weiterreden würde, das ist nicht nur daran zu erkennen, dass er aufgehört hat, so vor sich hin zu reden, als ob er sich selber was erzählen würde. Der Dr. Neumann sieht's vor allem an dem erwartungsvollen Blick, den der Köstlbacher auf einmal auf ihn richtet. Würde sich der Professor die Zeit nehmen, etwas länger in den Augen vom Köstlbacher zu forschen, dann würde er mit Sicherheit mehr als nur eine gewisse Erwartung darin lesen können.

Aber, du weißt ja, wie das so ist im Leben, man sieht jemandem nicht so gerne länger in die Augen, vor dem man selber was zu verbergen hat. Da spielt immer die Angst mit, der andere könnte was bemerken. Und so beginnt der Dr. Neumann mit langsamen, fast salbungsvoll gesprochenen Worten:

»Ich will Ihnen keine Angst machen, aber ich fürchte, Sie befinden sich da am Rande von etwas, was durchaus gefährlich für Sie werden könnte. Das mit Ihren ›*Visionen*‹ hat einen ganz anderen Stellenwert, als es die Albträume hatten. Die Ursache hierfür liegt in Ihrer Kindheit. Wir haben ja schon zur Genüge darüber gesprochen. Als Sie damals Ihre Tante ohne Wissen Ihrer Eltern von der Schule abgeholt hatte und Ihre Eltern Gott und die Welt wegen einer angenommenen Entführung rebellisch gemacht hatten, da wurde der Grundstein für Ihre Albträume gelegt. Dass sie jetzt wieder aufgetreten sind, nachdem wir gemeinsam erfolgreich dagegen angekämpft hatten, das liegt wohl eher daran, dass mit diesen ›*Visionen*‹ Ihr seelisches Gleichgewicht erneut einen Schaden erlitten hat. Wir dürfen diese ›*Visionen*‹ nicht auf die leichte Schulter nehmen. Es könnte der Beginn schizophrenen Verhaltens sein, das mit allen uns zur Verfügung stehenden Mittel bekämpft werden sollte!«

Und damit ist's raus, was er dem Köstlbacher aufs Butterbrot schmieren wollte. Der Köstlbacher ein Schizo! Ich meine, damit musst du erst einmal fertig werden, wenn dich einer einen Schizo nennt, noch dazu, wenn dieser eine ein Professor Dr. Neumann ist und noch dazu die ganze Abteilung für Geisteskrankheiten am Bezirksklinikum über hat.

Der Köstlbacher nimmt's überraschend locker auf. Ohne langes Tamtam stellt er nur eine Frage:

»Was schlagen Sie vor?«

»Stellen Sie sich auf eine umfassende Behandlung mit mehreren ›*Sitzungen*‹ mit medikamentöser Begleitung ein. Und wenn ich Ihnen einen gut gemeinten Rat geben darf, halten Sie sich für zwei/drei Wochen von Ihrer Arbeit fern. Ich attestiere Ihnen gerne für diesen Zeitraum eine Arbeitsunfähigkeit!«

›*Kein schlechter Schachzug*‹, denkt der Köstlbacher und geht zum Schein darauf ein.

Kapitel 16

Und, schon wieder steht der Köstlbacher grübelnd vor seiner Pinnwand. Nicht, dass sein Besuch im Bezirksklinikum Anlass zu weitreichenden Veränderungen gegeben hätte. Genau gesagt ist die Aktion sogar weit weniger erfolgreich verlaufen, als der Köstlbacher gehofft hatte. Und im Nachhinein ist er auch sehr froh, dem Dr. Huber vorab nichts gesagt zu haben. So ist es nun einfach ein privater Gang zum Arzt gewesen, an dem es nichts zu bemängeln gibt. Und wenn auch nicht gerade ein Durchbruch, so ganz für die Katz' ist's auch wieder nicht gewesen. Momentan findet der Köstlbacher nur nicht so recht die geeignete Form, wie er seine neuen Vermutungen auf seiner Pinnwand darstellen soll.

Demnächst würde der Köstlbacher eine neue Pinnwand beantragen. So eine, wo du alles mit Magneten befestigen kannst und mit einem Stift Pfeile einzeichnen kannst, die andeuten, was miteinander und in welcher Reihenfolge zu tun hat. Nachteil: Da kannst du keine Tatortfähnchen mehr reinstecken. Aber kürzlich hat der Köstlbacher in einem amerikanischen Krimi gesehen, dass es solche Pfeile auch mit einem Magneten unten dran gibt. Wenn die in Amerika so etwas haben, dann ist das bestimmt auch hier zu bekommen. Notfalls muss die Verwaltung eben Geld locker machen und die Teile in den Staaten bestellen.

Bis dahin muss sich der Köstlbacher mit den laminierten Pfeilen von der Klein behelfen. Die sind aber meistens zu lang, zu kurz, zu gerade oder zu gebogen. So richtig übersichtlich kannst du mit diesen Dingern keine Pinnwand gestalten!

»Weißt du das Neueste schon?«, fragt da plötzlich der Liebknecht. Der Köstlbacher hat ihn nicht reinkommen hören und dreht sich fast etwas erschrocken um.

»Hey, ich bin's nur! Hab' ich dich etwa erschreckt?«, sagt der Liebknecht.

»Ein Klopfen oder ein ›*Hallo!*‹ hätt's verhindert!«, antwortet der Köstlbacher, der sich über das ungehobelte Benehmen von seinem Kollegen schon gar nicht mehr wirklich aufregt.

»Entschuldigung! Beim nächsten Mal lass ich mich von der Klein bei seiner Majestät anmelden!«, lästert der Liebknecht, erntet dafür aber nur einen giftigen Blick seines Chefs.

»Was soll ich schon gehört haben?«, fragt der Köstlbacher, ohne auf dem Benimmthema weiter rumzureiten.

»Der Hebauer hat ein paar Tage vor seiner Einlieferung ins Bezirksklinikum einen Mord gemeldet!«

Da hebt der Köstlbacher ruckartig seinen Kopf und schaut dem Liebknecht erstaunt direkt in die Augen.

»Einen Mord? Und wieso weiß ich nichts davon? Wer bin ich denn hier?«

»Reg dich nicht auf! Keiner hat dir was verheimlicht. Erstens warst du zu der Zeit gerade für ein paar Tage krank geschrieben und zweitens hat sich noch am selben Tag herausgestellt, dass er den Mord erfunden hatte. Ich meine, ganz umsonst haben die ihn schließlich nicht in die Klapse eingeliefert!«

»Und, warum kommst du jetzt trotzdem zu mir damit?«, fragt der Köstlbacher.

»Weil der angebliche Mörder ein Taxifahrer ist!«

»Und?«, fragt der Köstlbacher, den es wieder einmal ärgert, dass er dem Liebknecht jede Information einzeln aus der Nase ziehen muss.

»Nichts ›*und*‹! Ich hab' mir den Bericht nur nochmal angesehen, der zu dieser Aussage vom Hebauer vorliegt. Du hast mich doch beauftragt, mir den Hebauer erneut vorzunehmen, beziehungsweise alles nochmal durchzugehen, was mit ihm zusammenhängen könnte. Der Hebauer hat entsprechend seinen Angaben von seinem Wohnungsfenster aus beobachtet, wie im Wohnhaus gegenüber ein Mann eine dort wohnhafte Frau gewürgt und ihr anschließend das Genick gebrochen haben soll. Pirzer und Koch waren wenig später in der Wohnung der angeblich Ermordeten. Aber die war putzmunter und hat sich nur gewundert, wie ihr Nachbar drauf kommen konnte, sie wäre ermordet worden. Was den mysteriösen Mörder betrifft, da hatte sie tatsächlich zu der vom Hebauer angegebenen Zeit Besuch. Aber dieser Besuch war ihr Freund. Ein Taxifahrer, wie Pirzer und Koch feststellten, der übrigens das Taxi fährt, das normalerweise hinter dem von der Luise Lauber steht. In der Mordnacht stand er da aber nicht, weil er zu einer Überlandfahrt unterwegs war.«

»Und das nennst du ›*Nichts und*‹?«, fragt der Köstlbacher. »Das ist doch eine ganze Menge!«

»So, wie sich's anhört, ja. Aber eben nur so, wie sich's anhört. Den Mord hat der Hebauer ganz klar nur fantasiert. Sonst hätten wir ja schließlich die dazugehörige Leiche finden müssen. Und, den Taxifahrer haben Pirzer und Koch selbstverständlich auch unter die Lupe genommen. Nichts Auffälliges! Und, wegen dem Zufall, dass der seinen Taxiplatz hinter der Lauber hat, da hab' ich natürlich sofort diese nächtliche Überlandfahrt überprüft. Alles hieb- und stichfest. Der Typ hat ein wasserdichtes Alibi.«

»Hm!«, brummt da der Köstlbacher nur. »Hat der Taxifahrer auch einen Namen?«

»Baldauf! Herbert Baldauf! Wohnt in Burgweinting. Verheiratet! Drei Kinder!«

»Ich dachte, der Baldauf wäre der Freund von dieser....?«

»Helen! Krinzer Helen!«

»Ich dachte, der Baldauf wäre der Freund von dieser Krinzer Helen?«

»Soll vorkommen, dass verheiratete Männer fremdgehen!«, antwortet der Liebknecht da nur lapidar.

»Hm!«, brummt da der Köstlbacher erneut, dem die Sache irgendwie nicht gefallen will. »Schick mir den Bericht doch mal rüber! Vielleicht wurde da was übersehen.«

»Hab' mir schon gedacht, dass du den Bericht sehen willst«, antwortet der Liebknecht und schiebt dem Köstlbacher einen dünnen Aktendeckel hin, den er die ganze Zeit über in der Hand gehalten hatte. »Scheint, wie gesagt, alles ohne Belang zu sein. Trotzdem habe ich dir eine Zeile rot markiert! Gegen den Baldauf hat nämlich die Staatsanwaltschaft vor zwei/drei Jahren wegen fahrlässiger Tötung ermittelt. Sah so aus, als wäre er schuld an einem Verkehrsunfall mit Todesfolge gewesen. Das Verfahren wurde aber eingestellt, weil ihm kein Verschulden nachgewiesen werden konnte.«

»Klingt nicht gerade brauchbar! Aber ich schau's mir trotzdem an!«, sagt der Köstlbacher. »Hat dich der Dr. Huber wegen der Friedhofsgeschichte schon angesprochen?«, fügt er, das Thema wechselnd, noch hinzu.

»Da haben wir noch eine Galgenfrist. Der Huber ist mit seiner Frau in Italien. Machen Urlaub am Gardasee! Hab's selber erst soeben erfahren. Typisch Huber! Wir sollen am besten jede Stunde mit einem neuen Bericht bei ihm antanzen, und er findet's nicht einmal der Mühe wert, uns zu informieren, wenn er in Urlaub geht. Soviel ich weiß, kommt er erst in zwei Wochen wieder. Seine Vertretung ist diesmal die Sieber. Glaube aber kaum, dass die sich groß um uns kümmern wird. Die hat mit ihrer Abteilung schon genug am Hals!«

»Die Dr. Sieber vom Betrugsdezernat? Du hast recht, die hat Stress genug!«, pflichtet der Köstlbacher seinem Kollegen Liebknecht bei. Insgeheim freut er sich über die Nachricht vom Urlaub seines Chefs, weil, quasi enorme Stressreduktion.

»Gibt's was Neues bezüglich der Phantombildfahndung?«, fragt der Köstlbacher noch.

»Nichts Konkretes. Hab' mir so was schon gedacht, wie wir die Fahndung raus gegeben haben. Der auf dem Bild hat ein richtiges Nullachtfünfzehn-Gesicht. Ich meine, eine etwas zu große Nase, die haben viele. Und, die Narbe, die hat erstens nur der Weber gesehen und so eine Narbe lässt sich auch leicht unter einer Mütze verstecken. Ich wollte mich übrigens gerade daran machen, die Anrufe auszuwerten.«

»Worum ich gebeten haben möchte!«, grantelt der Köstlbacher. »So viele werden's ja nicht gewesen sein, dass du eine Nachtschicht einlegen musst!«

»Hast du eine Ahnung! Ich sag's ja, ein Allerwelts-Gesicht! Die in der Zentrale haben sich gar nicht mehr groß mit Rückfragen aufhalten können, so groß war der Ansturm am Telefon nach der Veröffentlichung des Bildes in der MZ. Bis ich die alle zurückgerufen habe, damit sie ihre Aussage machen können, das wird dauern.«

»Oder es ist jemand, den eben viele Leute kennen. Warum sollen wir nicht auch einmal Glück haben?«, meint der Köstlbacher.

»Schön wär's!«, sagt der Liebknecht und wendet sich zur Tür.

»Übrigens, noch was! Beinahe hätt' ich's vergessen. Dein Handy ist wieder aufgetaucht!«, sagt der Liebknecht noch, als er schon an der Tür ist.

»Mein Handy? Wo?«, fragt der Köstlbacher.

»Irgendwer hat's im Museum abgegeben. Angeblich hat es vor dem Museum in dem Grünstreifen gelegen. Kein Wunder, dass es abgegeben worden ist. Ist ja auch ein passwortgeschütztes Diensthandy. Damit kann keiner was anfangen!«

»Hm!«, brummt da wieder einmal der Köstlbacher. »Und wo ist es jetzt?

»Hab's zur Technik gebracht. Sicher ist sicher! Die sollen sich das Teil erst einmal ansehen, ob irgendwie daran manipuliert worden ist. Am Ende hat jemand eine Wanze eingebaut. Die Welt ist schlecht Chef!«, antwortet der Liebknecht.

»Wem sagst du das?«, meint dazu der Köstlbacher, der sich natürlich wieder gut daran erinnern kann, in der Mordnacht am Museum vorbeigegangen zu sein. Kann gut sein, dass ihm da sein Handy aus der Tasche gerutscht ist. Zeitlich könnte es mit dem Verlust hinkommen.

In dem Moment läutet das Telefon:

»Hallo Chef! Wollte nur sagen, dass der Baldauf mit dem Phantombild identisch ist«, berichtet der Pirzer.

»Aha!«, antwortet der Köstlbacher nur. »Danke für die Info!«

»Was Wichtiges?«, fragt der Liebknecht.

»Sieht so aus, als wäre der Baldauf unser Mann!«

»Aha!«, sagt nun der Liebknecht, aber mit wenig überzeugter Stimme.

»Das Phantombild, oder? Ich sehe mir die Sache mal an!«, meint der Liebknecht und geht.

Kapitel 17

Kaum ist der Liebknecht draußen, da geht die Tür schon wieder auf. Die Klein hat zwar geklopft, aber, wenn der Köstlbacher in was vertieft ist, und dieses ›*was*‹ ist natürlich schon wieder seine Pinnwand, also, wenn der Köstlbacher in was vertieft ist, dann quasi taub. Zumindest unempfänglich für störende Geräusche von außen.

Drum erschrickt er auch fast, wie ihn die Klein auf einmal von der Seite her anspricht:

»Hallo Chef, haben Sie mich nicht verstanden?«, fragt sie den Köstlbacher.

»Haben Sie mich erschreckt!«, antwortet der Köstlbacher, ohne auf die Frage von der Klein einzugehen. »Können Sie nicht anklopfen?«

Eines musst du wissen, auf so eine Frage, da antwortet die Klein schon lange nicht mehr. Wie der Köstlbacher von Straubing nach Regensburg versetzt worden ist und dieses Büro hier zugewiesen bekommen hat, mit der Klein als Vorzimmerdame und persönlicher Sekretärin inklusive, da stand die Verbindungstüre zwischen seinem Büro und dem Zimmer der Klein praktisch immer offen. Und der Köstlbacher hat oft an seinem Schreibtisch gesessen und hat mit verträumten Augen zur Klein hinausgeschaut.

Ich meine, da hättest du auch hinausgeschaut, weil so eine Sekretärin, wie die Klein, die eben eine echte Augenweide. Und so, wie die Kühe ihr Gras weiden und daran herumzupfen, so hat der Köstlbacher die Klein mit den Augen abgezupft, dass die sich ganz schön geschämt hätte, wenn sie gewusst hätte, wie viel von ihrer Kleidung ihr der Köstlbacher schon heruntergezupft hatte. Das ist dann auch noch relativ lange so weitergegangen. Bis irgendwann während dieser Septemberserienmorde was passiert ist. Und seitdem ist die Türe zu. Nicht sicher ist, ob die Tür jetzt wegen der Klein zu, oder ob da die Anna mit im Spiel ist. Auf alle Fälle jetzt kein Geglotze und auch kein Weiden oder Zupfen mit den Augen mehr.

Die Klein hat sofort nach der Arbeitsraumtrennung durch die verschlossene Tür das Zimmer vom Köstlbacher nur noch betreten, nachdem sie vorher angeklopft hatte. Nur auf ein ›*Herein!*‹ oder so wartete sie nie, weil der Köstlbacher eh meistens nur einen Brummer von sich gegeben hat, der durch die geschlossene Türe nicht zu hören war.

»Ein Herr Dr. Neumann vom Bezirksklinikum möchte Sie sprechen. Darf ich ihn hereinbitten?«, fragte die Klein, ohne auf die Äußerung von ihrem Chef einzugehen.

Der Köstlbacher hat ganz ehrlich mit keinem Besuch gerechnet. Vielleicht damit, dass später der Liebknecht nochmal ... , aber auf jedem Fall nicht der Dr. Neumann.

»Ja! Ja, ja, lassen Sie ihn rein! Selbstverständlich!«, sagt der Köstlbacher, und die Klein wundert sich, wie ungewohnt überrascht und freundlich sie ihren Chef jetzt gerade erlebt.

Dazu musst du wissen, dass die Klein natürlich keine Ahnung von den ›*Liegungen*‹ ihres Chefs. Weil, von den ›*Liegungen*‹, da hat der Köstlbacher niemandem etwas erzählt, niemandem hier auf dem Präsidium und niemandem sonst. Nicht einmal mit seiner Anna hat er darüber gesprochen. Obwohl die ihn sogar dazu gedrängt hatte, den Dr. Neumann zu konsultieren. Dass er später einmal trotzdem mit mir darüber geplaudert hat, das muss am Biergarten drunten an der Donau gelegen haben, in dem er nach seiner dritten Maß viel gesprächiger geworden ist, als das der Köstlbacher normalerweise ist.

Der Prof. Dr. Neumann bedankt sich bei der Klein noch schnell, dass sie ihn zum Köstlbacher ins Allerheiligste bittet und wendet sich dann mit einem gewinnenden Lächeln dem Kommissar zu.

»Herr Kommissar!«, sagt er nur und reicht dem Köstlbacher die Hand.

»Was kann ich für Sie tun?«, fragt der Köstlbacher, während er quasi automatisch nach der Hand seines Besuchers greift.

»Sie für mich weniger. Aber mir ist da noch etwas eingefallen. Und, weil ich gerade hier im Präsidium wegen eines Gutachtens was zu tun hatte, da dachte ich mir, ich könnte doch mal beim Herrn Köstlbacher vorbeischauen.«

»Ah ja! Ich hatte ganz vergessen, dass Sie in Sachen Gutachten manchmal für uns tätig sind«, antwortet der Köstlbacher und bemerkt dabei ganz nebenbei, wie der Dr. Neumann seinen Blick durch sein Zimmer schweifen lässt und ganz deutlich an der Pinnwand etwas länger verweilt.

»Sie sind's gewöhnt, kleinformatige Krankenblätter zu studieren! Ich brauch's eine Nummer größer!«, kommentiert der Köstlbacher dem Dr. Neumann sein Interesse an seiner Pinnwand.

Fast erschrocken, zumindest, wie bei etwas Unerlaubtem ertappt, wendet sich der Professor von der Pinnwand ab und fixiert den Köstlbacher mit leicht zugekniffenen Augen:

»Kommen Sie voran mit Ihren Ermittlungen?«, will der Psychoanalytiker und Psychotherapeut spontan wissen.

»Sind Sie gekommen, um mich das zu fragen?«, entgegnet der Köstlbacher.

»Nicht wirklich! Ich fragte mich das nur soeben selbst, als mir Ihre Zusammenstellung auf dieser Pinnwand ins Auge fiel!«

›*Entweder ist dieser Dr. Neumann unwahrscheinlich schlagfertig oder meine Bedenken ihm gegenüber sind grundlos!*‹, denkt der Köstlbacher. Und laut fügt er hinzu:

»Sie wissen doch, dass ich in laufende Ermittlungen keinem Außenstehenden Einblick gewähren darf!«

»Schweigepflicht! Verstehe! Da haben wir tatsächlich eine Gemeinsamkeit!«, lächelt der Dr. Neumann.

›*Das dürfte aber die einzige Gemeinsamkeit sein!*‹, denkt der Köstlbacher.

»Sie sagten doch, ich sollte mich melden, wenn mir zu dem mysteriösen Mord bei uns in der Klinik noch was einfällt. Ich habe die letzten Tage vor der Tat nochmal Revue passieren lassen. Da war nichts Auffälliges. Man sieht das eine oder andere fremde Gesicht im Haus. Da ich aber nicht alle Patienten selbst betreue, kann ich auch nicht jede und jeden kennen, der sich im Bereich meiner Abteilung aufhält. Etwas anders ist die Sachlage bei den Stationsschwestern. Die kennen zumindest gesichtsweise praktisch alle, die ein- und ausgehen.«

»Worauf wollen Sie hinaus?«, fragt der Köstlbacher, der es hasst, wenn ihm einer was erzählen will und nicht auf den Punkt kommt.

»Schwester Josefine! Schwester Josefine entgeht kaum etwas. Und sie ist sehr gewissenhaft. Deshalb hat sie auch erst mit mir gesprochen, bevor sie es der Polizei melden wollte.«

»Was ›*melden*‹?«, fragt der Köstlbacher und kratzt sich am Hals, weil der schon wieder anfängt, unangenehm zu jucken.

»Ja, das mit dem Besucher! Der Herr Hebauer hatte regelmäßig Besuch. Ein Mann. Und laut Schwester Josefine war Herr Hebauer immer etwas verstört, wenn der wieder gegangen ist.«

»Und, da kommen Sie mit dieser ›*Beobachtung*‹ extra hierher zu mir?«, fragt der Köstlbacher erstaunt, gleichzeitig aber auch ein wenig misstrauisch. »Das hätten Sie mir doch auch am Telefon sagen können!«

»Wie gesagt, ich bin in anderer Mission hierher aufs Präsidium gekommen. Und warum da nicht gleich das eine mit dem anderen verbinden. Die Schwester Josefine hat mich drum gebeten. Ich verstehe, dass es ihr unangenehm ist, etwas zu melden, das sie vorher, warum auch immer, nicht zu Protokoll gegeben hat!«

»Und, da schickt so eine Krankenschwester ihren Chef vor?«

»Im Normalfall natürlich nicht! Aber Schwester Josefine ..., Sie verstehen?«

»Ich weiß nicht, was Sie meinen!«, stellt sich der Köstlbacher absichtlich begriffsstutzig, was ihm aber auch gar nicht so schwer fällt, denn, genau genommen, hat er wirklich keine Ahnung, was ihm der Dr. Neumann da jetzt sagen, beziehungsweise nicht sagen will.

»Die Geschichte mit dem Herrn Hebauer hat Schwester Josefine sehr mitgenommen. Er war Patient auf ihrer Station. Da fühlt sie sich irgendwie verantwortlich!«

»Und Sie? Fühlen Sie sich nicht verantwortlich?«, fragt der Köstlbacher.

»Natürlich! Mir geht das alles ebenso sehr nahe! Aber, ich

habe meine Arbeit und bin nicht den ganzen Tag auf der Station, wo mich jede Kleinigkeit an die Tat erinnert«, antwortet der Dr. Neumann.

»Dann sollte ich wohl mit der Schwester Josefine reden!«, nickt der Köstlbacher dem Dr. Neumann in gewisser Weise zustimmend zu.

»Momentan hat sie Dienst. Aber, wenn Sie wollen, veranlasse ich eine Vertretung und schicke Ihnen Schwester Josefine sofort her!«

»Gut! Wenn nichts Unvorhersehbares passiert, bin ich heute ohnehin den restlichen Tag über hier!«, meint der Köstlbacher und ist eigentlich froh, nicht schon wieder ins Bezirksklinikum fahren zu müssen. Die Begegnung mit dem Dr. Neumann hier im Büro hat er weit weniger problematisch empfunden. Ist eben doch ein großer Unterschied, ob du einem Hai im Wasser begegnest oder auf ihn triffst, wenn er an Land gezogen worden ist. Wie der Köstlbacher gerade auf diesem Vergleich kommt, das kann ich dir nicht sagen. Aber genauso ungefährlich empfindet der Köstlbacher den Professor hier. Und genauso gefährlich hat er ihn schon immer empfunden, wenn er bei ihm seine ›*Liegungen*‹ hatte. Dabei hatte der ihm sogar helfen können. Kann natürlich gut sein, dass es genau das war: Der Professor hatte seine Albträume besiegt, weil er gefährlicher ist, als diese läppischen Albträume.

›*Irgendwas stimmt nicht mit mir oder mit diesem Psychodoktor. Oder warum habe ich immer derart seltsame Gedanken, wenn ich diesem Typen gegenüberstehe?*‹, denkt der Köstlbacher.

»Eh ich's vergesse: Sie haben hier an Ihrer Pinnwand zwei sehr ähnliche Phantombilder hängen«, bemerkt der Dr. Neumann noch überraschend, obwohl er schon Anstalten gemacht hatte, das Zimmer zu verlassen.

»Könnte der Täter sein!«, sinniert der Köstlbacher und dreht sich zur Pinnwand hin. ›*Hab' mir doch gleich gedacht, dass der meine Pinnwand genauer angesehen hat, als er mich Glauben machen wollte!*‹

»Und, warum zwei Bilder?« fragt der Dr. Neumann neugierig.

»Herr Professor!«, antwortet der Köstlbacher, wackelt schulmeisterlich mit seinem rechten Zeigefinger und zuckt an Stelle einer Antwort zuckt nur mit den Schultern.

»Laufende Ermittlungen?«

»Sie haben's erfasst!«, nickt der Köstlbacher.

»Schade! Ich hätte wetten können, dieses Gesicht schon gesehen zu haben.«

Auch wenn es dir nicht besonders glaubhaft erscheint, aber dem Köstlbacher seine Reaktion ist keineswegs überraschender Natur, weil, eines musst du wissen, die Fahndung nach dem Phantom ist quasi sofort erfolgreich gewesen. Es hatte sich ja rausgestellt, dass das Phantom ein Taxifahrer aus Burgweinting ist, ein gewisser Herbert Baldauf. Der Köstlbacher hat auch sofort eine Zeugengegenüberstellung in die Wege geleitet. Und beide, der Sebastian Weber und die Susanne Ziegler identifizierten ihn einwandfrei. Der Haken bei der Sache war nur, dass der Baldauf ein wasserdichtes Alibi für die Tatzeit hat. Und der Köstlbacher selber, der das Phantom ja auf dem Friedhof gesehen zu haben glaubte, der ist sich keineswegs sicher, dass der Baldauf identisch ist mit dem Phantombild und damit mit dem Taxler vom Friedhof. Irgendwie kommt ihm die Friedhofsgeschichte ohnehin langsam seltsam vor, weil ihn noch keiner im Präsidium drauf angesprochen hat. Aber wahrscheinlich lässt man ihn nur in Ruhe, weil man eben den Chef nicht kritisiert, wenn der einmal Mist gebaut hat. Drum redet er auch mit niemandem darüber. Und mit dem Dr. Neumann, der wäre zwar der richtige, aber dazu ist der zu nah am Fall dran. Oder so ähnlich! Genau weiß es der Köstlbacher nämlich tatsächlich nicht, warum er nicht mit dem Dr. Neumann während einer ›*Liegung*‹ und so.

»Gut möglich!«, antwortet der Köstlbacher und reibt sich dabei mit einer Hand am Kinn. »Kann aber auch sein, Sie haben's nicht wirklich gesehen, dieses Gesicht. Kann sein, Sie haben's nur in der MZ gesehen oder auf TVA. Wir haben regional und überregional nach dieser Person gefahndet.«

Der Dr. Neumann setzt einen nachdenklichen Gesichtsausdruck auf, schüttelt dann aber schnell den Kopf und meint:

»Nein! Da würde ich mich dran erinnern. Die Zeitung lese ich sehr konzentriert. An die Fahndung erinnere ich mich. Aber ich denke, es war real, als ich in dieses Gesicht gesehen habe. Was TVA betrifft, dieser Regionalsender läuft bei mir so gut wie nie. Meine Frau mag ihn nicht. Sie wissen ja, wie das mit den Frauen so ist. Sie fragen zwar nach, was gemeinsam angeschaut werden soll, aber letztendlich bestimmen sie das Programm!«

Nicht, dass der Köstlbacher dem nicht zustimmen könnte, aber dass der Professor Dr. Neumann auf einmal derart auftaut, das überrascht ihn doch sehr.

›*Und wenn einer spontan gar so viel zu labern anfängt, will er was vertuschen!*‹, denkt der Köstlbacher.

»Der Mann heißt Baldauf!«, sagt darum der Köstlbacher und sieht den Professor dabei unverwandt in die Augen.

Weil, eines musst du wissen, wenn einer überrascht, dann Blitzen in seinen Augen. Auch wenn Überraschung ansonsten perfekt verborgen werden kann, Gesichtszüge und so. Blitzen in den Augen kann keiner kontrollieren.

Aber leider kein Blitzen. Reaktion unerwartet ehrlich. Fast schon so ehrlich, dass du dabei auch schon wieder misstrauisch werden könntest.

»Himmel! Herbert Baldauf! Ich erinnere mich! So gut scheint das Phantombild doch nicht zu sein, sonst hätte ich eigentlich gleich draufkommen müssen«, gibt der Dr. Neumann zu verstehen und zwar in einem Tonfall, der eine plötzlich aufkommende Wut deutlich macht.

»Könnten Sie mir das etwas genauer erklären?«, bittet der Köstlbacher.

»Na, wenn Sie Ihre Hausaufgaben gemacht hätten, wüssten Sie, wer dieser Gentleman ist! Er wurde natürlich von jeder Schuld frei gesprochen! Aber für mich ändert das an den Tatsachen herzlich wenig!«

»Niemand hat den Herrn Baldauf von irgendeiner Schuld freigesprochen. Er hat ein wasserdichtes Alibi. Also kann er es gar nicht gewesen sein! Und wenn er es nicht gewesen sein kann, dann gibt's auch keine Schuld, von der man ihn hätte freisprechen können!«

Ohne ein Wort des Abschieds dreht sich der Dr. Neumann nach diesen Worten vom Köstlbacher um und verlässt den Raum. Die Tür lässt er offen stehen, rauscht an der Edith Klein vorbei, die beinahe den Kaffee verschüttet, den sie gerade zum Köstlbacher bringen wollte, und ist weg.

»Welcher Affe hat den gebissen?«, fragt die Klein und stellt mit zittrigen Händen die Tasse beim Köstlbacher ab.

»Keine Ahnung!«, sagt der nur und greift zum Telefon.

In Wirklichkeit der Köstlbacher allerdings sehr wohl Ahnung, nur nicht verfügbar. Quasi woanders abgespeichert. Ich meine, das mit dem Baldauf und der Tochter vom Dr. Neumann. Und wenn du so etwas an der falschen Stelle abgespeichert hast, dann übersiehst du so etwas eben leicht. Auch wenn du ein ausgefuchster Kriminaler bist!

Kapitel 18

»Meine Damen und Herren, es wird Ihnen schon zu Ohren gekommen sein, dass ihr Abteilungsleiter Herr Dr. Ernst Huber während seines Urlaubs bedauerlicherweise einen Herzinfarkt erlitten hat. Zum Glück konnte er schnell genug stationär behandelt werden und ist momentan außer Lebensgefahr. Aber so, wie es aussieht, werden Sie wohl noch länger mit mir, als seine Vertretung Vorlieb nehmen müssen!«, gibt die Frau Dr. Sieber vom Betrugsdezernat bekannt.

Die Frau Dr. Sieber hatte bereits gestern zu dieser Kurzbesprechung geladen. Und da die leidige Sache mit dem Dr. Huber natürlich schon die Runde gemacht hatte, war es eigentlich klar, was sie ankündigen würde.

»Ich erwarte von Ihnen allen weiterhin vollen Einsatz. Und lösen Sie sich bitte von dem Gedanken, der Weg sei das Ziel. Das mag in der Philosophie seine Geltung haben. Wir sind nach wie vor an einer hohen Aufklärungsbillanz interessiert und nicht nur an Arbeit, die im Sande verläuft. Da ich mit meinem Betrugsdezernat bereits mit mehr als 100 % ausgelastet bin, kann ich mich Ihnen nicht in dem Maße widmen, wie Sie es verdienten. Herr Hauptkommissar Köstlbacher wird in den nächsten Wochen mehr als üblich schultern müssen. Unterstützen Sie ihn wo immer es Ihnen möglich ist!«

Den anwesenden Kolleginnen und Kollegen ist es relativ

einerlei, wer den Laden hier an oberster Stelle leitet. Sie nehmen ihre Anweisungen ohnehin in den allermeisten Fällen nach dem allmorgendlichen Briefing und auch zu jeder anderen Zeit nur vom Köstlbacher entgegen.

Und auf dem Köstlbacher, da lastet zwar jetzt ein Tick mehr Verantwortung, aber, wenn du ehrlich bist, dann hat ihm die der Dr. Huber eh nie ernsthaft abgenommen. Der hat meistens nur die Erfolge zu den seinen gemacht und alle Misserfolge dem Köstlbacher und seinen Leuten aufgehalst. Aber, das brauche ich dir ja nicht zu erzählen, zumindest dann nicht, wenn du selber kein Chef bist und unter einem arbeiten musst. Deiner heißt zwar nicht gerade Dr. Huber, aber das wird schon der einzige wirklich relevante Unterschied sein.

Dass die Dr. Sieber dem Köstlbacher weniger im Genick sitzen wird, als das beim Dr. Huber der Fall gewesen ist, das liegt ja letztendlich auch nur daran, dass die in ihrer Abteilung schon Stress genug verbreiten kann und für weiteren Stress am Ende noch selbst gestresst wäre.

Soweit also alles bestens! Nur, was die Dr. Sieber noch kurz erwähnt, bevor sie das Briefing verlässt, das haut den Köstlbacher beinahe um. Bestimmt fragst du dich jetzt, warum ich schreibe, dass das akkurat den Köstlbacher beinahe umhaut und nicht den Liebknecht oder sonst irgendeinen der Anwesenden hier. Gedulde dich noch einen kleinen Moment, denn, wenn du gelesen haben wirst, was die Dr. Sieber vom Stapel gelassen hat, dann kannst du dich in den Köstlbacher bestimmt gut rein versetzen.

»Nur eine Bemerkung erlauben Sie mir bitte noch: Ich

weiß ja nicht, wie der Kollege Dr. Huber zu diesem Thema steht, aber ich persönlich finde es unprofessionell, wenn ein Mordopfer beerdigt wird und kein Vertreter unserer Zunft daran teilnimmt. Es wäre schließlich durchaus im Bereich des Möglichen, dass der Mörder oder die Mörderin sich das Spektakel der Beerdigung des Opfers nicht entgehen lassen will. Eine gute Beobachtungsgabe steht in solchen Fällen einer zügigen Aufklärung bestimmt nicht im Wege!«

Die anderen senken alle betreten den Kopf. Der eine oder andere blinzelt aber dann doch relativ schnell zum Köstlbacher hin, weil, der als Chef, schließlich die Beerdigung vom Hebauer und dann die von der Lauber zur Dienstsache hätte machen müssen.

Der Köstlbacher reißt zuerst ganz erstaunt seine Augen auf, will schon was sagen, verstummt aber noch, bevor auch nur ein Ton seinen Mund verlässt. Dann sackt er in sich zusammen. Am liebsten würde er sich in diesem Moment in ein Mauseloch verkriechen. Hilfe suchend richtet der Köstlbacher seinen Blick auf den Liebknecht. Aber der schaut so teilnahmslos drein, dass du mit Sicherheit annehmen kannst, dass der über die Worte der Dr. Sieber gar nicht erst nachdenkt. Wahrscheinlich ist der Liebknecht mit seinen Gedanken im Moment bei der Gradl oder irgendeinem anderen Frauenzimmer. Sicher nicht bei der Dr. Sieber, weil die zwar als Vertretung für den Dr. Huber akzeptabel erscheint, ansonsten aber als Frau keinerlei hervorstechende, weibliche Attribute ins Feld führen kann, wegen derer der Liebknecht mehr als nur einen kurzen Blick auf sie werfen würde.

Nach den letzten Worten und einem kurzen ›*Viel Erfolg bei Ihrer Arbeit!*‹ hat die Dr. Sieber die Versammlung verlassen.

Und, weil der Köstlbacher nichts zu ihrem Vorwurf sagt, erledigt das auch kein anderer. Der Pirzer nicht, der sonst zu allem seinen Senf dazugeben muss, und erst recht nicht die Koch, weil die es als Frau beim Köstlbacher und bei den meisten ihrer Kripokollegen sowieso oft nicht gerade leicht hat.

Und dann sind alle überrascht, wie der Köstlbacher, der ewige Grantler und Besserwisser, sagt:

»Die Dr. Sieber hat recht! Es scheint, ich habe einen Fehler gemacht! Steinigt mich, aber denkt dabei dran, dass ihr dann ohne Chef weiter ermitteln müsst!«

Damit hat der Köstlbacher genau den richtigen Ton getroffen, der jetzt nötig war. Alle atmen hörbar auf und vielen huscht sogar ein Lächeln übers Gesicht.

»Hört! Hört!«, ergreift der Pirzer das Wort. »Unser Chef hat menschliche Züge!«

»Betrachte es einfach als Ausrutscher!«, antwortet der Köstlbacher mehrdeutig, auch wenn's der Pirzer nur eindeutig auffasst.

»Hätt' mich auch gewundert, wenn das ein Dauerzustand werden würde!«, versucht sich der Pirzer ironisch.

Im Normalfall hätte so ein Wortspiel der Köstlbacher nicht auf sich beruhen lassen. Aber, im Moment ist ihm mehr danach, allein zu sein und nachzudenken. Drum reagiert er auch auf die Bemerkung vom Pirzer nicht wiederholt, sondern gibt nur noch schnell, weitere Ermittlungen betreffend, ein paar Anweisungen. Vor allem das Alibi dieses Baldauf soll nochmal überprüft werden. Außerdem will er den Baldauf so bald wie möglich hier auf dem Revier haben. Auch wenn der schon einmal vorgeladen war. Irgendwas stimmt bei der ganzen Sache nicht. Er will den Baldauf vom Liebknecht nochmal vernehmen lassen und selber dabei durch die Einwegscheibe zusehen.

Und dann sind sie alle endlich weg. Mit einem schweren Plumpser lässt sich der Köstlbacher in seinen Schreibtischsessel fallen.

»Zifix! Zifix! Zifix!«, macht er sich erst einmal Luft und kratzt sich seinen Hals, der natürlich wieder elendiglich juckt.

»Ist was Chef?«, fragt die Klein, der dieser Ausbruch ihres Chefs trotz geschlossener Verbindungstür nicht entgangen ist und die natürlich sofort besorgt nachschaut, ob ihre Hilfe erwünscht ist.

»Kommen Sie rein Edith, wenn Sie schon mal da sind. Ich wollte zwar alleine sein, aber ich befürchte, da wächst mir was über den Kopf. Vielleicht hilft's, wenn ich's Ihnen erzähle!«

»Das hört sich aber gar nicht gut an, Edmund!«, meint die Klein und setzt sich auf dem Stuhl gegenüber vom Köstlbacher.

Du erinnerst dich sicher, dass die beiden mit *›du‹* und so, das ist nicht ganz neu. Damals bei den Septembermorden da ist der Köstlbacher der Edith auch schon einmal nähergekommen. Nicht so, wie du jetzt vielleicht schon wieder denkst. Zumindest ist mir diesbezüglich nichts bekannt. Obwohl es natürlich schon hätte sein können, weil alles erzählt mir der Köstlbacher schließlich auch nicht. Oder würdest du deinem Freund ...? Na ja, du eventuell schon. Der Köstlbacher aber auf jeden Fall nicht. Aber, dass die beiden mit *›du‹* und so, das hat er mir damals schon erzählt, weil die Klein ihn bei seiner Arbeit weitaus mehr unterstützt hat, als das üblicherweise Aufgabe einer persönlichen Sekretärin ist.

Nur hat dann auf einmal auch der Liebknecht mit der Klein *›du‹* und so. Da hat der Köstlbacher wieder auf *›Sie‹* umgeschaltet, weil .... Ehrlich gesagt, so genau warum, das weiß ich auch nicht. Männer sind einfach manchmal komisch, wenn ihnen ein Privileg streitig gemacht wird. Sie wollen's entweder ganz haben oder gar nicht.

Lang war der Liebknecht dann ja auch nicht per *›du‹* mit ihr und so. Weil, dann lernte die Edith Klein den Jürgen kennen. Und, weil der keiner von der Kripo und zudem um etliches jünger, sogar jünger als der Liebknecht, und, weil die Klein dann überraschend schnell Heiratspläne, drum sind zuletzt beide, der Köstlbacher und der Liebknecht auf Abstand zur Klein gegangen.

Jetzt gibt's aber keinen Jürgen mehr. Und, die Trauer hat auch gar nicht solange gedauert, wie du hättest vermuten können. Vielleicht, ich sage *›vielleicht‹*, weil ich mir nicht wirklich sicher bin, also vielleicht ist das der Grund, warum der Köstlbacher auf einmal so die Nähe der Klein zulässt. Kann aber auch sein, dass der Köstlbacher einfach nicht wirklich jemanden hat, außer der Klein, mit dem oder mit der er über seine Probleme reden möchte. Spätestens seit heute würde er keine Lust mehr zu einer *›Liegung‹* beim Professor Dr. Neumann haben. Die Anna, die gibt's natürlich schon auch noch. Aber komm du mal deiner Frau mit solchen Problemen. Die fühlt sich ruckzuck schuldig, warum auch immer, und ein Ehekrach ist fällig. Zumindest die Anna ist so eine, die alles immer auf sich bezieht, auch wenn's mit ihr ganz und gar nichts zu tun hat.

Und dann wäre da noch ich. Aber, ich war ja zu der Zeit nicht greifbar für den Edmund, weil Urlaub und so. Und übers Telefon: Das geht heutzutage vielleicht bei der jungen

Generation. Der Edmund und ich, wir müssen da schon gemeinsam an einem Tisch sitzen, wenn möglich mit einem kühlen Bier oder einem guten Roten. Das Telefon ist für uns höchstens ein Mittel, um Verabredungen zu treffen.

Aber die Klein, die Edith, die ist da. Und drum jetzt die Gelegenheit beim Schopf gepackt und geredet. Sonst platzt er noch, der Köstlbacher, wenn er sich nicht jemandem mitteilen kann, der ihm wohlgesonnen zuhört und bei dem er auch eine Chance hat, verstanden zu werden.

»Die Sache ist die«, beginnt der Köstlbacher und erzählt alles der Klein, angefangen mit dem ersten Albtraum den er hatte, als er den Mord vom Villapark im Frühjahr aufklären musste.

Erst schaut die Klein nur ungläubig drein und kann sich kaum vorstellen, dass das ihr Chef ist, der da mit ihr spricht. Aber dann steht sie plötzlich auf, geht um den Schreibtisch herum und stellt sich mit Tränen in ihren Augen neben den Köstlbacher, der fast fertig ist mit der ganzen Geschichte. Und wie er wirklich ganz am Ende angelangt ist, da sagt sie erst einmal gar nichts, sondern drückt einfach ganz spontan dem Köstlbacher seinen Kopf gegen ihren großen weichen Busen. Wenn sie eines weiß, die Klein, dann weiß sie, wie beruhigend so ein Busen auf Männer wirken kann, auch wenn er unter anderen Umständen eher das Gegenteil im Manne in Gang setzt.

Kapitel 19

»Was regst du dich so auf? Hat irgendwer deinen Namen im Zusammenhang mit den beiden Toten genannt? Also! Da gerate ja eher noch ich ins Kreuzfeuer der Ermittlungen!«

»Genau das ist es, was mir Sorgen macht! War es unbedingt nötig, deine Tochter mit ins Spiel zu bringen?«

»Ein Missgeschick! Aber ich sag's doch: **Mich** *bekommen sie dabei vielleicht ins Visier, aber doch nicht* **dich**. *Und was könnten sie mir schon anhaben? Nichts! Absolut nichts! Schon vergessen? Ich habe für beide Morde ein absolut wasserdichtes Alibi!«*

»Hm! Hoffen wir, du hast recht!«

»Verlass dich drauf!«, antwortet der ältere der beiden und wechselt das Gesprächsthema, als hätten sie soeben nur etwas ganz Alltägliches besprochen.

Kapitel 20

»Ich bräuchte dringend die Akte ›*Natalie Neumann*‹!«, fordert der Köstlbacher ohne Angabe von Gründen.

»Das war ein Verkehrsunfall, Herr Hauptkommissar! Seit wann bearbeiten Sie Verkehrsunfälle?«

»Zerbrechen Sie sich nicht meinen Kopf! Schicken Sie mir die Akte einfach rüber!«, grantelt der Köstlbacher, ohne auf die Frage seiner Kollegin vom Archiv einzugehen.

›*Wo ist der Zusammenhang?*‹, fragt sich der Köstlbacher und grübelt zum x-y-sten Mal vor seiner Pinnwand. Und, weil er den Professor Dr. Neumann noch nicht so richtig ins Gesamtbild integriert hat, genauer gesagt befindet sich dem sein Namensschild immer noch außerhalb der bisherigen Ermittlungsübersicht, quasi auf Abruf, deshalb weiß er jetzt schon dreimal nicht, wo er das laminierte Namensschild der Tochter vom Professor unterbringen soll. Aus dem Bauch raus heftet er die Natalie Neumann aber nicht unter ihren Vater sondern unter den Herbert Baldauf.

Ein kurzes Überfliegen der Akte ›*Natalie Neumann*‹, die wenige Minuten später auf dem Schreibtisch vom Köstlbacher liegt, belebt zwar die Erinnerung an diesen tragischen Verkehrsunfall wieder, aber einen wirklichen Zusammenhang zwischen dem Unfalltod der Tochter vom Dr. Neumann und den aktuellen Morden kann der Köstlbacher nicht erkennen. Gut, der Baldauf saß damals am Steuer des Taxis, in das die bekiffte Natalie mit ihrem Rad gefahren ist. Aber seine Ampel stand auf ›*grün*‹, und dass die junge Frau ohne Vorwarnung trotz der für sie roten Fußgängerampel die Straße überqueren würde, damit konnte er nicht rechnen.

Dass er, der Köstlbacher, jetzt zwei Mordfälle zu bearbeiten hatte, in denen dieser Baldauf auftauchte, und dass gleichzeitig auch der Professor Dr. Neumann ... zu bedeuten hatte das zunächst einmal nur wenig.

Weil, eines musst du wissen, so ein Regensburg ist keine Stadt wie Berlin oder so. In Regensburg, da ist alles klein und überschaubar. Und, wenn da zwei Personen, die viel mit anderen Personen zu tun haben, irgendwo dann selbst Berührungspunkte bekommen, dann ist so etwas nicht besonders auffällig. Zumindest nicht auffällig genug, um da gleich was Wichtiges draus zu konstruieren.

Trotzdem beunruhigen diese Verknüpfungen den Köstlbacher sehr. Weil, wenn du so scheinbar eindeutige Mordfälle auflösen sollst, die aber gar nicht so eindeutig sind, weil der mutmaßliche Täter ein Alibi und, was noch viel wichtiger, weil der mutmaßliche Täter kein Motiv, dann klammerst du dich an alles, was dir auffällt. Und auffällig ist es dann doch wieder, dass akkurat der einzige Verdächtige die Tochter von dem Psychodoktor überfahren hat, der auch der behandelnde Arzt vom ermordeten Hebauer war. Nur eine Verbindung zur Luise Lauber, die geht dem Köstlbacher total ab. Außer vielleicht, dass der Martin Lauber als Pfleger im Bezirksklinikum und so. Aber irgendwo muss der schließlich arbeiten. Und am Klinikum, da arbeitet doch halb Regensburg.

Da stöhnt der Köstlbacher, gibt seine Grüblerei vor der Pinnwand auf und setzt sich erst noch einmal an seinen Schreibtisch, um die Akte genau, Wort für Wort, durchzuarbeiten. Er hat irgendwas übersehen, da ist er sich wieder einmal ganz sicher.

Kapitel 21

»Beruhig' dich!«, sagt die Klein im zärtlichsten Tonfall, den sie über ihre Lippen zu bringen im Stande ist. »Beruhig' dich! Du bist überarbeitet! Mehr nicht! Glaub's mir!«

»Und, wie soll ich das ändern? Jetzt, wo der Dr. Huber nicht da ist, da bleibt doch erst recht alles an mir hängen!«

Wenn du den Köstlbacher so hören könntest, dann würde er dir bestimmt leid tun, auch wenn du ihn sonst nicht unbedingt bemitleidest. Aber, wer bemitleidet auch schon einen Kriminaler? Die nicht, die ihn brauchen, weil er ihnen nicht flott genug mit Resultaten kommt, und die, gegen die er ermittelt, die schon dreimal nicht. Für die ist er doch nur eine ›*Bullensau*‹! Und wenn man's genau nimmt, dann kann sich der Köstlbacher nicht einmal bei seiner Anna ausweinen. Wenn er der mit Klagen kommt, dann sagt die höchstens:

»Wenn du nur nach Hause kommst, um zu jammern, dann kannst du gleich in der Arbeit bleiben!«

Das ist hart, aber aus der Luft greife ich das nicht. Der Köstlbacher hat mir das nämlich schon mehr als nur einmal erzählt, weil die Anna ihn mit so einem Verhalten schon sehr getroffen hat. Aber, weil ich ja jetzt gerade in Italien bin und keinen Roten mit ihm trinken kann, der ihn locker genug macht, seinen Kummer rauszulassen, drum klappt das heute so gut mit der Klein. Und, ganz ehrlich, ich hab' schließlich als Mann auch keinen weichen Busen, wie die Klein, wo du keinen Roten mehr brauchst, um redselig zu werden.

»Du hast eine so tolle Mannschaft! Da geht doch jeder durchs Feuer für dich! Vertrau einfach etwas mehr auf deren Arbeit und versuche nicht immer alles zur Kontrolle selber nochmal zu machen. Und schon ist der Stress reduziert!«, rät die Klein.

In dem Moment empfindet der Köstlbacher ehrliche Dankbarkeit. Auch wenn nichts Weltbewegendes herausgekommen ist und er nach wie vor nicht weiß, ob seine Albträume nun wiederkommen würden oder nicht, auch wenn er keine Ahnung hat, was genau mit ihm passiert ist, als er diese Friedhofhalluzis gehabt hat, er fühlt sich jetzt besser als nach 100 ›*Liegungen*‹ beim Psycho, und das will was heißen.

Als ob er alles Üble der Welt von sich abschütteln würde, atmet der Köstlbacher tief durch und drückt der Klein einen dicken Schmatz auf die Wange:

»Du bist die beste!«, lobt er seine Sekretärin. Und, als hätte jemand einen Schalter umgelegt, fügt er hinzu: »Veranlassen Sie das bitte noch heute!«

Natürlich weiß die Klein nicht, was sie veranlassen soll. Aber sie weiß, warum der Köstlbacher auf einmal wieder per ›*Sie*‹. Wenn du die Klein wärst und keine zwei Sekunden nach dem Schmatz auf die Wange die Dr. Sieber zur Türe hereingekommen wäre, dann würdest du auch wissen, warum das Verhältnis schlagartig wieder so, wie eben ein Verhältnis zwischen Chef und Sekretärin sein soll. Zumindest bei der Kripo. Zur Sicherheit dreht sich die Klein beim Verlassen des Zimmers auch so vom Köstlbacher weg, dass die Dr. Sieber ihr nicht ins Gesicht blicken kann. Weil, eines natürlich nicht zu verbergen: Die Klein etwas Röte auf ihren Wangen. Der Köstlbacher vielleicht auch, aber bei dem seinem Bluthochdruck fällt das kaum auf.

»Störe ich?«, fragt die Dr. Sieber, die offensichtlich doch mehr Feingefühl oder zumindest weibliche Intuition, als du ihr vielleicht zugetraut hättest.

»Nicht im geringsten!«, antwortet der Köstlbacher und bietet der Dr. Sieber einen Platz bei der Sitzgarnitur an, die für Besucher im Büro vom Köstlbacher steht.

»Danke! Danke! Ich würde mir lieber von Ihnen Ihre Pinnwand erklären lassen. Wären Sie so nett? Die Pinnwand ist mir heute beim Briefing schon aufgefallen.«

»Meine Pinnwand? Gerne! Natürlich gerne!«, sagt der Köstlbacher und stellt sich mit der Dr. Sieber vor das Riesenteil, das für den Köstlbacher quasi das Herz seiner Arbeit darstellt.

»Mir ist bei dem schnellen Blick, den ich, wie gesagt, schon drauf geworfen habe, aufgefallen, dass alles eigentlich so aussieht, als ob Sie den Fall schon gelöst hätten«, sagt die Dr. Sieber und unterstreicht ihre Worte dabei mit einer kreisenden Bewegung ihrer rechten Hand.

»Die Optik täuscht, Frau Dr. Sieber! Die Optik täuscht! Zu viele Ungereimtheiten stehen einer Aufklärung noch im Wege. Und zudem fehlt ein Motiv. Wer, gehen wir einmal davon aus, es handelt sich nur um eine Person, also wer bringt zwei Menschen grundlos um? Doch wohl niemand!«

»Und doch scheinen Sie über zwei Zeugen zu verfügen, die den Täter treffend und fast übereinstimmend beschreiben?«, sagt die Dr. Sieber in fragendem Tonfall.

»Auf den ersten Blick ja! Und, wie Sie wissen, haben wir auch schon jemanden gefunden, der zu diesen Phantombildern passt. Da dieser Jemand, dieser Herr Herbert Baldauf zudem Taxifahrer ist, würde er, zumindest was den Taximord betrifft, sogar ins Umfeld der Ermordeten passen. Auch, dass der Mann der toten Taxifahrerin als Pfleger im Bezirksklinikum arbeitet«, und dabei deutet der Köstlbacher auf den Namen Martin Lauber, »auch das würde in irgendeiner Form auf einen Zusammenhang der beiden Taten schließen lassen.«

»Aber?«, fragt die Dr. Sieber.

»Wenn's nur ein *›Aber?‹* wäre! Mit der Zeugenaussage der Susanne Ziegler hat es Läuse. Sie war nachweislich zum Tatzeitpunkt gar nicht vor Ort, war in der Disco um die Ecke, wurde von vielen Leuten gesehen! Und der, auf den die Phantomzeichnungen wie fotografiert passen, dieser Herbert Baldauf, der hat ein todsicheres Alibi. Er war beide Male auf einer Überlandfahrt. Die Fahrgäste erinnern sich an ihn. Auch die Zentrale hat uns beide Fahrten bestätigt. Bei einer der beiden Fahrten hat er sogar eine Tankstelle angesteuert. Die Kassiererin an der Tankstellenkasse hat Herrn Baldauf eindeutig identifiziert. Wir haben also keinerlei Gründe, daran zu zweifeln, dass Herr Baldauf die Morde nicht begangen haben kann. Ganz abgesehen davon, dass es uns im Fall Baldauf auch an einem Motiv fehlt. Zusammenhänge zwischen Herrn Baldauf und dem ermordeten Hans Hebauer konnten nicht hergestellt werden. Und der zwischen ihm und der Luise Lauber war rein beruflich. Ich meine, wenn ich Sie kenne, weil wir zusammen hier arbeiten, dann kann man daraus doch auch kein Mordmotiv ableiten! Oder?«

»Natürlich nicht! Aber vielleicht kann ich Ihnen auf Ihrer Suche nach einem Motiv unter die Arme greifen«, lächelt die Dr. Sieber und setzt dabei eine vielsagende Mine auf.

»Sie? Ich denke Sie arbeiten im Betrugsdezernat!«, sagt der Köstlbacher und wendet sein Gesicht weg von der Pinnwand erstaunt der Dr. Sieber zu.

›*Die Frau ist für Überraschungen gut*‹, denkt der Köstlbacher. ›*Erst sagt sie, wir sollten unsere Arbeit ohne sie machen, und dann kommt sie wenig später zurück, um mir irgendwelche Details zu verraten, auf die ich noch nicht gekommen bin.*‹

»Die Motive für Betrug stehen denen für Mord um nichts nach!«, lächelt die Dr. Sieber.

Auch wenn du dir das jetzt nicht vorstellen kannst, aber erst jetzt schaut der Köstlbacher die Dr. Sieber so richtig an. Nicht nur so mit den Augen in ihre Augen und so. Der Köstlbacher lässt einen bewundernden Blick über sie streifen. Und, die Dr. Sieber merkt das freilich auch. Fast möchte ich sagen, sie genießt es sogar ein wenig. Weil, als Frau, da nimmst du unter all den Männern hier auf dem Präsidium schon eine gewisse Sonderstellung ein. Die meisten benehmen sich eben so wie ›*typisch Mann*‹ und geben das mit Blicken und Bemerkungen der nicht immer feinsten Art oft zu erkennen. Und die anderen, die, deren Blick nur noch der zu Hause auf sie wartenden Ehefrau gilt, die sehen in ihr nur das Arbeitstier, das sie selber sind.

Der Köstlbacher, das weißt du inzwischen, ist weder auf seine Anna fixiert, noch ist er einer von denen, wie zum Beispiel der Liebknecht, der gleich die Zunge heraushängt, nur, weil ein Busen oder ein Po an ihm vorbeiläuft. Im Prinzip, da ist der Köstlbacher ein Arbeitstier durch und durch. Aber eben ein Arbeitstier, das sich ab und zu auch einmal ausweinen muss, wenn die Albträume nicht wiederkehren sollen. Das weiß der Köstlbacher inzwischen selber. Umso mehr, seit er vor ein paar Minuten noch die Nähe der Klein genießen durfte, die ihm viele ›*Liegungen*‹ beim Psycho erspart hat.

Vielleicht ist es auch gerade deswegen, weil der Köstlbacher gerade dieses Klein-Erlebnis hatte, diese ›*Sitzung*‹ bei der Klein (bei ihr ist er ja tatsächlich gesessen und hat nicht auf einer Couch gelegen – leider!), also diese Sitzung, die seine Gefühle nach langer Zeit wieder einmal Karussell hat fahren lassen. Und drum ist er jetzt auch empfänglicher für die Dr. Sieber. Auch wenn die Dr. Sieber, und das wird dem Köstlbacher auf einen Blick klar, mit der weiblichen Erscheinung der Klein nicht im Geringsten konkurrieren kann.

»Sie haben doch was in petto für mich, oder?«, lauert der Köstlbacher.

»Habe ich! Zufall! Ich geb's zu! Reiner Zufall! Aber vielleicht hilft es Ihnen weiter. Nicht was dem Herrn Baldauf sein Alibi anbelangt. Da kann ich Ihnen nicht dienen. Auch nicht, was die Zeugenaussage dieser Susanne Ziegler betrifft. Da müssen Sie selbst nochmal ran. Irgendwas müssen Sie übersehen haben. Aber ich habe was über Ihren ehrenwerten Herrn Prof. Dr. Neumann.«

Kapitel 22

Mit einem Knall fliegt die Wohnungstür ins Schloss. So gestritten hatte er schon lange nicht mehr mit seiner Sofie. Aber, was bildet sich die eigentlich ein? Als ob es nicht reichen würde, dass die Polizei ihn offensichtlich des zweifachen Mordes verdächtigt. Jetzt fängt auch seine Frau damit an. Fehlt nur noch, dass die Kinder rufen:

›*Papi ist ein Mörder! Papi ist ein Mörder!*‹

Das Taxi kann zwar nichts für die schlechte Laune seines Fahrers, aber so hochtourig, wie der den Motor aufheulen lässt, da lässt ein Getriebeschaden nicht lange auf sich warten, auch wenn's nicht allzu viele Kilometer sind, von Burgweinting zum Kormarkt, dem Stammplatz vom Baldauf seinem Taxi. Zurzeit ist seines ja das einzige dort, weil das von der Luise Lauber noch nicht freigegeben ist. Und ein Ersatzfahrzeug hat der Chef des Unternehmens bisher nicht veranlasst. Die Einsätze haben seit dem Mord eh deutlich abgenommen. Solange der Mörder auf freiem Fuß ist, haben die Leute verständlicherweise keine gesteigerte Lust, sich einem Taxi anzuvertrauen. Obwohl so ein Verhalten natürlich blanker Unsinn!

Umso überraschter ist der Baldauf, als er seinen angestammten Platz ansteuern möchte, und der gleich mit 8 Taxis belegt ist, die da sogar in zweiter Reihe stehen, weil sie in einer gar nicht hintereinander hinpassen würden.

»Hey! Was soll das?«, ruft der Baldauf über den Beifahrersitz gebeugt durchs heruntergelassene Fenster seinen Kolleginnen und Kollegen zu, die alle nicht in ihren Fahrzeugen sitzen, sondern am Eingang der Karmelitenkirche in einer Gruppe zusammenstehen.

»Galaempfang für einen Mörder!«, antwortet irgendeiner der Taxler.

»Seid ihr jetzt total verrückt geworden, oder was?«, entgegnet der Baldauf, lässt seinen Wagen in dritter Reihe stehen, wodurch der Verkehr mehr als nur behindert wird, und stürmt wutentbrannt aus seinem Wagen.

»Fahr' deine Karre weg! Oder willst du, dass die Bullen gerufen werden?«, giftet es dem Baldauf entgegen. »Und dann komm, wenn du dich traust!«

Am liebsten würde der Baldauf dem Sprecher eine scheuern, dass dem Hören und Sehen vergehen. Aber mit dem Taxi, da hat der recht. Es blockiert den gesamten Verkehr. Und wenn er nicht gleich wieder einsteigt und es rüber auf den Parkplatz vor der Alten Kapelle fährt, dann würde die Polizei mit Sicherheit nicht auf sich warten lassen. Die Polizei! Er kann dieses Wort nicht mehr hören.

Bisher hat der Baldauf mit der Polizei nur zweimal zu tun gehabt. Von ein paar kleinen Verkehrssünden mal abgesehen. Einmal, weil ihn die blöde Kuh, diese Luise Lauber angezeigt hat, weil er sie angeblich sexuell belästigt haben soll. Er und die sexuell belästigen! Das war ja nun wohl eher andersrum. Oder, wie würdest du das sehen, wenn du dich zu deiner Kollegin auf einen Ratsch ins Auto setzt, weil's mitten in der Nacht und weit und breit kein Fahrgast in Sicht ist. Und wenn die Kollegin dir dann nach einiger Zeit über deinen Schritt streichelt und gleichzeitig ihren Minirock so weit hochschiebt, dass du selbst bei dem Schummerlicht vor der

Karmelitenkirche erkennen kannst, dass da kein Höschen ist, was irgendwas verbergen könnte. Mann! Ihm ging diese Nummer damals gewaltig auf den Keks. Die Lauber hat's wohl nicht verkraftet, dass er nicht auf sie angesprungen ist.

Die Anzeige hatte er dann schon am nächsten Tag am Hals. Sexuelle Belästigung! Mann! Mann! Mann! Da hast du kaum eine reelle Chance, heil aus so etwas raus zu kommen. Sein Anwalt hat ein wahres Wunder vollbracht. Aber irgendwas bleibt immer hängen, wenn du in so eine miese Sache verwickelt worden bist. Das haben ihn die Kollegen auch merken lassen. Und die Sofie auch. Als seine Frau hätte sie ihm das Rückgrat mehr stärken sollen. Aber nein! Das Gegenteil hat sie getan. Noch heute flammt deshalb immer wieder Streit auf.

Und dann kam auch noch dieser beschissene Unfall hinzu! Natürlich tat es ihm leid, dass diese junge Frau starb, nachdem sie ungebremst mit ihrem Rad in sein Taxi gefahren und ihr Kopf an der Windschutzscheibe wie eine Wassermelone geplatzt ist. Mit Helm wäre es vielleicht nicht so schlimm gekommen. Und ohne das Hasch, das sie zuvor auf einer Party in erheblichen Mengen inhaliert hatte, wäre sie vermutlich nicht einmal mit seinem Taxi kollidiert, weil sie sonst seine Vorfahrt beachtet hätte. Hätte! Hätte! Hat aber nicht!

Aber, aus so etwas, da komm erst einmal heil raus, wenn weit und breit kein Zeuge aufzutreiben ist. Nur, weil der Unfallhergang nicht anders gewesen sein konnte, wie er ihn der Polizei geschildert hat, weil die Spurensicherung wirklich gute Arbeit geleistet hat, nur deshalb wurde kein Verfahren wegen fahrlässiger Tötung gegen ihn eingeleitet.

Die anonymen Anrufe und Morddrohungen, die er seitdem erhält, die machen das Leben auch nicht gerade einfacher. Immer von irgendwelchen Handys ohne Vertrag. So einen Anruf kann auch keine Polizei zurück verfolgen. Und, auf wessen Mühlen ist das wieder einmal Wasser? Dreimal darfst du raten: Auf die von der Sofie. Langsam wird es immer schwieriger, mit ihr zusammenzuleben. Allein ihr Gesicht ist nur mehr ein einziger Vorwurf.

Und jetzt die Kolleginnen und Kollegen. Das hatte gerade noch gefehlt! Die Pechsträhne reißt einfach nicht ab! Die stempeln ihn jetzt ohne mit der Wimper zu zucken zum Mörder.

Drum, anstatt vor der Alten Kapelle zu parken, gibt der Baldauf Gas, biegt rechts ab und fährt über den Dachau Platz hinunter zur Landshuter Straße. In ein paar Minuten wird er in der Bajuwarenstraße sein. Auch wenn er die Polizei nicht gerade zu seinen Freunden zählt, er muss mit dem Köstlbacher reden.

Die Taxler vor der Karmelitenkirche leiten aus der vermeintlichen Flucht vom Baldauf einen Beweis für seine Schuld ab. Wild gestikulierend und laut debattierend versuchen sie, zu einem Entschluss zu kommen.

Kapitel 23

»Sie haben Humor! Und, was soll ich nun sagen? Man hat mich in der Disco gesehen. Und nicht nur eine Person! Damit kann ich meine Aussage nicht mehr aufrecht erhalten!«, sagt die Susanne Ziegler und geht dabei aufgeregt, das Handy ans Ohr gepresst, in ihrer Wohnung auf und ab.

»Beruhigen Sie sich! Dann haben Sie sich eben in der Zeit geirrt. Das kann doch jedem passieren!«

»Sie sind gut! ›*In der Zeit geirrt!*‹ Dann ist doch meine ganze Aussage nicht mehr stimmig. Mit der Zeit steigt und fällt doch die Glaubwürdigkeit!«

»Nicht, wenn Sie, außer was die Zeit betrifft, bei Ihrer Version bleiben. Dann war der Taximörder eben vor der Tat schon einmal im Taxi der Lauber. Wie sollte das Gegenteil bewiesen werden?«

»Aber vorher, da kann es doch jeder x-beliebige gewesen sein?«

»Im Normalfall ja! Aber Ihre Beschreibung stimmt mit der des Zeugen im Bezirksklinikum überein. Und darum geht es!«

»Und, was ist, wenn die mich nach den Nummern meiner Nachbarautos fragen? Ich habe damals dummerweise behauptet, dass ich mir die immer merke?«

»Und, wurden Sie damals danach gefragt?«

»Nein!«

»Und, was hätten Sie damals gesagt, wenn man Sie gefragt hätte?«

»Ich hätte gesagt, dass ich sie wegen der ganzen Aufregung um den Mord vergessen, beziehungsweise meinen Eintrag ins Handy wieder gelöscht habe!«

»Gut so! Und genau das sagen Sie jetzt auch, falls doch noch einer auf die Idee kommt, danach zu fragen!«

»Sie haben wohl auf alles eine Antwort?«

»Nicht auf alles, aber auf vieles!«

»Ein gutes Gefühl habe ich trotzdem nicht bei der Sache!«

»Dann denken Sie mal ganz fest an die 10.000 € für Ihre Aussage. Wenn Sie die zweite Hälfte haben wollen, dann müssen Sie sich die auch verdienen! Es war abgesprochen, bei Erfolg der Aktion!«

»Was wollen Sie eigentlich? Waren Sie selbst der Mörder? Oder war's tatsächlich der, den ich beschreiben sollte?«

»Das wüssten Sie gerne? Ich glaube nicht, dass Sie das wirklich wissen möchten!«

Mit diesen Worten endet das Gespräch zwischen der Ziegler und ihrem Anrufer. Die Ziegler betrachtet noch eine Weile nachdenklich und sogar etwas verstört ihr Handy, bevor sie es zuklappt und weiter an ihrem schon kalt werdenden Kaffee nippt.

Kapitel 24

»Hast du gewusst, dass die Natalie Neumann, die dem Baldauf vor ein paar Monaten voll bekifft auf ihrem Rad vors Taxi gefahren ist, dass die eine Tochter vom alten Neumann ist?«, fragt der Liebknecht, der wieder einmal ohne anzuklopfen ins Zimmer vom Köstlbacher poltert.

Die Klein sagt schon gar nichts mehr dazu. Früher, da hat sie sich jedes Mal noch beim Köstlbacher entschuldigt, weil ihr der Liebknecht nie Zeit gelassen hat, ihn anzumelden, wie es ihre Pflicht gewesen wäre. Inzwischen hat sie sich aber mit der ungehobelten Art vom Norbert Liebknecht abgefunden. Wie der Köstlbacher selbst mehr oder minder auch.

»Logisch ist der alte Neumann der Vater seiner Tochter. Warum sollte ich das nicht wissen?«, fragt der Köstlbacher zurück.

»Du hast keine Ahnung wovon ich spreche, oder? Neumann, Edmund! Dein Neumann! Professor Dr. Neumann!«, ereifert sich der Liebknecht und fuchtelt dabei wild gestikulierend vor dem Gesicht vom Köstlbacher herum.

»Aha!«, kommentiert der Köstlbacher etwas einsilbig diese Neuigkeit.

»Kommt dir diese Verstrickung nicht seltsam vor?«, fragt der Liebknecht, etwas enttäuscht, weil sein Chef so wenig Reaktion auf die aus seiner Sicht überaus brisante Neuigkeit zeigt.

»Die Welt ist klein und Regensburg ein Kuhdorf! Was sollte

daran so seltsam sein, dass es auch die Tochter eines stadtbekannten Psychiaters mal erwischt?«, fragt der Köstlbacher, dem es sichtlich Spaß macht, den Kollegen Liebknecht zu verarschen.

»Daran ist an sich nichts seltsam! Aber, dass der alte Neumann bei dir ein- und ausgeht, vor deiner Pinnwand steht, sich in aller Ruhe deine Ermittlungsergebnisse ansieht, vor allem die Phantombilder, und dass der sich dann mit keinem Wort dazu äußert, das muss einen Grund haben! Oder würdest du ruhig bleiben, wenn dich per Zufall der Weg mit der Person zusammenführte, die deine Tochter auf dem Gewissen hat? Edmund, der Mann sieht an deiner Pinnwand den Mann als Hauptverdächtigen in zwei Mordfällen, der seine Tochter auf dem Gewissen hat. Zumindest aus seiner Sicht! Und dann null Reaktion! Ist das normal?«

»So betrachtet hast du allerdings recht!«, sagt der Köstlbacher.

»›*So betrachtet hast du allerdings recht!*‹ Ist das alles, was du dazu zu sagen hast? Du brauchst dringend Urlaub! Das ist es!«, platzt der Liebknecht heraus, unabsichtlich viel heftiger, als er das sonst gegenüber seinem Chef machen würde.

»Reg' dich ab! Entschuldige, aber ich hatte gerade so viel Spaß dabei, dich auflaufen zu lassen. Auf den von dir angesprochenen Zusammenhang bin ich natürlich schon lange gekommen. Auch die Dr. Sieber hat die Sache schon angesprochen«, beschwichtigt der Köstlbacher. »Ich vermute, du meinst, wir sollten den Dr. Neumann nochmal genauer unter die Lupe nehmen?«

Und, bevor der Liebknecht was dazu sagen kann, fügt der Köstlbacher noch hinzu:

»Der verschanzt sich immer hinter seiner ärztlichen Schweigepflicht. So kommen wir nicht weiter. Kümmere dich bitte um eine richterliche Anordnung. Wir sollten damit anfangen, in die Krankenakte ›*Hans Hebauer*‹ Einsicht zu erhalten!«

Der Liebknecht ist ja momentan eigentlich verärgert. Aber für eine Retourkutsche will er einen besseren Zeitpunkt wählen. Das kann er nämlich gut, der Liebknecht, ganz unspektakulär über etwas, was ihn ärgert, hinwegzusehen und sich später dafür kräftig zu revanchieren.

»Gibst du mir freie Hand? Ich möchte die Richterin davon überzeugen, dass wir Einsicht in alle Akten benötigen, die mit dem Hebauer in Zusammenhang stehen könnten!«, fragt er seinen Chef daher nur.

»Gute Idee! Am besten erledigst du das umgehend!«, sagt der Köstlbacher und hat dabei aber nicht das allerbeste Gefühl. Weil, wer kann sicher sein, dass da nicht seine eigene Akte am Ende auch noch auf den Tisch kommen wird?

Weil, eines musst du wissen, der Köstlbacher hat zu diesem Zeitpunkt keine Ahnung, dass seine Albträume nicht wirkliche Albträume gewesen sind. Nicht, dass er nicht welche gehabt hätte. Auch die Halluzi war durchaus keine Einbildung. Aber der Grund für diese Ereignisse ist nie eine psychische Krankheit gewesen. Und das hat der Dr. Neumann von allem Anfang an gewusst, weil, der schließlich Fachmann. Aber verraten hat er es dem Köstlbacher nie. Gründe hat das mehrere gehabt. Und wenn jetzt einer Angst davor haben müsste, dass irgendwas auf den Tisch kommt, dann bestimmt nicht der Köstlbacher.

Kapitel 25

»Die Polizei war schon wieder bei mir!«

»Was schreien Sie deshalb so in ihr Handy? War doch zu erwarten, dass die Polizei es bei einer Vernehmung nicht bewenden lassen wird. Sie waren Zeuge in einem Mordfall! Glauben Sie, da ist es mit einer Aussage getan?«

»Schöner Zeuge, nachdem sich inzwischen herausgestellt hat, das die Person, die ich beschreiben sollte, ein wasserdichtes Alibi für die Zeit hat, wo ich sie gesehen haben soll!«

»Eine unangenehme Wendung! Zugegeben! Nach meinen Recherchen hätte der *›integere‹* Taxifahrer zur Tatzeit tief schlafend im Bett liegen müssen. Dass er ohne Wissens seines Chefs privat in seine Tasche wirtschaftet und nachts Überlandfahrten annimmt, konnte ich nicht wissen.«

»Bla, bla! Und was bringt mir das jetzt?«

»Ich werde mir was einfallen lassen!«

»Dann beeilen Sie sich mal! Ich soll nämlich noch heute in die Bajuwarenstraße kommen. Da bleibt nicht mehr viel Zeit!«

»Kein Stress! Sie hören von mir!«

Du kannst dir vorstellen, dass der Zeuge Sebastian Weber nach diesem Gespräch alles andere als beruhigt ist. Wenn er bei seiner Geschichte bliebe, dann würde das für die Kripo bedeuten, dass einer gelogen haben muss, er oder der Taxifahrer. Und für seine Geschichte hat er keinen Zeugen. Der Taxler für die seine offensichtlich sehr wohl. Zuletzt werden die in der Bajuwarenstraße ihn selber noch verdächtigen, den Hebauer die Gurgel durchgeschnitten zu haben.

Der Weber bereut es inzwischen schon, wegen der paar Tausender sich zu dieser Aussage hinreißen lassen zu haben. Aber ein paar Tausender sind einfach viel Geld für einen, der jeden Monat darum kämpft, mit den wenigen, schwer verdienten Kröten über die Runden zu kommen. Und trotzdem wäre es dem Weber im Moment lieber, er hätte sich nie auf diese Sache eingelassen.

Kapitel 26

»Guten Morgen, meine Damen und Herren! Gibt es irgendwas, was ich noch wissen sollte, bevor ich mit der üblichen Zusammenfassung beginne?«, fragt der Köstlbacher und eröffnet damit das fast jeden Morgen stattfindende Briefing mit seinen Kollegen in der Bajuwarenstraße.

»Erinnerst du dich an die ›*Organisation*‹, mit der du dich und wir uns vor ein paar Wochen abärgern mussten, weil der Staatsanwalt einen Tipp von ganz oben aus München bekommen hat, dass die so eine Art gefährliche Sekte sind, denen wir auf die Finger sehen sollten?«, fragt die Koch.

Falls du dich wunderst, dass die Koch den Köstlbacher mit ›*du*› und so, dann kann ich dir dazu nur sagen, dass diese Duzerei nicht die Idee vom Köstlbacher gewesen ist. Zumindest nicht direkt. Aber, bei der letzten Betriebsfeier, da haben sich alle nach dem Roten, den der Köstlbacher spendiert hatte, das ›*Du*‹ angeboten. Und da kannst du nicht einfach nach der Betriebsfeier wieder aufs alte ›*Sie*‹ zurückdrehen. Weil dann, und da bin ich mir ganz sicher, weil dann hätte keiner mehr mit dem Köstlbacher auf irgendeiner künftigen Betriebsfeier je wieder mit einem Roten angestoßen, und wenn der Köstlbacher den hundert Mal spendieren würde. Nur mit dem Dr. Huber ist natürlich keiner per ›*du*‹. Aber, der Dr. Huber war ja auch nicht auf der Betriebsfeier. Und wenn er doch da gewesen wäre, dann wäre das mit dem ›*du*‹ vermutlich gar nicht in Gang gekommen.

»Sag bloß, die Dr. Sieber hat dir in Vertretung vom Dr. Huber wieder einen neuen Auftrag gegeben?«, fragt der Köstlbacher.

»Nein! Nein, nein! Mit der Dr. Sieber hat das gar nichts zu tun. Und außerdem hätte die bestimmt dich angesprochen und nicht mich. Du bist schließlich unser Chef!«, antwortet die Koch.

»Und warum fragst du dann, ob ich mich an die leidige Sache mit der ›*Organisation*‹ erinnere?«

»Weil ich gestern im Bezirksklinikum auf was gestoßen bin, was mit dieser ›*Organisation* ‹ zu tun hat und gleichzeitig vielleicht auch mit dem Mordfall Hebauer.«

»Aha!«, antwortet der Köstlbacher einsilbig und hebt gespannt seinen Kopf.

»Also, mit der Sekte, gegen die wir ermittelt haben, scheint diese ›*Organisation*‹ vom Bezirksklinikum auf den ersten Blick nichts am Hut zu haben. ›*Organisation*‹ ist nämlich dort oben die interne Bezeichnung für die schizophrenen Patienten. Da heißt's immer: ›*Die von der Organisation*‹, weil deren Gehirn anders organisiert ist. Als ich das erfahren habe, war mein Mistrauen, das der Begriff ›*Organisation*‹ bei mir zunächst hervorgerufen hat, gleich wieder weggeblasen.«

»Du hast gesagt ›*Auf den ersten Blick...*‹?«

»Genau! Und darum geht es! Letztendlich haben die einen mit den anderen doch was zu tun!«

»Jetzt mach's nicht so spannend! Wir wollen heute noch was tun!«, poltert der Köstlbacher, der wie immer keinen Sinn dafür hat, wenn lang um den Brei herum geredet wird.

»Der ganze Betrieb da oben ist wie eine Freimaurerloge. Ich meine im übertragenen Sinn. Die wirkliche ›*Organisation*‹ ist ein Großteil der Ärzteschaft und des Personals. Die ziehen die Fäden. Ein paar ausgefuchste Rechtsverdreher gehören auch noch dazu!«

»Und die Patienten sind die Kühe, die man melkt?«, fragt der Köstlbacher, der zu begreifen beginnt, worauf die Koch hinaus will.

»Ganz richtig, Chef! Wird uns zwar noch viel Arbeit kosten, das zu beweisen, aber zumindest im Fall Hebauer war es definitiv so. Meine Recherchen ergaben eindeutige Resultate!«

»Mit anderen Worten, du hast das fehlende Motivpuzzle gefunden?«

»So könnte man sagen! Oder wie würdet ihr es nennen, wenn 2 Mio. € nach dem Tod vom Hebauer an Schwester Josefine gehen, weil der Hebauer keine Erben hat und drei Tage vor seinem Tod dieses entsprechende Testament rechtskräftig hat beurkunden lassen?«

»Gute Arbeit!«, kann da der Köstlbacher nur sagen. »Gute Arbeit!«

»Und das ist bei weitem noch nicht alles, was ich rausbekommen habe! Das Geld blieb keinen Tag auf dem Konto von der Schwester Josefine!«

»Stopp! Stop! Wie konntest du fremde Kontodaten einsehen? Hatten wir nicht abgesprochen, nur mit richterlichen Genehmigungen zu arbeiten?«

»Keine Panik Chef! Du warst außer Hauses und telefonisch nicht erreichbar. Da bin ich zur Dr. Sieber gegangen. Die hat ihre Kontakte spielen lassen. Du weißt ja, ohne dich ist es für unsereiner schwer, die Richterin zu überzeugen.«

»Und? Weiter?«

»Die Dr. Sieber scheint sich mit der Richterin gut zu stehen. Ist ja auch eine Frau!«

»Was soll das jetzt wieder heißen?«, fragt der Köstlbacher.

»Hast du nicht gewusst...? Hätte gedacht, die Buschtrommeln funktionieren einigermaßen in Regensburg!«, lacht die Koch.

»Lassen wir das!«, unterbricht der Köstlbacher die Koch, weil er es erstens wirklich nicht gewusst hat und, weil er es ganz ehrlich auch gar nicht genauer wissen möchte.

»Du hast also eine richterliche Anordnung erhalten, dass man dir in gewisse Kontobewegungen Einblick gewähren muss. Mehr will ich gar nicht wissen!«

»Genau! Und da sollten wir uns nun noch intensiver umsehen! Ich glaube, ich bin da per Zufall nur auf die Spitze eines Eisbergs gestoßen!«

»Hm! Also nochmal langsam und für alle hier Anwesenden zum Mitschreiben: Es scheint, wir nähern uns einem Motiv! Ist das richtig so?«, fragt der Köstlbacher mit erhobener Stimme, weil ihn das Gemurmel im Raum nervt und er die volle Aufmerksamkeit seiner Truppe haben möchte. Und, weil alle wissen, dass der Köstlbacher absolute Konzentration wünscht, wenn er seine Stimme erhebt, drum ist es auch schlagartig still im Raum.

»Richtig! Mein Auftrag und der vom Kollegen Pirzer war, herauszufinden, ob irgendwer am Hebauer seinem Tod profitiert hat. Dass da eine solche Summe im Spiel sein würde, das stand natürlich nicht von allem Anfang an fest. Die Überprüfung der finanziellen Verhältnisse vom Hebauer war zunächst reine Routine. Umso überraschter waren wir, dass der Ermordete wenige Monate vor seiner Einlieferung ins Bezirksklinikum eine Erbschaft von einem reichen Onkel aus den Staaten gemacht hat. Etwas, wovon wir alle träumen: gut 2 Mio. € nach Abzug der Erbschaftssteuern. Der Hebauer war alleinstehend. Weit und breit keine Erbberechtigten. Das Vermögen wäre nach seinem Tod an den Staat gefallen.«

»Stehe ich jetzt da irgendwie auf der Leitung? Es stimmt doch, dass du gesagt hast, dass der Hebauer seine Erbschaft dieser Krankenschwester überschrieben hat?«, fragt der Liebknecht.

»Genau! Verhältnismäßig kurz nach dem Ableben vom Hebauer war's auf ihrem Konto. Irgendwer muss da einen heißen Draht zum Gericht haben, weil Erbschaftsangelegenheiten sonst selten in dieser Eile durchgezogen werden.«

»Muss so was nicht versteuert werden?«, fragt der junge Kommissar Wagner, der erst vor ein paar Monaten dem Köstlbacher zugeteilt worden ist.

»Habe die Transaktion schon von unseren Wirtschaftsleuten nachprüfen lassen. Ist alles vorschriftsgemäß abgewickelt worden. Allzu viel Steuern sind nicht angefallen, wegen dieser Deklarierung als Spende für einen gemeinnützigen Verein.«

»Das würde bedeuten...«, will der Köstlbacher sagen.

»Ganz genau! Das bedeutet, dass die Schwester Josefine mit dem Konto zwar was zu tun hat, aber nur in verwaltungstechnischer Hinsicht. Das Konto ist eigentlich das Konto eines gemeinnützigen Vereins, der sich ›*Schizophreniehilfe*‹ nennt.«

»Und wohin ist das Geld dann verschwunden? Du hast doch gesagt, es blieb keinen Tag auf dem Konto dieser Josefine?«, fragt der Liebknecht.

»Der größte Batzen landete beim Prof. Dr. Neumann. Der Rest verteilte sich auf eine ganze Reihe von eingeschriebenen Mitgliedern dieses Vereins im Bezirksklinikum, Ärzte, Schwestern, Pfleger, eben auf die gesamte Belegschaft, die diesem offiziellen Verein angehört.«

Niemand hatte sie im Eifer des Gesprächs reinkommen sehen oder hören. Wie lange die Dr. Sieber nun schon unter der Tür steht und dem Briefing zuhört, kann daher auch niemand mit Sicherheit bezeugen.

»Wollen Sie damit sagen, ein als Verein getarnter Kreis des Krankenhauspersonals treibt illegale Geschäfte und schreckt dabei selbst vor einem Mord nicht zurück?«, fragt die Dr. Sieber laut und spricht dabei die Koch direkt an. »Ein sehr ernster und weitgreifender Vorwurf! Haben Sie dafür außer den Kontobewegungen noch weitere Beweise?«

Also wenn du meinst, die Kommissarin Koch denkt jetzt als erstes über irgendwelche Beweise nach, dann irrst du dich gewaltig. Die Koch möchte im Moment eigentlich nur allzu gerne wissen, ob die Dr. Sieber schon unter der Tür gestanden hat, als sie das wegen der Richterin erwähnt hat. Weil, wenn die Dr. Sieber das auch schon mitbekommen hat, dann .... Aber so, wie es aussieht, ist die Dr. Sieber erst nachher gekommen. Sonst hätte sie sich bestimmt zu dieser Angelegenheit geäußert.

»Ähm! Entschuldigen Sie, Frau Dr. Sieber. Was bitte wollten Sie wissen?«, fragt die Koch und ist inzwischen überzeugt, dass die Dr. Sieber nichts mitbekommen hat, weil sie sonst ganz anders reagieren würde.

»Ich sagte: Ein sehr ernster und weitgreifender Vorwurf! Haben Sie dafür außer den Kontobewegungen noch weitere Beweise?«

»Wenn Sie mich so direkt fragen: Nein! Allerdings habe ich noch einige interessante Hinweise, die ich gerade erläutern wollte. Hauptkommissar Köstlbacher wird dann Entscheidungen treffen, wie wir weiter verfahren werden!«, antwortet die Koch geschickt, weil, eines natürlich allen klar: Das hier ist ein Briefing und kein Rapport bei der stellvertretenden Abteilungsleiterin. Und, in so einem Briefing, da wird festgestellt und zusammengetragen, was inzwischen bekannt ist. Und dann wird ein Plan entwickelt, wie's weiter gehen soll.

»Herr Köstlbacher, die Sache beginnt delikat zu werden. Machen Sie keinen Fehler! Die Presse zerreißt uns in der Luft, wenn wir die halbe Ärzteschaft mit dem Prof. Dr. Neumann an der Spitze zu Unrecht verdächtigen«, wendet sich die Dr. Sieber an den Köstlbacher.

»Wir werden die Presse außen vor halten, bis wir Gewissheit haben!«, meint der Köstlbacher und kratzt sich dabei am Hals.

Aber, eines musst du wissen, solche Versprechungen sind nicht so einfach zu halten, wie du sie geben kannst.

Kapitel 27

Auch wenn er ihn dem Letzke immer wieder vorgeworfen hat, den Journalismus! Und, dass das kein Beruf ist, den er sich vom zukünftigen Mann seiner Tochter erwartet hätte. Jetzt macht es sich jedenfalls ganz gut, einen von denen an der Hand zu haben, der ganz legal und ohne auch nur irgendwie aufzufallen recherchieren kann, sogar im Polizeilager!

Obgleich es immer weniger wird, was die von der Kripo heutzutage noch preisgeben. Ja früher! Früher, da waren die Presse und die Kripo ein Team. Zugegeben, beide mit unterschiedlichen Motiven. Aber das hinderte niemanden an einer konstruktiven Zusammenarbeit.

Bis dann irgendwann einmal ein paar Pressefuzzis nur noch auf ihren Vorteil bedacht waren. Von da an ging kaum mehr als das Nötigste an die Presse raus. Da blieb nicht nur einmal den Reportern nichts anderes mehr übrig, als ihr Nichtwissen etwas mit Fantasie zu komplettieren. Wie die Polizei darüber gedacht hat, das dürfte klar sein.

Eigentlich sollte er zufrieden sein. Alles lief nach Plan. Weit mehr sogar! Die 2 Mio. € des armen Hans Hebauer! So etwas kann man nicht einplanen. Die Erbschaft kam exakt zum richtigen Zeitpunkt. Die Sesselfurzer von der Kripo! 2 Mio. €! Für die das perfekte Motiv! Und dazu der Tipp, diese ›*Organisation*‹ ins Spiel zu bringen. War wieder mal so eine Scheibcheninfo, die an die Presse rausgegeben worden ist. Uninteressantes für die Kripo, das der Pressesprecher als Topnews zur Veröffentlichung freigegeben hat.

Aber der Spieß ist nun umgedreht. Und die Kripo ist in die Falle gelaufen. Der Köstlbacher allen voran. Ein Prachtexemplar von einem Kommissar! Welch ein Glück, dass der Köstlbacher blutdruckstabilisierende Medikamente benötigt. Da können Wahnvorstellungen, Albträume und Halluzis schon von ganz allein auftreten. Mann müsste dazu nur den Beipackzettel lesen. In der Liste der möglichen Nebenwirkungen steht's eindeutig beschrieben. Wenn man dann noch ein bisschen nachhilft....!

Kapitel 28

Nichts hasst der Köstlbacher mehr, als hinter seinem Schreibtisch zu sitzen, und die Berichte seiner Mitarbeiter durchzuackern. Früher, wie er noch selber die meiste Zeit unterwegs gewesen ist, um aktiv zu ermitteln, ja früher, da war das Leben als Kriminaler noch echt kurzweilig. Da hast du mal den getroffen, hast mal bei dem vorbei geschaut, bist schnell einmal in die Gerichtsmedizinische nach Erlangen gefahren oder hast eine Fortbildung in München besucht.

Aber, seit er in Regensburg ist: Die paar Mal, wo er wirklich selbst bei einem Fahndungseinsatz mitgewirkt hat? Jedenfalls die absolute Ausnahme!

Wie viel Gewicht er zugenommen hat, seit er mit seiner Anna im Prinzenweg das Haus ihrer Eltern übernommen hat, er will es gar nicht mehr wissen. Wobei, ganz ehrlich gesagt, das Gewicht noch nie ein Thema für den Köstlbacher gewesen ist. Die Anna hat's von allem Anfang an nicht gestört. Und der Köstlbacher eigentlich schon von allem Anfang an gut im Futter. Mag sein, nicht ganz von allem Anfang an. Sonst hätte er die körperlichen Anstrengungen und Anforderungen auf der Polizeischule nie geschafft. Aber gleich nachher, da war's, wie wenn du einen Schalter herumdrehst. Von Schlussverkauf zu Schlussverkauf hat der Köstlbacher jedes Mal so viel zugenommen, dass er sich neu mit Klamotten eindecken musste. Gott sei Dank gab's diese Schlussverkäufe. Sonst wär's teuer geworden.

Aber, was jetzt mit ihm passiert, das ist langsam nicht mehr lustig. Jeden Abend, bevor der Edmund ins Bett geht, richtet er sich die Tablettenrationen her, die er, verteilt auf den Tag einnehmen muss. Eine frustrierende Tätigkeit! Wie haben denn früher die Leute gelebt? Da gab's all diese Medikamente noch nicht. Kann schon sein, dass die früher ganz allgemein eher gestorben sind. Aber doch nicht so früh! Ich meine, der Köstlbacher schließlich noch in den besten Jahren und die Pensionierung noch nicht einmal am Horizont sichtbar.

Am meisten stört ihn sein hoher Blutdruck, weil der quasi alles Mögliche auslösen kann. Und alles Mögliche, da ist dann schnell auch einmal ein Herzinfarkt dabei oder so. Auch wenn er die tägliche Tablettenration meist nur über den Daumen gepeilt herrichtet, bei dem Mittel gegen den hohen Blutdruck, da nimmt es der Köstlbacher sehr genau. Es ist auch das einzige Mittel, von dem sogar der Dr. Neumann gemeint hat, es dürfe in keinem Fall abgesetzt werden. Also auch nicht einmal weglassen und dann wieder doppelte Menge nehmen, so wie es der Köstlbacher bei den anderen Pillen oft macht.

»Ist was los mit Ihnen?«, fragt ganz unvermittelt die Edith Klein.

Der Köstlbacher zuckt richtig zusammen, weil er nicht mit der Klein gerechnet hat und sie auch wieder einmal gar nicht hat reinkommen hören oder sehen. Fast so wie beim Briefing, als die Dr. Sieber plötzlich im Raum gestanden hat.

»Sie sehen blass aus!«, sagt die Klein und runzelt dabei besorgt ihre Stirn.

»Es geht mir auch nicht gut!«, antwortet der Köstlbacher. »Irgendwas ist hier oberfaul. Und wissen Sie, was das Schlimmste ist, Kleinchen? Ich habe ständig das Gefühl, ganz nah an der Lösung dran zu sein. Und wenn ich dann zugreifen möchte, bekomme ich sie nicht zu fassen. Das ist wie in einem Albtraum, nur eben real.«

»Ich kenn das Chef!«, sagt die Klein. »Mit dem Jürgen ist mir das oft so gegangen. Ich wollte ihm was erzählen, und wenn der Jürgen zur Türe reingekommen ist, habe ich alles wieder vergessen! Später, wie der Jürgen dann wieder weg war, da habe ich mich schlagartig wieder an das erinnert, was ich ihm sagen wollte. Ich wollte ihm sagen, dass mir alles an ihm gefällt, nur nicht seine ungebügelten Hosen.«

›*Kleinchen!*‹, denkt der Köstlbacher. ›*Das ist doch ganz was anderes! Du warst verliebt. Und Liebe macht blind!*‹

»Was halten Sie von dem Taxifahrer, dem Herbert Baldauf? Oder, besser, was halten Sie von dem Dr. Neumann?«, fragt der Köstlbacher, um von dem Thema abzulenken.

»Komisch, jetzt, wo Sie die beiden Namen in einem Aufwasch nennen. Haben die beiden was miteinander zu tun?«

»Der Baldauf hat die Tochter vom Dr. Neumann überfahren. Tot! War ein sehr tragischer Unfall! Aber der Baldauf war unschuldig«, antwortet der Köstlbacher.

»Genau! Genau! Ich erinnere mich! In der Zeitung haben sie damals geschrieben, dass der Dr. Neumann gesagt haben soll, dass ihm das der Baldauf noch büßen wird. Und, war da nicht auch die Rede von einem Verlobten der Neumann, dieser...? Ich komm nicht drauf. War irgendein total gängiger Name. Auf alle Fälle ist der total ausgerastet, als der Richter den Baldauf für unschuldig erklärt hat«, sprudelt die Klein heraus.

»Hm!«, brummt der Köstlbacher vor sich hin. Nicht, dass ihm die Klein hier was Neues erzählt hätte. Aber diese Zusammenfassung der Ereignisse damals! Irgendwie hat sie's auf den Punkt gebracht! Und irgendwie beginnt der Köstlbacher einen Schimmer von der Wahrheit zu spüren. Nicht was den Verkehrsunfall der Natalie Neumann betrifft. Der lag längst bei den Akten. Aber ein Zusammenhang zu den beiden Morden, die der Köstlbacher aktuell am Halse hat, so ein Zusammenhang, der scheint gegeben, auch wenn's im Moment noch nicht wirklich klar ist, in welcher Form.

Ein Blick auf seine Uhr sagt dem Köstlbacher, dass er sein Blutdruckmedikament einnehmen muss. Und auch das, von dem der Dr. Neumann gemeint hat, dass es die Nebenwirkungen vom Blutdruckmittel minimieren würde. Wenn der Köstlbacher auch sonst inzwischen nicht mehr gerade viel vom Professor hält, weil der, ..., na ja, als Arzt, da hat der bestimmt was drauf. Sonst hätten die ihn nicht zum Leiter der Psychiatrischen im Bezirksklinikum gemacht. Und als Professor gibt er sein Wissen schließlich auch an die jungen, angehende Ärztinnen und Ärzte weiter.

Auf dem Nachhauseweg, da ist der Köstlbacher ganz in Gedanken. In dieser Jahreszeit fährt er ja meistens mit dem Rad. Voll konzentriert, versteht sich! Weil, so eine blöde Sache wie damals, als er als Radfahrer eine Strafe zahlen musste, weil rote Ampel und so, in so etwas will der Köstlbacher nicht mehr verwickelt werden. Da stehst du nämlich ganz schön blöd da, wenn du, obwohl ein paar Gehaltsstufen höher, von so einem jungen Tuterer von der Verkehrspolizei einen Strafzettel erhältst, und sich der dabei auch noch höllisch freut. Ich meine, die Freude von dem Sheriff kann der Köstlbacher ja noch verstehen, weil, ihm selber würde es schon auch einen Heidenspaß machen, wenn er dem Dr. Huber was am Zeug würde flicken können. Aber verstehen hin oder her! Eine Sauerei war's trotzdem!

In dem Augenblick, wo der Köstlbacher auf seinem Fahrrad an diese leidige Geschichte denkt, in dem Augenblick hält ihn der von der Streife, derselbe wie damals, auf. Er steht auf einmal unvermittelt mit erhobener Hand vor ihm. Eines kannst du mir glauben, der Köstlbacher erschrickt darüber dermaßen, dass es ihn beinahe vorne über den Lenker wirft. Und, dass das nicht wirklich passiert ist, das ist nur dem Mann zu verdanken, der ihn geistesgegenwärtig auffängt. Und, weil du weißt, was der Köstlbacher für ein Kaliber, drum kannst du dir auch vorstellen, was der Retter für ein Kaliber sein muss, dass der so was aushält, ohne selbst mitsamt dem Köstlbacher umgerissen zu werden.

»Edmund, träumst du? Oder was ist los mit dir? Das hätte ganz schön schief ausgehen können! Für uns beide!«

»Ernst? Du? Entschuldigung! Ähm, ... danke! Das war knapp!«, sagt der Köstlbacher und reißt erstaunt seine Augen auf, weil der Streifenpolizist vom Verkehr gar nicht der Streifenpolizist vom Verkehr ist, sondern vielmehr der Ernst Kroner, der Dr. Ernst Kroner, der von der Gerichtsmedizinischen und gleichzeitig auch ein Freund vom Köstlbacher. Vielleicht sogar der einzig wirkliche!

»Mit dir stimmt doch was nicht?«, sagt der Ernst und schaut seinen Freund Edmund besorgt an.

»Der übliche Stress!«, meint dazu der Köstlbacher nur und winkt ab.

»Der übliche Stress? Du sitzt auf dem Fahrrad siehst mich, wie ich dir winke und machst eine Vollbremsung, dass es dich beinahe überschlägt. Und das alles nur wegen deinem Stress, den du doch immer hast?«

»Ich hab' gedacht, du bist der vom Verkehr. Du weißt schon, der, der mir damals einen Strafzettel verpasst hat!«

»Ich und der vom Verkehr? Der junge Polizist war ein Strich in der Landschaft. Und schau mich an! Ich kann's locker mit dir aufnehmen!«, lächelt der Ernst, beobachtet aber deshalb nicht weniger wachsam den Edmund.

»Lass gut sein!«, sagt der Köstlbacher. »Wo gehst du hin?«

»Stell dir vor, ich wollte zu dir!«, sagt der Ernst.

»Zu mir?«, fragt der Köstlbacher überrascht, kann's aber irgendwie nicht so recht glauben.

Weil, eines musst du wissen, der Köstlbacher und der Dr. Kroner zwar schon eine halbe Ewigkeit befreundet, aber getroffen haben sich die beiden meisten nur irgendwo auf ein Bier. Zu Hause bei seiner Anna, da kann sich der Köstlbacher im Moment gar nicht erinnern, wann das das letzte Mal gewesen sein soll. Vielleicht, wie er frisch von Straubing hierher gezogen ist. Zum Einstand feiern! Ja genau! Aber seitdem? Eigentlich nicht mehr!

Kann auch gut sein, dass der Dr. Kroner dem Edmund nur zufällig begegnet und gar nicht auf dem Weg zu ihm gewesen ist. Aber, eines ist sicher: Der Dr. Kroner hat eine wahnsinnig tolle Beobachtungsgabe. Ist vermutlich berufsbedingt, weil, wenn er zu einem Tatort gerufen wird, dann muss er praktisch alles mit fotografischen Augen abscannen. Auch wenn dann so ein Trottel Details zu fotografieren vergessen hat, der Dr. Kroner kann sie zwar nicht mehr auf Papier ausgedruckt vorzeigen, aber er erinnert sich an sie. Das hat schon oft geholfen. Und solche Trottel gibt es immer wieder. Vor allem, wenn sie noch jung und in Gedanken bei der letzten Liebesnacht oder der nächsten. Das kannst du nehmen, wie du willst.

Und, was der Dr. Kroner jetzt im Gesicht seines Freundes liest, das beunruhigt ihn mehr, als er sich das anmerken lässt. Bei einem Bier in irgendeiner Kneipe will er dem Problem jedenfalls nicht auf den Leib rücken. Zu Hause beim Köstlbacher, da ist dann auch noch die Anna. So wie er die Anna kennt, und er kennt sie schon fast so lang wie den Köstlbacher, da ist sich der Dr. Kroner sicher, dass die zum Zustand ihres Mannes auch was zu sagen hat. Und das klingt dann vielleicht ganz anders, als das, was der Edmund nach ein paar Schluck Bier zugeben würde.

Kapitel 29

Und dann passiert alles irgendwie Schlag auf Schlag. Nicht, dass die beiden Morde schon gelöst wären! Aber, dass demnächst so einige Erkenntnisse auf dem Tisch liegen werden, die zumindest einen positiven Abschluss der Ermittlungen möglich erscheinen lassen, das liegt irgendwie in der Luft.

Los geht's gleich beim Briefing am nächsten Tag, nach der Geschichte mit dem Dr. Kroner. Und so geht's dann auch weiter. Fast möchte ich sagen stündlich liegen neue Berichte vor oder es werden zumindest welche telefonisch vorab beim Köstlbacher im Büro durchgegeben. Und der Köstlbacher selber, der steht nur noch vor seiner Pinnwand und verändert und verändert, positioniert anders, nimmt weg, trappiert um. Und jedes Mal lächelt er dabei. Der Stress, obgleich er eher mehr als weniger wird, scheint ihn nur noch anzuspornen.

»Hallo Herr Kriminalhauptkommissar! Irgendwas Neues?«, fragt die Dr. Sieber, die inzwischen fast täglich beim Köstlbacher persönlich vorbeischaut, obwohl sie doch kaum Zeit hat. Aber dieser Kommissar fasziniert sie irgendwie. Vor wenigen Tagen wirkte der noch wie eine Schlaftablette, dem man alles dreimal sagen musste und den man dreimal fragen musste, bis man eine vernünftige Antwort bekam. Und jetzt? Jetzt sprüht er nur noch so, und außer ein bisschen Kurzatmigkeit scheint ihm nichts auf der Welt etwas anhaben zu können.

»Ich mag ihn zwar nicht, diesen Baldauf, und deshalb werde ich ihn auch noch eine ganze Weile zappeln lassen, aber als

Hauptverdächtigen können wir ihn definitiv von der Liste streichen!«, antwortet der Köstlbacher.

Die Dr. Sieber hebt nur fragen ihren Blick. Inzwischen kennt sie den Köstlbacher gut genug, dass sie weiß, wann er unterbrochen werden will und wann nicht. Jetzt will er das jedenfalls nicht. Die kleine, halbe Schweigeminute soll nur der Erhöhung der Spannung dienen. Und warum nicht? Das sind es doch, diese kleinen prickelnden Momente im Leben bei der Polizei, wo nicht die Verzweiflung vorherrscht, nicht voranzukommen, sondern wo das Knistern der Lösung zu spüren ist.

Weil, eines musst du wissen, auch so eine Dr. Sieber hat eine Sensibilität. Und der Dr. Sieber stellt es ihre Armhärchen massiv auf, wenn die mit dem Köstlbacher vor seiner Pinnwand steht und ihm zuhört. Das hat fast was Erotisches. Nicht, dass die Dr. Sieber und der Köstlbacher.....! Das ginge ja auch gar nicht! Selbst wenn der Köstlbacher keine Anna und so. Weil, du erinnerst dich! Die Dr. Sieber hat für das männliche Geschlecht weniger Interesse. Nicht nur gerüchtemäßig! Aber, das meine ich auch nicht. Das mit der Erotik, das ist eher so ein Vergleich. Weil, was du da fühlst und empfindest, das ist oft auch so etwas, wie das Kribbeln vom elektrischen Strom. Und mit diesem Kribbeln ist das Gefühl vergleichbar, das die Dr. Sieber neben dem Köstlbacher jetzt hat. Bestimmt besucht sie ihn deswegen zurzeit auch so gut wie täglich. Da kann sie es dann fühlen, dieses Kribbeln, das wir als Jungen immer hatten, wenn wir mit unseren Zungen an beide Pole von einer Taschenlampenflachbatterie gleichzeitig leckten. Wir freilich erlebten dieses Gefühl nur in der Zungenspitze. Aber die Dr. Sieber, die erlebt es quasi ganzkörperlich.

Weil, eines darfst du nicht vergessen, die Dr. Sieber sonst nur Wirtschaftskriminalität. Und die kann einem mit der Zeit ganz schön auf den Geist gehen. Mit einem Mord vergleichbar ist sie jedenfalls nicht und mit zwei Morden schon dreimal nicht! Weil, wenn da ein Toter, bei der Wirtschaft, dann entweder Selbstmord, oder wenn doch ein richtiger Mord, dann landet der gleich wieder bei der Mordkommission. Da kannst du hundert Mal die Dr. Sieber und Chefin von der Wirtschaft sein. Mord bleibt Mord. Und den nehmen die vom Morddezernat der Wirtschaft gnadenlos weg.

»Der Baldauf ist zwar alles andere als ein sympathischer Zeitgenosse. Aber ein Mörder ist er nicht. Gedacht hab' ich mir das ja schon von allem Anfang an. Nur diese Zeugenaussagen haben mich gestört. Inzwischen bin ich mir aber sicher, dass die ein Ablenkungsmanöver waren. Und ich habe dafür auch Beweise!«

Jetzt unterbricht der Köstlbacher wieder. Aber diesmal nicht nur eine halbe Minute. Diesmal will er, dass die Dr. Sieber was sagt. Und die versteht das auch sofort, weil der Köstlbacher sie richtig herausfordern anschaut.

»Welche Beweise?«, fragt sie, weil der Köstlbacher genau auf diese Frage wartet.

»Stichhaltige! Stichhaltige, sage ich Ihnen! Ganz oben angesiedelt ist, dass der Baldauf für jede der beiden Morde ein todsicheres Alibi hat. Wir haben das zu Anfang nicht so recht wahr haben wollen, weil so ein Alibi, das ist schon oft wie ein Kartenhaus in sich zusammengefallen, wenn es nur etwas genauer unter die Lupe genommen worden ist. Aber nicht so beim Baldauf. Der war jedes Mal auf einer Überlandfahrt unterwegs. Wenn er jetzt nur einen Fahrgast gehabt hätte, dann wäre auch wieder Aussage gegen Aussage gestanden und wir wären ganz schön angepisst gewesen, wenn der Fahrgast falsch gelegen hätte. Und auch wenn so ein Fahrgast falsch liegt, weil er vielleicht schon ein wenig demenz. Heutzutage ja fast eine Modekrankheit. Und irgend so ein Gutachter findet sich immer, der so eine Demenz bestätigt. Und dann: Alibi adieu! Zum Glück hat der Baldauf aber bei jeder Fahrt eine ganze Familie rumkutschiert. Einmal eine von Regensburg zum Flughafen Nürnberg und einmal eine von Regensburg zum Flughafen München. Und zusätzlich hat der Baldauf auf dem Heimweg auch noch jedes Mal getankt. Und zwar immer an Tankstellen, wo sie den Baldauf kennen, weil er da immer tankt und sich auch noch einen Espresso gönnt. Also todsicher! Ich sage Ihnen: Todsicher!«

»Er kann's nicht gewesen sein! Da haben Sie völlig recht. Trotzdem interessiert mich, was Sie noch für ›*Beweise*‹ haben?«, will die Dr. Sieber wissen.

»Wenn er's nicht gewesen sein kann und wenn es trotzdem zwei Zeugen gibt, die ihn eindeutig identifiziert haben wollen, dann kann ich daraus nur einen Schluss ziehen: Irgendwer will dem Baldauf ans Leder!«

»Gut möglich! Oder irgendwer will den Baldauf als Täter präsentiert sehen, damit er selbst nicht in Verdacht gerät!«

»Sie haben's erfasst! Wahrscheinlicher ist aber noch eine Kombination aus diesen beiden Rückschlüssen!«, meint der Köstlbacher.

»Einer Kombination? Wie meinen Sie das?«, fragt die Dr. Sieber und zieht dabei etwas ungläubig ihre Augenbrauen hoch.

»Lassen Sie mir noch etwas Zeit, Ihnen das zu erklären. Ich würde mich sonst jetzt wieder zu weit aufs Glatteis begeben. Mir fehlen da noch einige Beweise, die aber bald greifbar sein werden. Da bin ich mir ganz sicher! Lassen Sie mich aber jetzt einstweilen noch zwei weitere Beweise für die Unschuld vom Baldauf anfügen, auch wenn's die gar nicht mehr bräuchte!«

»Sie machen's spannend! Aber natürlich haben Sie recht: Mich interessieren Fakten und keine Mutmaßungen!«

»So ein Mord, bei dem jemandem die Kehle durchgeschnitten wird, so ein Mord ist eine riesen Sauerei. Dass dabei der Mörder keine Spritzer abbekommt, das können Sie vergessen. Und deshalb haben wir beim Baldauf in einer unüblichen Größenordnung untersucht, Auto, Wohnung, Kleidung, Schuhe etc., wie wir es normalerweise nicht tun. Hinzu kommt, dass dem Baldauf seine Frau keine Sauberkeitsfanatikerin ist. Negativ! Total negativ! Dabei wissen Sie doch sicher, dass die DNA selbst in den kleinsten Spritzern von getrocknetem Blut noch eindeutig nachweisbar ist. Wir haben durchaus Blutspuren gefunden, solche von ihm selber, solche von seiner Frau, seinen Kindern und solche von einem Stallhasen, den er irgendwann vor ein paar Wochen geschlachtet hat. Aber keine Spuren von den Opfern!«

»Das leuchtet ein, dass dieses Ergebnis zumindest nicht übergehbare Rückschlüsse zulässt!«, meint die Dr. Sieber.

»Vor allem dann, wenn wir die Blutspuren wo anders finden!«

»Wo anders? Haben Sie wo anders Blutspuren der Opfer gefunden?«

»Ich sagte ›*wenn*‹, Frau Dr. Sieber! ›*Wenn*‹! Im Sinne von ›*falls*‹! Aber wir sind dran!«

»Gut! Und der zweite Beweis?«

»Der Baldauf ist kein Linkshänder!«, sagt der Köstlbacher lapidar.

»Was heiß ›*kein Linkshänder*‹?«

»Sie erinnern sich? Im Gutachten der Gerichtsmedizin stand eindeutig, dass die Schnitte so durchgeführt worden sind, dass der Mörder allem Anschein nach ein Linkshänder sein muss!«

»Kann man sich da nicht auch verstellen und die linke Hand nehmen, nur um etwaige Ermittlungen in die Irre zu leiten?«, fragt die Dr. Sieber und schüttelt etwas zweifelnd ihren Kopf.

»Könnte man versuchen. Würde aber nicht beide Male gleich aussehen. Der Dr. Kroner von der Gerichtsmedizin ist sich sicher, dass eben so ein Täuschungsmanöver mindestens zu geringfügig anderen Ergebnissen geführt hätte. Eine ungewohnte Linke ersetzt eben nicht eine perfekt arbeitende Rechte. Und natürlich umgekehrt!«

»Das leuchtet mir ein! Und wie werden Sie nun weiter ermitteln? Ich meine, wenn der Hauptverdächtige nun wegfällt?«, fragt die Dr. Sieber.

»Zunächst einmal müssen wir, und da haben wir schon eine gewisse Vorstellung, rausfinden, wer daran interessiert ist, den Baldauf eins auszuwischen.«

»Und da wollen Sie mich noch nicht einweihen?«, fragt die Dr. Sieber sichtlich enttäuscht.

»Geduld! Es sind da noch ein paar Ungereimtheiten. Nichts Schwerwiegendes! Aber ich möchte Sie doch noch ein paar Tage vertrösten.«

»Und, wie steht's mit dem Verdacht, jemand will dem Baldauf ans Leder?«, fragt die Dr. Sieber.

»Wie ich schon sagte, es sieht so aus, als ob da jemand zwei Fliegen mit einer Klappe erschlagen möchte. Kann aber auch sein, dass noch etwas ganz anderes dahintersteckt!«

»Jetzt machen Sie mich aber wirklich neugierig!«

»Im Zusammenhang mit der Geschichte, zumindest mit dem Mord im Bezirksklinikum, kam diese Sekte ins Spiel. ›*Die Organisation*‹! Schon davon gehört?«, fragt der Köstlbacher.

»›*Organisation*‹? Ja! Ja doch! Die haben uns lange bei der Wirtschaft beschäftigt und beschäftigen uns in Abständen immer wieder!«, antwortet die Dr. Sieber.

»Jetzt bin ich es, der erstaunt ist!«, sagt der Köstlbacher und hebt nun seinerseits fragend das Gesicht.

»Sekte ist nur halb richtig. Die haben zwar in ihren Statuten so was Spirituelles drin, was sie zu einer Sekte machen soll. Ich bin mir aber ganz sicher, dass das nur steuerliche Gründe hat und vom eigentlichen Sinn ihrer Vereinigung ablenken soll.«

»Und der wäre?«, fragt der Köstlbacher.

»Geld waschen! Illegales Geld! Sie haben ja keine Ahnung, wie viel illegales Geld täglich allein in Bayern zu sauberen Euros gewaschen wird. Drogengeld. Krumme Geschäfte, am Fiskus vorbei. Barerbschaften. Es gibt immer wieder Leute, die ihr Geld zu Hause aufheben, anstatt es zu einer Bank zu bringen. Früher kamen auch noch die Einnahmen aus der Prostitution dazu. Aber der Anteil ist mächtig geschrumpft, seit die Prostitution legalisiert worden ist und die Mädels eine Sozialversicherungsnummer bekommen können.«

»Interessant!«, meint der Köstlbacher und reibt sich sein Kinn, wie er es immer zu tun pflegt, wenn ihn ein Gedanke beschäftigt.

»Was ist daran interessant? Wussten Sie das nicht?«

»Doch, doch! Nur habe ich ganz vergessen, mir darüber Gedanken zu machen.«

»Ist ja auch weniger Ihre Aufgabe. Ist mehr die von meinen Leuten!«

»Ja, ja! Mag schon sein! Aber mitunter überscheiden sich eben unsere Interessen!«

»Sie sprechen in Rätseln, Herr Köstlbacher!«, sagt dazu die Dr. Sieber.

»Meinen Sie? Lassen Sie mir ein paar Tage Zeit. Ich möchte Sie, wie gesagt, nicht mit Mutmaßungen abspeisen. Und, was die ›*Organisation*‹ betrifft, da wäre ich Ihnen verbunden, wenn Sie mir einen Kontakt zu Ihren Leuten machten, am besten zu einem Ihrer Kommissare, der über diese ›*Organisation*‹ bestens Bescheid weiß.«

»Gerne, Herr Köstlbacher! Ich werde das gleich von meinem Büro aus in die Wege leiten. Man wird Sie noch heute anrufen!«, verabschiedet sich die Dr. Sieber.

»Und vielen Dank einstweilen!«, fügt sie noch hinzu.

»Keine Ursache! War mir ein Vergnügen!«, antwortet der Köstlbacher.

Die Dr. Sieber ist schon am Gehen, als sie sich nochmal umdreht:

»Ich würde an Ihrer Stelle dem Herrn Baldauf noch nicht einweihen, dass er nicht mehr verdächtigt wird!«

»Hätte ich auch nicht gemacht! Das würde den wahren Täter nur alarmieren!«, sagt der Köstlbacher.

»Nicht nur das!«, meint die Dr. Sieber. »Der Teufel wäre los, falls Sie sich doch irren sollten!«

Kapitel 30

»Und? Erzähl'!«, fordert der Dr. Kroner seinen Freund den Köstlbacher auf, sobald der sich zu ihm an den Tisch gesetzt hat drunten in der ›*Wurstkuchl*‹, wo sich die beiden zu 6 Bratwürsten auf Kraut und einer Halbe verabredet hatten.

»Du hattest recht! Habe zuerst das Mittel vom Dr. Neumann weg gelassen. Und es hat nicht allzu lang gedauert, da hat mich die Anna gefragt, was mit mir los ist. Logischerweise habe ich ja erst wieder gedacht, ich wäre wohl wieder besonders seltsam gewesen oder so. Aber das Gegenteil war der Fall. Sie hat sich gefreut, dass ich nicht so daneben war, wie sonst, und dass ich auch wieder mal lachen konnte.«

»Und weiter? Das Blutdruckmittel?«, fragt der Ernst. »Hast du meine Ratschläge befolgt?«

»Logo! Erst einmal hab' ich's ganz weggelassen. Psychisch war das ein Raketenstart. Es ging mir top! Aber nur ganz kurz. Körperlich hatte ich schon sehr unter dem ansteigenden Blutdruck zu leiden. Und Angst gemacht hat mir das auch. Drum holte ich mir das Ersatzpräparat, das du mir empfohlen hast.«

»Dass du ganz ohne auskommen würdest, daran hab' ich sowieso nicht geglaubt!«, kommentiert der Dr. Kroner.

»Wäre ja auch zu schön gewesen! Aber immerhin hat das andere Mittel nicht diese Nebenwirkungen!«, meint der Köstlbacher.

»Also keine Halluzis mehr?«

»Keine Halluzis und auch keine Albträume. Fühl' mich wie neugeboren!«

»So siehst du auch aus, wenn man sich 130 kg wegdenkt!«, lächelt der Ernst.

»Du musst ja reden!«, wehrt sich der Köstlbacher.

»Aber klar doch! Ich behaupte ja auch nicht, mich wie neugeboren zu fühlen!«

»Spaß beiseite! Es geht mir wirklich super!«, sagt der Köstlbacher.

»Das freut mich ganz ehrlich für dich!«, antwortet der Dr. Ernst Kroner und berührt bei diesen Worten mit einer Hand die seines Freundes. »Aber, wir sollten uns nun Gedanken darüber machen, wie die ganze Geschichte zu deuten ist!«

»Deuten allein reicht nicht. Ich denke, die Hinweise sind eindeutig. Aber Hinweise sind keine Beweise!«, meint der Köstlbacher.

»Was hältst du davon, wenn du einen neuen Termin machst. Hast wieder eine Halluzi gehabt, oder der alte Albtraum plagt dich erneut.«

»Du meinst, ich sollte mir nichts anmerken lassen und weiterhin den Psycho mimen?«, fragt der Köstlbacher.

»Kann ja nichts schief gehen. Auf dem Sofa kannst du munter drauflos erzählen. Für voll genommen wirst du da sowieso nicht. Und dann heißt's nur abwarten und Tee trinken!«, schlägt der Ernst vor.

»Abgefahren unkonventionell! Aber nicht verkehrt!«, schließt der Köstlbacher vorläufig das Gespräch, weil die Gisela von der Wurstkuchl mit den 6en auf Kraut und den beiden Halben mit wunderschönen Schaumkronen anrückt.

Kapitel 31

Die Gruppe von Taxlern, die dem Baldauf seinen Stammplatz vor der Karmelitenkirche schon einmal besetzt gehalten hat, die führt seitdem praktisch in wechselnder Zusammensetzung ihre Aktion Tag für Tag rund um die Uhr fort. Und wenn du jetzt meinst, die tun das nur, weil sie davon überzeugt sind, dass der Baldauf die Lauber umgebracht hat und vielleicht sogar auch noch den Hebauer, dann liegst du gewaltig daneben.

Weil, eines musst du wissen, die Taxler alle miteinander vielleicht nicht gerade immer eine Freundesclique. Aber, wenn's drauf an kommt, dann halten die zusammen wie Pech und Schwefel. Und jetzt kommt es natürlich drauf an. Weil, du wirst doch nicht meinen, dass die den Baldauf so ohne handfeste Beweise gleich in die Mörderecke stellen. Und handfeste Beweise, das sind für die Taxler keine fragwürdigen Augenzeugen, die den Baldauf gesehen haben wollen, obwohl der gar nicht in Regensburg war. Und, dass der Baldauf zumindest da wirklich nicht in Regensburg gewesen ist, als der Luise die Kehle durchgeschnitten worden ist, daran besteht kein Zweifel. Es waren alte Kunden, die der Baldauf zum Flughafen kutschiert hat. Die hat fast jeder von den anwesenden Taxlern schon einmal gefahren. Und die erzählen keinen Scheiß! Wenn die sagen, dass der Baldauf sie höchst persönlich gefahren hat, dann hat der Baldauf sie auch gefahren.

Schon klar! Jetzt wunderst du dich erst recht, warum sie dann alle dem Baldauf seinen Platz besetzen und damit fast so eine Art Mobbing und so. Also pass gut auf!

Am Anfang, da ist die ganze Aktion vor der Karmelittenkirche ja noch echt gewesen. Die Luise ist den Kolleginnen und Kollegen einfach nicht aus dem Kopf gegangen, weil die so eine Frau gewesen ist, die jeder gemocht hat. Mit der hast du quasi Pferde stehlen können. Und, eingesprungen ist sie auch gleich immer, wenn irgendwo eine Fahrt gemacht werden sollte, um die sich keiner gerissen hat, weil es irgend so eine Dauerkundschaft war, die jeden nur schikaniert hat.

Solche Leute gibt's ja immer wieder. Denen kannst du nichts recht machen. Einmal ist es ihnen zu stickig im Auto, dann wieder zu kalt, dann fährt der Fahrer zu langsam oder zu schnell. Oder er fährt einen Umweg. Was aber gar nicht stimmt, weil Baustelle, Umleitung oder schlicht und einfach nur der übliche, tageszeitbedingte Berufsverkehrsstau.

Du glaubst ja gar nicht, wie oft du als Taxler beschimpft wirst, nur, weil du deine Verkehrsregeln beachtest und nicht zur Abkürzung den Weg entgegen der Fahrtrichtung einer Einbahnstraße nimmst.

Aber nicht, dass du jetzt glaubst, so ein unzufriedener Grantler hat der Luise...! Erstens bringt keiner jemanden um, nur, weil der nicht in eine Einbahnstraße fährt, und zweitens wäre da ja dann auch noch der Hebauer. Wenn man denen von der Gerichtsmedizinischen Glauben schenken kann, dann ist die Handschrift bei beiden Morden die gleiche. Also gibt's auch nur einen Mörder. Und, warum sollte einer zuerst einen im Bezirksklinikum abmurksen und dann, weil er sich über eine Taxifahrerin ärgert, die auch gleich noch hinterher. Nein!

Aber, jetzt kommt's! Der Köstlbacher steckt hinter alledem!

Ich kann mir gut vorstellen, dass du mir das so ohne genauere Ausführungen nicht glauben willst. Weil, wieso sollte der Köstlbacher daran interessiert sein, dass die Taxler nach außen den Baldauf mobben? Aber recht viel gibt es dazu gar nicht zu sagen. Der Köstlbacher hat inzwischen nur das Gefühl, ganz nah dran zu sein an dem, was der Laie unter ›*Aufklärung*‹ versteht. Und da kann ihm nur noch einer wirklich dazwischenfunken. Und das ist der Mörder selbst! Oder höchstens noch der, der ihn dazu angestiftet hat, falls es so einen gibt. Wenn der sich entdeckt fühlt oder wenn der zumindest das Gefühl hat, in den Fokus der Ermittlungen zu geraten, dann passt der auf und steuert dagegen.

Und, in einer Hinsicht, da ist sich der Köstlbacher sicher, der Mörder kann kein unintelligenter Mensch sein, so raffiniert, wie der seine Taten eingefädelt hat. Intelligenz kannst du nur mit Intelligenz begegnen. Nur so kannst du immer einen Schritt voraus sein. Dummerweise trifft das natürlich in diesem Fall für den Mörder und für den Köstlbacher zu. Da ist dann zuletzt gar keiner einen wirklichen Schritt voraus. Eher machen die beiden gleichzeitig einen Schritt, was den Köstlbacher letztendlich auf der Stelle treten lässt.

Nur mit der Idee, das Mobbing vor der Karmelitenkirche täuschend echt aufrecht zu erhalten, da ist dem Köstlbacher am Ende doch noch so ein entscheidender Vorsprungsschritt gelungen. Weil, wenn der Mörder bisher gedacht hat, dass die Polizei den Baldauf überführt zu haben glaubt, dann denkt das der Mörder auch weiterhin. Weil, wieso sollten die Taxler ihren Kollegen Baldauf noch länger mobben, wenn doch jeder wüsste, dass es der Baldauf gar nicht gewesen sein kann.

Die einzige Unsicherheit bei dem ganzen Spiel ist, dass der wirkliche Mörder gar nicht bei der Karmelitenkirche vorbeikommt und das extra für ihn veranstaltete Spektakel gar nicht sieht. Aber, dem hat der Köstlbacher vorgebaut und in der Mittelbayerischen fast täglich einen kleinen Bericht setzten lassen über die Taximobber. Dass der Köstlbacher einen von der Mittelbayerischen gut kennt, der zuverlässig diese Meldungen rein bringt, das kannst du dir schon denken. Ein Freund vom Köstlbacher ist der nicht wirklich, weil der macht das natürlich auch bloß, wenn er vor einer allgemeinen Pressekonferenz ab und zu mit ein paar Zusatzinfos bedacht wird.

Aber raffiniert macht er es schon. Eigentlich macht das der Spezl vom Köstlbacher ja schon länger. Und drum kann er es auch so gut. Angefangen hat er mit dieser Dings, immer wieder was zu schreiben und doch nichts Neues zu sagen, wie die Sache mit dem Atomkraftwerk in Japan kein Schwein mehr interessiert hat, weil alle gesättigt waren von den täglichen mehrseitigen Meldungen. Der Spezl vom Köstlbacher, seinen Namen möchte ich nicht nennen, weil so ein Reporter gerne undercover und so, also dieser Spezl, der ist auf die Idee gekommen, die mehrseitigen Meldungen einstweilen auszusetzen und nur noch mit kleinen Berichten die Sache am Laufen zu halten.

Du musst dir das so wie bei einem Lagerfeuer vorstellen. Solange alle drum herumsitzen, bestückst du es mit viel Holz, damit jeder hineinstarrt und nebenher genüsslich sein Bier trinkt. Aber irgendwann sind dann alle müde vom Bier und rollen sich zu einem Nickerchen zusammen. Deswegen darfst du aber das Feuer nicht einfach ausgehen lassen. Regelmäßig, damit's zumindest nicht ganz verlöscht, schiebst du etwas Holz nach. Sollten dann wieder Leute aufwachen, dann hast du kein Problem damit, schnell wieder ein loderndes Feuer in Gang zu setzen, weil ja noch genügend Glut da ist.

So ist das mit den Meldungen in der Zeitung auch. Du kannst nicht einfach aufhören, über was zu berichten, nur, weil es momentan nichts mehr zu berichten gibt. Da würde ja gleich das Interesse von Tausenden von Lesern im Nichts zusammenfallen. Aber, wenn du täglich einen kleinen Artikel schreibst, der praktisch nichts Neues bringt, außer vielleicht einer anderen Überschrift, dann hast du die Sache im Griff und kannst jederzeit wieder mehrseitig nachlegen.

Wie dann die EHEC Sache passiert ist, da hatte der Spezl vom Köstlbacher schon echt Routine mit seiner Arbeit. Wie im Großformat alle Gemüsesorten durch waren und keiner mehr wusste, was noch alles als gefährlich eingestuft werden sollte, und, weil auch die Sterbeziffern nicht dramatisch angestiegen sind, da wurde, entsprechend den Erfahrungen mit dem japanischen Kernkraftwerk, erst einmal auf ganz kleine Artikel zurückgeschraubt.

Der Köstlbacher war gleich Feuer und Flamme, wie sein Spezl ihm das alles so erklärt hat und gemeint hat, was überregional so wirksam ist, das würde bestimmt auch regional gut kommen.

Und, da ist sich der Köstlbacher ganz sicher, der Mörder wird jetzt dann bald einen Fehler machen, weil er durch die Zeitung so eingelullt ist und glaubt, alles sei gebombt und sein Plan sei aufgegangen.

Nun denkst du dir bestimmt, das ist ja alles recht und gut. Aber, wer zahlt denn den Taxlern ihren Verdienstausfall, wenn die da über mehrere Tage hinweg mit Pseudomobbing beschäftigt? Und da denkst du nicht einmal falsch. Weil, das war natürlich schon ein Problem. Doch auch dafür hat der Köstlbacher eine Lösung gewusst.

Hätte er zu den Taxlern gesagt, dass sie vom Staat entschädigt würden, dann hätten die das bestimmt nicht geglaubt. Weil, sei doch einmal ehrlich, wer glaubt denn heutzutage dem Staat schon was? Der verspricht dir heute was und behauptet morgen was ganz anderes. Und außerdem kennt man diese staatlichen Entschädigungen ja. Das sind dann ein paar Euros. Und wenn du die umschlägst auf alle die Mobbingstunden, da kannst du dir vielleicht pro Stunde einen Kaffee kaufen dafür, mehr nicht.

Drum hat sich der Köstlbacher auch was Interessanteres einfallen lassen müssen, was echt Lukratives. Und, die Idee dazu ist ihm gekommen, wie die Sache mit der Erbschaft vom Hebauer auf seinem Schreibtisch gelandet ist. Nicht sofort, aber auch nicht viel später.

Weil ich da aber jetzt nicht vorausgreifen will, lasse ich das mit der Erbschaft noch ein bisschen auf sich ruhen. Du wirst alles rechtzeitig erfahren!

Wegen dieser Erbschaft, da ist es dem Köstlbacher jedenfalls möglich geworden, für die Ergreifung des Mörders eine Prämie auszusetzen. Zumindest konnte er die Staatsanwaltschaft davon überzeugen, eine nicht unerhebliche Summe für diesen Zweck bereitzustellen, quasi abzuzweigen von dem Geld, das nach Abschluss des Verfahrens ins Staatssäckel würde fließen müssen. Und, genau das ist der Unterschied. Es muss nicht aus dem Staatssäckel herausgeholt werden. Das wäre erheblich schwieriger geworden. Es fließt erst gar nicht hinein, weil es faktisch einfach verbraucht ist. Wenn du so willst, auf dem kurzen Dienstweg eine Verwendung gefunden hat.

Jedenfalls haben die Taxler den Mobbingauftrag in Erwartung dieser Prämie sofort akzeptiert.

Kapitel 32

Im ›*Schnupfloch*‹ *(Siehe Anmerkung des Autor am Ende des Krimis!)* geht es, wie fast jeden Abend um diese Zeit, schon hoch her. Die Kneipe unten in der Keplerstraße bietet vor allem Bierkennern und Bierliebhabern ein Ambiente, das du so in Regensburg sonst kein zweites Mal findest. Egal nach welchem Bier es dich gelüstet, die haben es. Und wenn du eine Sorte haben willst, die hier noch nicht bekannt ist, dann musst du nicht lange drauf verzichten. Der Wirt setzt bestimmt alles dran, sein Angebot auch noch um dein exotisches Bier zu erweitern.

Besonderen Anklang hat die Idee des Wirts gefunden, dass du mit ihm um den Preis deines bestellten Bieres spielen kannst. So kommt also der Chef persönlich oder einer seiner Kellnerinnen oder Kellner nicht nur mit der Bierkarte an deinen Tisch. Es werden auch noch ein Becher aus Leder und zwei Würfel mitgebracht. Ihr würfelt dann beide. Macht der Wirt den besseren Wurf, zahlst du den Preis, der auf der Bierkarte steht. Bist du Sieger, bekommst du 20 % Rabatt. Und wenn es dir gelingt, in den ersten 5 Minuten nach jeder vollen Stunde zu bestellen und auch noch besser würfelst, dann erhältst du sogar 50 % Rabatt.

Abgerechnet wird jedes Bier separat. Da kannst du dir wahrscheinlich gut vorstellen, dass so mancher Kunde ganz schön oft ein Bier bestellt, um möglichst häufig die Gelegenheit zu bekommen, Prozente zu ergattern. Am Ende sind es dann vor allem die Prozente im Blut, die sich bemerkbar machen, auch wenn die eigentlich Promille heißen. Aber so ist sie nun mal, die Mentalität der Biertrinker.

Dass es in so einer abgefahrenen Bierkneipe auch einen Stammtisch gibt, das kannst du dir denken. Aber, was du nicht wissen kannst, der Köstlbacher geht regelmäßig, zumindest wenn es seine Arbeit zulässt, zu diesem Stammtisch.

Ist zwar nicht so, dass der Köstlbacher besonders wild auf Bier oder so. Aber Regensburg ist, von ein paar Weinbergüberbleibseln aus der Römerzeit einmal abgesehen, kein wirkliches Weinanbaugebiet. Wenn du dich da am Abend noch an einen Stammtisch setzt, da ist ein frisches Bier schon eher ein ortsübliches Getränk. Und, den Stammtisch im Schnupfloch hat sich der Köstlbacher nach seinem Umzug von Straubing nach Regensburg wegen mir ausgesucht, wegen mir und wegen dem Dr. Kroner. Oder besser gesagt, wir beide haben ihn in diese Kneipe gelockt, weil sie unsere Stammkneipe ist.

Heute hat der Edmund allerdings nicht damit gerechnet, mich hier zu treffen, weil ich ja eigentlich noch in Italien weilen sollte. Umso überraschter schaut er, wie er mich da so bei einem Pils am Stammtisch erspäht.

»Mein Verleger!«, sage ich nur auf den erstaunten Blick meines Freundes hin. »Hat mir Druck gemacht! Kann mich nicht länger in der Toscana verkriechen, wenn er für mich hier wichtige Termine macht!«

»Toscana? Ich dachte Gardasee?«

»Auch!«, antworte ich nur kurz.

»Raus mit der Sprache! Ich kenne dich doch! Du hast doch nicht wegen deinem Verleger vorzeitig deinen Urlaub abgebrochen!«, sagt der Köstlbacher.

Da wir zu diesem Zeitpunkt trotz des allgemeinen Trubels

noch die einzigen Gäste am Stammtisch sind, kann ich offen reden.

Weil, eines musst du wissen, der Köstlbacher nie dienstliche Gespräche, wenn am Stammtisch. Auch wenn jeder weiß, dass er Kripo und so. Vielleicht auch gerade deswegen. Dienst ist Dienst und Schnaps ist Schnaps! In dem Fall: Bier ist Bier! Nicht, dass am Stammtisch nicht trotzdem Weltbewegendes besprochen würde. Das natürlich schon! Der Genuss von Bier macht viele Grundsatzdiskussionen ja erst möglich! Politische! Aber nie ein aktueller Fall der hiesigen Mordkommission! Aus Prinzip nicht! Vor allem, wenn der Köstlbacher anwesend.

Und, warum bahnt sich dann heute trotzdem eine Ausnahme an? Also, dazu kann ich nur sagen, dass der Edmund bestimmt abblocken würde, wenn außer mir noch wer vom Stammtisch da wäre, außer vielleicht der Ernst, der Dr. Ernst Kroner. Weil, der ja quasi auch Polizei. Aber von dem heute weit und breit keine Spur.

»Hast du....?«, beginnt der Köstlbacher und will mich eigentlich fragen, ob ich von der Sache gehört oder gelesen habe, an der er gerade arbeitet.

Du kennst das. Genau in dem Augenblick, wo was Wichtiges angesprochen wird, da kommt was Störendes dazwischen. Wenn du Glück hast, dann kannst du so ein Gespräch später noch nachholen. Aber, wenn du Pech hast, dann fällt dir später nicht mehr ein, was du hättest sagen wollen. Und dazu musst du nicht einmal zwangsläufig Alzheimer und so.

Jedenfalls kommt der Edmund nicht dazu, seine Frage zu beenden, weil in dem Augenblick mit einem lauten ›*Hallo!*‹ eine ganze Clique den Gastraum stürmt. Und zwar genau die Leute, die am Stammtisch bisher noch gefehlt haben.

Das sind die ganz kleinen Ereignisse im Leben, die trotzdem eine große Wirkung entfalten könnten. Könnte ich jetzt noch eine halbe Stunde allein mit dem Edmund am Stammtisch sitzen, käme bestimmt unser Gespräch auch noch auf den Hebauer. Nicht, dass der Köstlbacher deshalb sofort den Mordfall Hebauer abschließen könnte und den an der Luise Lauber gleich noch dazu. Aber weiter helfen würde ich ihm schon können, meinem Kriminaler-Freund, und zwar ein gutes Stück.

Die Ironie des Schicksals will es, dass wir beide, der Köstlbacher und ich, das Lokal schon lange wieder verlassen haben, als dort am Stammtisch ein heftiger Disput um die ›*Organisation*‹ geführt wird. Und, in diesem absoluten Ausnahmefall, da hätte der Köstlbacher sich bestimmt ins Gespräch eingeschaltet, weil, Inhalt quasi dienstlich relevant, auch wenn er hier im Schnupfloch nur aus Biergründen anwesend.

Und ich, viel habe ich zu diesem Zeitpunkt ja über die ›*Organisation*‹ selbst noch nicht gewusst. Außer das, was mir der Hebauer damals erzählt hat. Aber interessiert hätt's mich schon, was es mit denen auf sich hat.

Und den Edmund, den hätt's vermutlich noch vor dem ersten Bier vom Stuhl gehauen, wenn der geahnt hätte, dass ich den Hebauer praktisch fast so gut kenne, beziehungsweise gekannt habe, wie ihn selbst, weil der Hebauer doch auch ein Freund von mir.

Ist schon seltsam im Leben: Da trifft man sich fast jede Woche im Schnupfloch und sitzt stundenlang zusammen. Und trotzdem weiß der eine vom anderen so wenig. Dass ich den Hebauer und so, das war irgendwie nie ein Thema. Liegt natürlich auch daran, dass der Hebauer nur Wein, und ein Abend in einem Bierlokal für den total undenkbar.

Kapitel 33

Irgendwas läuft aus dem Ruder. Nicht, dass ich auf einmal Gewissensbisse hätte! Die beiden haben's verdient! Das hat er mir immer wieder gesagt. Und wem sollte ich sonst glauben, wenn nicht ihm? Aber dieser neue Auftrag! Warum? Sie hat uns nicht betrogen, nicht um Geld und auch sonst nicht. Sie verfügt auch nicht über ein Wissen, das nicht an die Öffentlichkeit gelangen darf. Sie ist unbedeutend. Ein Nichts! Ich selbst habe sie angeworben für ihren Job. Bei schummrigem Discolicht. Meine Augen hinter einer übergroßen Sonnenbrille versteckt. Nie und nimmer kann sie mich identifizieren. Abgesehen davon, wer würde ihr nach all den Falschaussagen so eine Geschichte abnehmen?

Ich will ja nicht behaupten, dass mir der Gedanke unangenehm wäre. Der Schnitt! Das warme Blut. Das erhebende Gefühl, wenn alles Leben aus ihr weicht. Vielleicht sollte ich mir diesmal sogar eine andere Variante aussuchen. Eine, bei der ich ihr in die Augen schauen könnte. Erst das Entsetzen, dann der ungläubige Ausdruck, das nicht Begreifen des Geschehens, und zuletzt die Friedfertigkeit, die jedes Auge ausstrahlt, kurz bevor es vom Tode gebrochen wird.

Seltsam, das ›Warum‹ hat mich die ersten beiden Male nicht gestört. Die Frage nach dem ›Warum‹ stellte sich so auch nicht. Ich musste es tun! Und zugleich wusste ich, dass es richtig war, es zu tun.

Aber diesmal? Habe ich plötzlich Angst, entdeckt zu werden? Unbegründet! Völlig unbegründet! Er hat es mir selbst gesagt, dass ich mich nicht sorgen muss. Er würde es sogar selber übernehmen, wenn ich darin nicht so perfekt wäre.

Nur die Vorbereitung, die überlasse ich ihm. Darin ist er Meister. Er wird mich unter einem Vorwand bei ihr ankündigen. Sie wird mich erwarten. Ich werde sie in ein Gespräch über die ›Organisation‹ verwickeln. Ein paar Details aus dem Nähkästchen geplaudert dürften reichen, um ihre volle Aufmerksamkeit zu erhalten und sie jede Vorsicht vergessen zu lassen. Dann, vielleicht wenn sie mir einen Tee einschenkt oder ein Glas Wein, ein schneller Stich. Ein Druck mit dem Daumen! Das Mittel wirkt in weniger als zwei/drei Sekunden. Er hat es für mich ausgesucht. Er weiß um die Wirkung! Sie wird das Bewusstsein nicht verlieren. Wäre jammerschade! Sie wird nur alles erleben, als wäre die Zeit aus Gummi. Nicht einmal Schmerzen wird sie verspüren. Und doch wird sie dabei zusehen, wie ich sie in seinem Namen töte, über meine Hand ihr warmes Blut laufen lasse.

Nein, ich brauche mich nicht zu sorgen. Es ist, wie er gesagt hat:

›Nichts läuft aus dem Ruder! Alles ist Teil eines großen Plans, den du nicht begreifen musst! Deine Aufgabe ist es nur, ihn erfüllen zu helfen!‹ Das waren seine Worte!

Kapitel 34

»Er wird tun, was ich ihm befohlen habe!«

»Und wenn nicht?«

»Dann werde ich mich eben selbst um die Angelegenheit kümmern müssen! Bevor es ihn gegeben hat, erledigte ich so etwas schließlich auch eigenhändig!«

»Als ob es damit getan wäre! Was macht Sie so sicher, dass die Polizei nicht dahinter kommt?«

»Nichts! Aber, hinter was sollte die Polizei kommen? Dahinter, dass ein Verrückter wahllos Menschen tötet? Dahinter, dass seine Methode immer psychopathischere Formen annimmt? Dahinter, dass die Ermordeten der ›*Organisation*‹ angehörten? Dahinter, dass ihr Tod mehr ein Experiment, denn eine Notwendigkeit war?«

»Ja! Mehr oder weniger trifft alles zu. Vor allem, dass die Ermordeten der ›*Organisation*‹ angehörten! Einer ›*Organisation*‹, in der Sie eine nicht gerade unwichtige Rolle spielen!«

»Na und? Welchen Grund sollte es gerade deshalb geben, mich mit der Ermordung meiner eigenen Leute in Verbindung zu bringen?«

»Geld?«

»Kein Cent davon ist illegal. Vor allem die Idee mit der fingierten Erbschaft war grandios! Selbst mehrere Millionen, die von einem ›*reichen Onkel aus Amerika*‹ als Erbschaft nach Deutschland fließen, werden ungeprüft akzeptiert. Der Staat verdient kräftig mit. Warum sollten seine Rechtspfleger also ein Augenmerk drauf legen, was es mit derartigen Erbschaften genau auf sich hat? Der Einbehalt der Erbschaftssteuer ist der beste Persilschein für das gesamte Restgeld.«

»Teuer erkauftes gewaschenes Geld!«

»Teuer erkauft? Alles hat seinen Preis! Wenn Sie Ihren Anzug in die Reinigung bringen, wird das dort auch nicht kostenlos erledigt!«

»Es ging jahrelang ohne Mord. Niemand musste sterben!«

»In dem Punkt irren Sie! Es war nur jahrelang nicht nötig, schnell zu handeln. Und längerfristige Lösungen konnte ich immer so aussehen lassen, als ob das Risiko einer ärztlichen Fehleinschätzung eben nie ausgeschlossen werden kann. Nicht umsonst klären wir jeden Patienten vor der Behandlung über die Risiken auf und entziehen uns durch seine Unterschrift jeglicher Haftung. Sie wissen doch auch, was oft die kleinsten Mengen des falschen Mittels bewirken können.«

»Gewiss! Genial!«

»Gut, dass Sie das einsehen.«

»Und, warum wurde beim Patienten Hebauer nicht ebenso verfahren?«

»Ich dachte, das hätte ich schon einmal klar genug ausgedrückt. Er hatte sich geweigert, seine Medikamente regelmäßig einzunehmen. Als wir das bemerkten, war es schon zu spät. Es nützte uns auch kaum was, ihn sofort ins Bezirksklinikum einweisen zu lassen. Vorher hatte er seine Beobachtungen und Verdächtigungen noch an diese Taxifahrerin weitergegeben. Weiß Gott, wann er das gemacht hat. Aber, es ist eben passiert!«

»Und, warum jetzt die Zeugin?«

»Mea Culpa! Ihr Alibi für ihre Zeugenaussage hat keinen Bestand. Dass sie zum fraglichen Zeitpunkt nicht auf dem Kornmarkt eingeparkt haben konnte, hätte ich bedenken müssen. Aber, die ganze Aktion musste leider sehr hektisch ablaufen, woran Sie ja nicht unerhebliche Schuld haben.«

»Ich? Wieso ich?«

»Weil Sie mir das mit der Verbindung des Herrn Hebauer zu dieser Taxifahrerin erst so spät mitgeteilt haben.«

»Ich berichtete es Ihnen wenige Minuten, nachdem ich es selbst in Erfahrung gebracht hatte, als Herr Hebauer sich vertrauensvoll an mich wandte. Habe ohnehin lange genug gebraucht, bis er dieses Vertrauen zu mir gewonnen hatte.«

»Genau das meine ich! Es hatte zu lange gedauert! Wir konnten keine weitere Zeit verstreichen lassen!«

»So wie jetzt bei dieser Susanne Ziegler?«

»So wie bei dieser Susanne Ziegler! Ihr Tod wird die Polizei vor viele Probleme stellen und für uns viele Probleme lösen!«

»Ihr Wort in Gottes Ohr!«

»Gott würde darüber vermutlich eher nicht Bescheid wissen wollen!«, lächelt er, über diese Redewendung sichtlich erheitert.

Kapitel 35

Dass er was übersehen hat, da ist sich der Köstlbacher inzwischen mehr als sicher. Und zwar was, das mit der Susanne Ziegler zusammenhängen muss. Der ihre Aussage, das Phantombild, das nach ihren Angaben angefertigt worden ist, und das dem Baldauf so unverwechselbar ähnelt. Und dann wieder, dass die Ziegler das alles gar nicht gesehen haben kann. Dass da was nicht stimmt, ist klar! Nur was?

Dem Köstlbacher kommt das alles so vor, als würde nur ein winziges Detail fehlen. Und plötzlich ergäbe alles einen Sinn.

Die Dr. Sieber ist da im Prinzip seiner Meinung. Nur weitergewusst hat sie auch nicht. Wobei natürlich schon klar ist, dass das nicht die Aufgabe der Dr. Sieber ist, sich seinen Kopf zu zerbrechen.

Der Hinweis mit den Medikamenten: Alle Achtung! Der Dr. Huber hätte sich nie dazu herabgelassen, sich der Probleme seiner Untergebenen anzunehmen. Der Dr. Huber hat immer nur alle wie ein Sklaventreiber behandelt. Jeder einzelne von ihnen war ihm letztendlich gleichgültig. Hauptsache, Erfolge wurden vermeldet, die er dann für sich verbuchen konnte. Bei einer Pressekonferenz, die Positives zu berichten wusste, da war er auch immer dabei, der Dr. Huber, und hat sich stellvertretend für sein Team die Hand schütteln lassen. Selbstverständlich nur wenn eine Kamera auf ihn gerichtet war!

Die Dr. Sieber, die hat am Anfang eigentlich eher den Eindruck vermittelt, keinen großen Bock auf diese Mehrarbeit für sie zu haben, weil sie in ihrer eigenen Abteilung schon mit reichlich Arbeit eingedeckt ist. Aber entwickelt hat sich die Zusammenarbeit mit ihr spätestens dann umso konstruktiver, als klar wurde, dass der Dr. Huber länger ausfallen würde. Wo es gegangen ist, da hat die Dr. Sieber ihr Wissen um die Dinge und die Personen mit eingebracht. Wenn sich die vor der Pinnwand vom Köstlbacher aufgebaut hat, dann nicht nur, um sich alles erklären zu lassen und dabei doch von nichts eine Ahnung zu haben und auch nicht zu bekommen. Die Dr. Sieber hat immer aktiv mitgedacht und mit guten Vorschlägen für Überraschung gesorgt. Wenn es nach dem Köstlbacher ginge, dann bräuchte der Dr. Huber gar nicht mehr zurückkommen.

Weil, eines musst du wissen, ohne die Dr. Sieber und nicht zu vergessen den Dr. Edmund Kroner, da hätte der Köstlbacher das mit den Medikamenten nie rausbekommen. Weil, da musst du schon ganz schön abenteuerlich denken, damit du auf so eine Idee kommst. Und das hat sie, die Dr. Sieber. Abenteuerlich gedacht! Das hat sie! Und sie hatte recht!

»Ihre Sekretärin ist phänomenal!«, hat die Dr. Sieber gesagt, als sie das letzte Mal beim Köstlbacher gewesen ist.

»Ich weiß«, hat der Köstlbacher geantwortet und dabei überlegt, worauf die Dr. Sieber mit ihrer Feststellung abzielt. Weil, dass die Klein *›phänomenal‹*, da sind dem Köstlbacher spontan gleich mehrere Gründe eingefallen. Und bestimmt nicht nur solche, die auch die Dr. Sieber gemeint hat. Wobei man wegen der sexuellen Orientierung der Dr. Sieber auch das nicht mit Sicherheit sagen kann.

»Ihre Frau Klein kann mir wie aus der Pistole geschossen all ihre Termine aufzählen, ohne dabei auch nur einen Blick in den Terminkalender werfen zu müssen.«

Das ist jetzt zwar das Letzte gewesen, was dem Köstlbacher zur Klein spontan eingefallen wäre, aber recht hatte sie natürlich schon, die Dr. Sieber, weil die Klein wirklich immer alles und jeden Termin auswendig parat. Und jetzt, wo die Dr. Sieber das sagt, da fällt's dem Köstlbacher auch auf, dass so ein Gedächtnis wirklich phänomenal.

»Wie haben Sie das rausgefunden? Sie haben doch mit meiner Sekretärin kaum was zu tun?«, hat da der Köstlbacher gefragt.

»Da täuschen Sie sich aber gewaltig! Erstens ist die Frau Klein so gut wie immer am Apparat, wenn ich Sie anrufe, und zweitens war ich auch schon einige Male hier, um Sie zu treffen, und Sie waren nicht da. Wohl aber die Frau Klein!«, hat die Dr. Sieber darauf entgegnet.

»Aha!«, hat da der Köstlbacher nur geantwortet, weil er nicht so recht gewusst hat, worauf die Dr. Sieber nun eigentlich hinaus will.

»Einmal waren Sie zu einer ›*Sitzung*‹ beim Professor Dr. Neumann.«

»Aha!«, hat da der Köstlbacher erneut geantwortet, weil es ihm peinlich gewesen ist, dass die Dr. Sieber auf diese Weise derart private Dinge über ihn in Erfahrung gebracht hatte. In Gedanken hat er der Dr. Sieber ihren Begriff ›*Sitzung*‹ in ›*Liegung*‹ umgewandelt. Dir ist natürlich klar, wieso. Aber der Dr. Sieber ist das nicht klar. Und der Köstlbacher hat auch keinerlei Lust verspürt, ihr das klar zu machen.

»Und da hat sie los gesprudelt, ihre Sekretärin, die phänomenale Frau Klein. 6 ›*Sitzungen*‹ hätte ihnen der Hausarzt verordnet. Aber, die hätten Sie natürlich alle in ihre Freizeit terminiert. Zum Beweis hat sie mir wie aus der Pistole geschossen alle 6 Termine mit Datum und Uhrzeit heruntergespult. Nur einmal, meinte sie, da mussten Sie dann doch während ihrer Dienstzeit gehen, weil sie unvorhergesehen mit einem Kollegen die Schicht getauscht haben.«

»Aha!«, hat der Köstlbacher ein drittes Mal erwidert. ›*Was will die bloß von mir?*‹, hat er noch dazu gedacht.

»Da stellt sich mir nun die Frage«, hat die Dr. Sieber ihre lauten Überlegungen weitergesponnen, »warum **Sie** beim Professor Dr. Neumann als Patient waren?«

»Darüber möchte ich nicht reden!«, hat da der Köstlbacher recht spontan in einem ganzen Satz geantwortet, nachdem er ja zuvor dreimal nur dieses ›*Aha!*‹ heraus gebracht hatte.

»Ihre Sekretärin war da nicht so verschlossen!«, hat die Dr. Sieber erstaunt und fast etwas beleidigt gemeint, weil sie vom Köstlbacher etwas mehr Vertrauen erwartet hat.

›*Der dreh' ich den Hals um! Hätte ich die Klein doch nie ins Vertrauen gezogen!*‹, hat da der Köstlbacher gedacht. Und laut hat er gefragt:

»Warum fragen Sie mich dann, wenn Sie es ohnehin schon wissen?«

»Weil ich glaube, einem Zusammenhang auf der Spur zu sein. Einem Zusammenhang zwischen ihren ›*Sitzungen*‹ und Ihren Morduntersuchungen!«

Nun ist der Köstlbacher endgültig überrascht gewesen. Außer er selber und der Dr. Kroner ist seines Wissens bisher niemand auf diesen Zusammenhang gestoßen. Auch die Klein konnte nichts darüber gewusst haben.

»Natürlich wusste das Ihre Sekretärin nicht,« hat in dem Augenblick die Dr. Sieber gesagt, als hätte sie dem Köstlbacher seine Gedanken lesen können. »Aber sie wusste, welche Medikamente Sie täglich einnehmen, weil Sie ihr ja aufgetragen haben, für die Erinnerung zur Einnahme Sorge zu tragen. Und dann habe ich eben eins und eins zusammengezählt.«

»Sind Sie Mediziner?«, hat da der Köstlbacher spontan die Dr. Sieber gefragt.

»Nicht wirklich! Aber ich habe vor meinem Jurastudium einige Semester Pharmazie studiert und kenne die Wirkung so einiger Medikamente recht gut.«

»Aha!«, ist es da zum vierten Mal vom Köstlbacher gekommen.

»Sehr gesprächig sind Sie ja heute nicht gerade. Ist Ihr ›*Aha!*‹ alles, was Ihnen dazu einfällt?«, hat die Dr. Sieber gefragt.

»Vielleicht bin ich ja nur etwas überrascht, dass Sie als die stellvertretende Abteilungsleiterin sich so aktiv in meine Ermittlungen einmischen?«, hat da der Köstlbacher ausweichend geantwortet.

»Hat das der Dr. Huber nicht auch getan?«

»Ich muss Ihnen darauf jetzt doch keine Antwort geben, oder?«, hat da der Köstlbacher gemeint.

»Wie Sie meinen! Allerdings möchte ich dazu ergänzen, dass ich mich nicht in Ihre Ermittlungen ›*eingemischt*‹ habe, wie Sie das nennen. Mir sind da nur im Zusammenhang mit Ihren privaten ›*Sitzungen*‹ im Bezirksklinikum und Ihrem Medikamentenkonsum Dinge aufgefallen, die, sagen wir mal, eine gewisse Brisanz besitzen.«

»Jetzt sagen Sie mir schon, was Sie mir sagen möchten. Ich habe ein dickes Fell!«, hat da der Köstlbacher mit einem Unterton in seiner Stimme geantwortet, der seinen Unwillen deutlich hat herausklingen lassen.

»Sie müssen kein dickes Fell haben! Sie müssen sich auch nicht irgendeiner Schuld bewusst sein! Ich vermute, Sie sind das Opfer einer gewaltigen Intrige geworden. Wobei ich glaube, dass Sie nicht einmal das eigentliche Ziel dieser Intrige sind. Aber Ihre Person als Ermittler in zwei Mordfällen, als ein sehr gewissenhafter Ermittler,« und das hat die Dr. Sieber mit einem netten Augenzwinkern gesagt, dass der Köstlbacher auf einmal gar nicht mehr so verärgert gewesen ist, »Ihre Person, die steht gewissen Leuten offensichtlich im Wege.«

»Herr Dr. Kroner und ich, wir haben uns diesbezüglich interessanterweise auch schon Gedanken gemacht. Aber bevor ich Ihnen von unserer Theorie erzähle, würde ich gern die Ihre hören!«

»Wäre es nur eine Theorie, hätten wir noch die Hoffnung, dieser Sumpf würde sich uns letztendlich doch noch als Gartenlandschaft präsentieren. Aber ich fürchte, es gibt zu viele Beweise, um noch von einer Theorie sprechen zu können!«, hat die Dr. Sieber das Gesprächsthema beendet, als sie vor ein paar Tagen beim Köstlbacher in seinem Büro gewesen ist.

Und, was dazu später dann der Dr. Kroner noch alles gesagt hat, von da ab hat der Köstlbacher mit Sicherheit gewusst, dass es wirklich die Medikamente gewesen sein mussten. Weil, dass er diese offensichtlichen Zusammenhänge vorher trotz seiner wohlgeordneten Pinnwand übersehen hat, das wäre ihm bestimmt nicht passiert, wenn er diese Medikamente nicht eingenommen hätte.

Und, noch was hat der Köstlbacher gedacht, nachdem die Dr. Sieber gegangen war: ›*Was wäre passiert, wenn der Dr. Huber keinen Herzinfarkt im Urlaub bekommen hätte und inzwischen schon wieder hier im Haus seinen Bürostuhl drücken würde?*‹

Weil, eines musst du wissen, ohne die Dr. Sieber wäre bestimmt alles zäher gelaufen. Womöglich wäre sogar vieles nie ans Tageslicht gekommen.

Kapitel 34

Dass er nun doch nochmal, quasi außerdienstlich, zu einer ›*Liegung*‹ zum Dr. Neumeier geht, darüber weiß diesmal niemand Bescheid, keine Klein, keine Dr. Sieber und nicht einmal der Dr. Kroner, auch wenn er der beste Freund vom Köstlbacher ist. Und, außerdienstlich ist es schon deswegen, weil der Köstlbacher vor einer halben Stunde schon Dienstschluss gehabt hat.

Da wirst du mir jetzt dagegen halten, dass so ein Kriminaler nie wirklich Dienstschluss, weil ja immer was passieren kann, wo er hin muss. Damit hast du aber nur zur Hälfte recht. Als Einsatzleiter von der Mordkommission, da musst du zwar tatsächlich zu jeder Tages- und Nachtzeit ran, wenn was passiert, was über eine ›*normale*‹ Körperverletzung hinaus geht, die sich am Ende noch in eine Körperverletzung mit Todesfolge ausweitet. Aber so etwas, das hast du in Regensburg nicht jeden Tag. Und auch nicht jeden zweiten oder jeden dritten. Manchmal vergehen da Wochen, bis wieder so ein Notfall eintrifft, wo du eigentlich schon frei hast, aber die Leiche nicht liegen lassen kannst, bis dein Dienst wieder los geht.

Und, im Normalfall, da geht der Köstlbacher spätestens so gegen 17.30 Uhr am Abend nach Hause. Die Anna freilich sieht das ganz anders! Weil, aus ihrer Sicht, der ›*Normalfall*‹ eher ein ›*Sonderfall*‹.

Heute hat der Köstlbacher schon etwas frühzeitiger als sonst seinen Dienst begonnen und praktisch keine wirkliche

Mittagspause gemacht. Drum verlässt der Köstlbacher schon um 16.00 Uhr sein Büro und macht sich auf den Weg ins Bezirksklinikum. Diesmal muss er sich dort nicht zum Dr. Neumann vormogeln. Sein Termin um 16.30 beim Professor ist telefonisch vereinbart. Und zwar nicht von der Klein. Der Köstlbacher hat das noch heute in der Früh erledigt, als die Klein gerade zum Brötchen holen in die Kantine runter gegangen ist.

Und wenn du wissen willst, warum die ganze Heimlichtuerei, dann kann ich dir dazu auch nur sagen, dass es dem Köstlbacher einfach auf dem Keks gegangen ist, dass bald jeder von seinen ›*Liegungen*‹ wusste. Und da versetze dich einmal in den Edmund wenn der die Bajuwarenstraße verlässt und jeder, der ihn sieht, denkt: ›*Schau, schau, der Köstlbacher geht zu seinem Psychiater!*‹

Natürlich denkt das nicht jeder, weil ja auch nicht jeder weiß, dass der Köstlbacher nicht nach Hause geht, sondern einen Umweg übers Bezirksklinikum macht. Aber der Köstlbacher denkt, dass das jeder denkt! Und das reicht! Noch dazu, wo's eigentlich gar nicht stimmt, weil diese ›*Liegung*‹ quasi dienstlich und die privaten längst Vergangenheit.

»Danke, dass Sie mir diesen Termin noch dazwischenschieben konnten!«, sagt der Köstlbacher zum Professor Dr. Neumann und streckt ihm zur Begrüßung seine Hand hin.

»Gern geschehen! Sie wissen doch, wie sehr mir Ihr Wohlergehen am Herzen liegt. Wieder Albträume gehabt?«

Dem Köstlbacher entgeht der lauernde Blick im Gesicht vom Dr. Neumann nicht. Aber er lässt sich das nicht anmerken, sondern legt sich sofort unaufgefordert auf die Couch.

Weil, eines musst du wissen, wenn du bei so einem Nervenarzt schon ein paar Mal ›*Liegungen*‹ gemacht hast, dann ist das wie beim Physio. Du weißt, dass du dich hinlegen musst, weil du nur im entspannten Zustand optimal behandelt werden kannst. Bloß ausziehen musst du dich beim Psycho nicht. Zumindest nicht, wenn du männlich oder zumindest schon älter, und der Psychotherapeut nur, was meistens der Fall ist, auf junge Weiber steht.

»Es ist nicht so, wie vor Wochen noch. Kein Albtraum mehr in der Art, dass meine Tochter entführt worden ist oder so. Mit mir passiert was ganz anderes.«

Wie das der Köstlbacher sagt, entspannen sich die Gesichtszüge vom Dr. Neumann sofort. Der Köstlbacher kann's zwar nicht sehen, aber er spürt's direkt, wie der Professor im Begriff ist, sich auf den Köstlbacher einzulassen. Dass die Bedingungen für diese ›*Liegung*‹ diesmal nicht der therapierende Psycho sondern der vermeintliche Patient stellt, das weiß nur der Köstlbacher. Und dabei soll es auch bleiben.

Als ob der Köstlbacher nicht wüsste, dass so eine ›*Liegung*‹ streng vertraulich und der Arzt in allem, was gesprochen wird, zur absoluten Verschwiegenheit verpflichtet ist, beginnt er zaghaft mit den Worten:

»Niemand weiß, was ich Ihnen hier erzähle. Und, ich bitte Sie sehr, alles auch wirklich vertraulich zu behandeln!«

»Herr Köstlbacher! Sie wissen, wo Sie sich hier befinden! Kein Wörtchen von dem, was hier gesprochen wird, verlässt je diesen Raum!«

»Ich verlasse mich drauf!«, betont der Köstlbacher noch einmal, um gegenüber dem Dr. Neumann die Exklusivität dessen, was er ihm zu sagen gedenkt, nochmal zu unterstreichen.

»Ich höre!«, gibt der nur kurz zur Antwort, weil, aus seiner Sicht, jedes weitere Reden den Mitteilungsfluss seines Patienten wieder einmal nur hemmen würde.

»Also, da sind verschiedene Dinge, die mir nicht nur Kopfzerbrechen machen. Sie rauben mir auch den Schlaf und am Ende weiß ich oft nicht mehr, was passiert ist und was nicht«, beginnt der Köstlbacher.

Der Dr. Neumann hat nur einen Block in der einen Hand und in der anderen einen Stift. Momentan schreibt er noch nichts, aber er tut so, als würde er gleich damit beginnen. Jedenfalls schaut er voll durch seine Brille auf den Block und nicht, wie sonst so oft üblich, über die Lesebrille hinweg zum Patienten hin.

»Da ist einmal die Zeugin Ziegler. Sie will den Taximörder gesehen haben. Ich habe gestern geträumt, dass sie jemand für diese Falschaussage bezahlt hat, auch dafür, dass sie durch ihre Aussage den Taxifahrer Baldauf belastet!«

Wenn du jetzt neben dem Dr. Neumann stehen könntest, nicht sichtbar, aber so quasi unter einer Tarnkappe versteckt, dann könntest du erkennen, wie dem seine Hand bei diesen Worten zuckt. Schaut eigentlich so aus, als würde er was schreiben. Schaut aber nur so aus. Sein Gesicht hat er jedenfalls besser im Griff, weil, da verzieht er keine Miene.

»Einer meiner Kollegen wird morgen diese Ziegler weichkochen, weil nach unseren Ermittlungen ihre Aussage falsch sein muss. Wenn sich dabei bewahrheiten wird, was ich geträumt habe, dann wäre das doch so eine Art Beweis dafür, dass ich Dinge vorhersehen kann. Muss ich mir da Sorgen machen? Ich meine, ist so etwas nicht krankhaft?«

Weil der Dr. Neumann genau merkt, dass der Köstlbacher jetzt noch keine Antwort will, bleibt er stumm und wartet ab, bis der Kriminaler fortfährt zu sprechen.

»Und dann diese Unsummen von Geld! Natürlich wissen wir, dass der ermordete Herr Hebauer diese Millionenerbschaft gemacht hatte. Aber, warum träume ich davon? Was bedeuten solche Träume?«

Im Normalfall ist es ja so, dass so ein Psychopatient ganz schön depri, wenn er auf der Couch liegt, und der Therapeut mehr oder minder gelangweilt, weil eben nur Alltagsjob. Aber in der augenblicklichen Situation eher umgekehrt. Der Köstlbacher bester Laune, zumindest innerlich, und der Dr. Neumann ist schon am Überlegen, ob er sich am Hals kratzen soll, weil er jetzt plötzlich spontan Halsjucken, als ob ihm das der Köstlbacher überlassen hätte.

»Es stimmt doch, dass dieser Baldauf am Tod Ihrer Tochter eine nicht unerhebliche Schuld trägt?«, fragt da plötzlich der Köstlbacher und veranlasst mit dieser Frage den Dr. Neumann zu einem unkontrollierbarem Zusammenzucken.

»Warum fragen Sie danach? Das ist Ihnen doch bekannt!«, fragt der Dr. Neumann, obwohl er eigentlich gar keine Gegenfrage stellen will.

»Weil auch diese Szene mich in meinen Träumen plagt! Ich sehe den Baldauf in seinem Taxi, als plötzlich der Kopf ihrer Tochter an seiner Windschutzscheibe zerplatzt!«

Eigentlich hat der Dr. Neumann wirklich gehofft, während dieser Therapiestunde den Köstlbacher irgendwie manipulieren zu können, so wie er es schon mit Hunderten von Patienten zuvor gemacht hat. Aber jetzt kommt ihm langsam der Verdacht, dass er in eine Falle zu tappen im Begriff ist.

»Vermissen Sie ein Designerfeuerzeug?«, fragt da der Köstlbacher und sprengt mit dieser Frage endgültig den Rahmen einer ›*Liegung*‹.

»Aber nein, wie kommen Sie darauf?«, fragt der Dr. Neumann erstaunt zurück.

»Und, warum haben Sie dann in der Taxizentrale angerufen und danach gefragt? Sie hätten es angeblich auf einer Fahrt vom Bezirksklinikum zum Krankenhaus St. Josef im Taxi verloren.«

»Das war vor dem Mord an der Frau Lauber!«, entfährt es da dem Dr. Neumann.

»Ich dachte, Sie hätten kein solches Feuerzeug?«, hakt der Köstlbacher schnell nach.

»Ist das jetzt ein Verhör? Ich habe diesen Vorfall vergessen. Passiert Ihnen so etwas nie?«

Du merkst schon, eine ›*Liegung*‹ ist das inzwischen nicht mehr wirklich. Aber ein Verhör auch nicht. Das ist nämlich der Unterschied zu einem echten Verhör. Der Verhörte ist permanent auf der Lauer, ja keinen Fehler zu machen. Und, weil der Dr. Neumann zumindest am Anfang der Meinung war, er selber führe so eine Art Verhör, um herauszubekommen, was der Köstlbacher schon alles weiß, drum war er auch nicht in Lauerstellung. Bei einem echten Verhör wäre der Dr. Neumann nie in diese Falle mit dem Feuerzeug getappt.

»Natürlich ist das hier kein Verhör!«, versucht der Köstlbacher die deutliche Reaktion vom Dr. Neumann zu entschärfen. »Aber von all diesen Dingen träume ich. Schrecklich, kann ich Ihnen nur sagen.«

»Außerdem war das mit dem Feuerzeug schon vor der Mordnacht!«, versucht der Dr. Neumann seinen Fehler wieder gutzumachen, indem er dies mit fast übertrieben ruhiger Stimme nochmal beteuert.

»Richtig! Laut Aktenlage völlig korrekt! Nur in meinen Träumen stellt sich die Geschichte anders dar«, betont der Köstlbacher.

»Und wie, wenn ich fragen darf?«, geht der Dr. Neumann auf den Köstlbacher ein und vergisst dabei schon wieder, ein professionelles Schweigen aufrecht zu halten.

»Frau Luise Lauber war durch ihren Mann, der bei Ihnen im Bezirksklinikum als Pfleger arbeitet, auf Ihre Machenschaften aufmerksam geworden. Der Versuch, sie für Ihre Sache zu gewinnen, misslang. Allerdings verloren Sie bei der Unterredung in Frau Laubers Taxi Ihr Feuerzeug.«

»Nun bin ich wieder beruhigt! Auch das mit den ›*Machenschaften*‹ finde ich gut!«, lächelt bei diesen Worten vom Köstlbacher der Dr. Neumann. »So ein Traum kann schon sehr verwirrend sein! Da wird man schnell zum Mörder und ist in weiß Gott welche dubiosen Machenschaften verstrickt!«

»Na ja, ich hab's tatsächlich geträumt!«, antwortet der Köstlbacher.

»Ich war zur Tatzeit auf einem Kongress in Düsseldorf! Das können Sie gerne nachprüfen!«, antwortet da der Dr. Neumann, der die Träume vom Köstlbacher auf einmal gar nicht mehr so lustig zu finden scheint.

»Warum so gereizt Herr Professor?«, fragt der Köstlbacher

und freut sich innerlich wie ein Schneekönig, dass seine Rechnung aufzugehen im Begriff ist. »Wir reden hier über meine Albträume, nicht über die Realität! Oder sind Sie bei mir auf dem Revier zu einer Vernehmung?«

Da schaut der Dr. Neumann prüfend zum Köstlbacher hin und schwankt offensichtlich, wie er die Situation nun einzuordnen hat. Als heimlicher Beobachter würdest du schnell bemerken, dass die letzten Worte vom Köstlbacher auf den Professor durchaus die beabsichtigte Wirkung gehabt haben.

Weil, eines musst du wissen, dass der Köstlbacher zu einer ›*Liegung*‹ zum Dr. Neumann gegangen ist und den nicht stattdessen zu einer offiziellen Vernehmung vorgeladen hat, das hat der Köstlbacher nur deswegen so eingefädelt, damit der Professor quasi Heimspiel. Nur wenn der Professor gefühlten Heimvorteil und so, dann kann der Köstlbacher auf einen Fehler hoffen, der bei einem offiziellen Verhör einem Psychoarzt bestimmt nicht unterlaufen würde.

Als würde das der Dr. Neumann langsam begreifen, antwortet er nicht und setzt stattdessen nur wieder seinen professionellen Blick auf.

Um die ganze Situation wieder zu entschärfen und seinem Gegenüber das aufkeimende Misstrauen zu nehmen, fährt der Köstlbacher fort:

»Obwohl ich es hasse, jeden Tag Pillen einnehmen zu müssen, habe ich Ihre Medikamente brav und regelmäßig geschluckt. Die Albträume wegen der Clara, die habe ich kaum noch. Drum dachte ich auch, alles sei okay. Aber es ist nicht alles okay! Ich kann meine Arbeit kaum noch tun, weil ich nie so recht weiß, was Realität ist und was nicht!«

›*Was du nicht sagst! Wäre ja auch schlimm, wenn ich dich medikamentös falsch eingestellt hätte!*‹, denkt da der Professor, und fügt laut hinzu: »Wie nehmen das Ihre Kollegen auf?«

»Sie denken doch nicht im Ernst, dass ich mir irgendwas anmerken lasse?«, antwortet der Köstlbacher und sagt damit beabsichtigt genau das, was der Dr. Neumann hören möchte.

»Kürzlich hat mich über Tage hinweg der Gedanke nicht mehr losgelassen, dass die ›*Organisation*‹ mit den Morden was zu tun hat!«, fährt der Köstlbacher fort, weil er sich inzwischen sicher ist, den Fisch an der Angel zu haben.

»›*Die Organisation*‹?«, fragt der Professor.

»Ja! ›*Organisation*‹! Diese Sekte! Oder zumindest so etwas Ähnliches wie eine Sekte. Sie müssten doch schon davon gehört haben. Angeblich hat diese Sekte hier in Regensburg eine Zelle!«

»Kann sein! Vielleicht! So richtig präsent ist mir diese, wie sagten Sie doch gleich, ›*Organisation*‹, gerade nicht!«, antwortet der Dr. Neumann vorsichtig.

»Ist ja auch nicht wichtig! Wie gesagt, vermutlich bilde ich mir das ja auch wieder nur ein. Ich sehe Zusammenhänge, wo es keine gibt. Dass in Regensburg Drogengeld oder sonstiges illegales Geld reingewaschen werden soll, das ist ja auch ein absurder Gedanke. Ich sag's Ihnen ja, ich fantasiere und fantasiere. Die Medikamente helfen nicht!«, jammert der Köstlbacher in einem Ton, der an der Echtheit seiner Aussage keinen Zweifel aufkommen lassen soll.

»Keine Angst! Die Medikamente entfalten ihre Wirkung nicht sofort. Aber, ich versichere Ihnen, sie werden ihren Zweck erfüllen!«, versucht der Dr. Neumann den Köstlbacher zu beruhigen. »Wenn Sie wollen, werde ich Sie gerne auch ein paar Tage hier unter meine Aufsicht stellen!«

›*Das würde dir so passen!*‹, denkt der Köstlbacher und sagt:

»Danke! Sehr fürsorglich! Aber, ich halte diese Idee nicht für so gut. Meine Kollegen sind zwar prima Ermittler, aber die Fäden halte doch immer ich in Händen. Und wenn ich da zum Beispiel meinem Kollegen Liebknecht das Ruder überlassen würde.... Was sollte ich ihm ans Herz legen? Ich meine, was von dem, was ich zu wissen glaube, ist logisch und was nur eine Halluzination von mir? Nein, ich muss selber sehen, wie ich zurecht komme!«

Diese Begründung kommt dem Köstlbacher zwar schnell über die Lippen, aber, ob die der Dr. Neumann schluckt, da ist sich der Köstlbacher nicht so 100 pro sicher.

Weil, eines musst du wissen, dass der Professor Dr. Neumann den Köstlbacher ganz offensichtlich mit seinen Medikamenten manipulieren will, darüber herrscht beim Köstlbacher inzwischen kein Zweifel mehr. Der Dr. Kroner hat ihm diese Möglichkeit bestätigt und die Dr. Sieber hat diese Vermutung auch schon geäußert. Warum genau der Professor daran gar so interessiert ist, den Hauptkommissar auszuschalten, darüber kannst du momentan nur spekulieren. Gründe gäb's dafür sicherlich viele. Aber, ob einer oder mehrere davon auch zutreffen, das ist die Frage. Logisch wäre es ja nicht gerade, dass so ein Psychoarzt den leitenden Hauptkommissar quasi ausschaltet, um den an seinen Ermittlungen zu hindern. Weil, dass nach dem Hauptkommissar ein anderer Hauptkommissar da weiter machen würde, wo der erste aufgehört hat, daran besteht schließlich kein Zweifel. Und, ganz ehrlich gesagt, davon muss schließlich jeder ausgehen, auch so ein Studierter, wie der Professor Dr. Neumann.

Drum glaubt der Köstlbacher eigentlich auch gar nicht so sehr, dass dem Professor so viel daran gelegen sein kann, ihn ganz auszuschalten. Irgendwie sieht das Ganze nach einer Zeitfrage aus. Der Köstlbacher glaubt inzwischen immer mehr, dass irgendwas im Gange ist, das bald seinen Abschluss finden soll. Alles darf anscheinend passieren, nur nicht eine erfolgreiche Polizeiarbeit. Zumindest nicht innerhalb der nächsten Zeit. Vielleicht auch nur innerhalb der nächsten paar Tage. Und das wäre schließlich locker damit erreicht, wenn es dem Dr. Neumann gelänge, den Köstlbacher zu einem stationären Aufenthalt im Bezirksklinikum zu überreden.

»Ich kann Sie als Ihr Arzt nur warnen! Der Verlauf Ihrer psychischen Probleme duldet keinerlei Nachlässigkeit bezüglich einer wirksamen Therapie. Meine Besuche bei Ihnen im Büro! Sie dachten vielleicht, ich käme wegen des Mordfalles Hebauer. Das war aber nur ein Vorwand! Ich kam, um mich persönlich davon zu überzeugen, ob ich Sie medikamentös richtig eingestellt habe!«

›*Und zu kontrollieren, wie weit meine Ermittlungen fortgeschritten sind!*‹, ergänzt der Köstlbacher in Gedanken.

»Sie vermengen Realität mit Fiktion! Ein Vorstadium der Schizophrenie! Überdenken Sie mein Angebot! Morgen kann es schon zu spät sein!«, versucht der Professor erneut, den Köstlbacher dazu zu überreden, einem stationären Aufenthalt zuzustimmen.

»Ihr Engagement in allen Ehren, aber ohne mit meiner Frau gesprochen zu haben, möchte ich das jetzt nicht entscheiden!«, entgegnet der Köstlbacher und erhebt sich gleichzeitig von der Couch.

Der Dr. Neumann steht ebenfalls auf und zeigt für einen Moment einen unschlüssigen Ausdruck in seinem Gesicht.

»Was haben Sie vor?«, fragt der Professor den Köstlbacher, als der offensichtlich Anstalten macht, die ›*Liegung*‹ tatsächlich vorzeitig abzubrechen.

Wenn du jemanden die Frage stellst, was er vor hat, dann ist das in aller Regel eine Frage, die dein Interesse an deinem Gesprächspartner symbolisiert. Dich interessiert schlicht und einfach, was der demnächst tun will. Vom Dr. Neumann artikuliert, schwingt in dieser Frage aber eine Eiseskälte mit. So, als sollte diese Frage heißen:

›*Nimm dich in acht, du Spitzel. Ich lasse mir wegen deiner Übereifrigkeit meine Geschäfte nicht kaputt machen*!‹

Das ist natürlich wieder nur so ein Bauchgefühl, das der Köstlbacher da hat. Aber, eines ist sicher und weit mehr als nur ein Bauchgefühl: Während dieser ›*Liegung*‹ hat er in ein Wespennest gestochen. Es wird nicht lange dauern, bis sich jetzt was tut.

Kapitel 35

Und schon wieder ist was passiert!

Denken hätt's sich der Köstlbacher ja eigentlich müssen. Bloß wirklich damit rechnen, das ist ja schon wieder was ganz andres. Ich meine, dass was passieren würde, das war nach dieser ›*Liegung*‹ beim Professor Dr. Neumann klar. Da ist auch die Dr. Sieber mit dem Köstlbacher einer Meinung gewesen, die er gleich nach Verlassen vom Bezirksklinikum angerufen hat, um sie auf den neuesten Stand der Dinge zu bringen. Früher, unterm Dr. Huber, da hätte das der Köstlbacher nie gemacht, dass er quasi nach Feierabend nochmal zum Telefon gegriffen hätte, um dem Sesselfurzer in der Chefetage, der womöglich schon seit Stunden auf dem Sinzinger Golfplatz herumtrödelte, nochmal Meldung zu machen. Aber, das war eben früher. Mit der Dr. Sieber, da ist jetzt alles total anders.

Die Anna hat das ja auch schon bemerkt. Und beinahe hätte sie schon wieder angefangen herumzulamentieren. Aber, da hat ihr der Köstlbacher schnell das mit der anderen Orientierung erzählt, du weißt schon, dass die mit Frauen und so. Und da hat die Anna sofort umgeschwenkt und sogar gesagt, dass der Edmund die Dr. Sieber gerne auch mal zu einem Kaffee mit nach Hause bringen darf. Was die Anna natürlich nur aus purer Neugierde gesagt hat. Weil, wenn du als Hausfrau mehr oder weniger gelangweilt Tag für Tag zu Hause rumhockst, dann kann es für dich durchaus spannend erscheinen, mal mit einer echten Lesbe Kaffee zu trinken und dabei deine Fantasie Purzelbäume schlagen zu lassen.

Natürlich hat es der Edmund kategorisch abgelehnt, die Frau Dr. Sieber einzuladen. Schließlich das Verhältnis rein dienstlich und so.

Draußen in der Annahofstraße, da wo die Susanne Ziegler wohnt, da hat es eine Tote gegeben. Vielleicht überrascht es dich ja nicht einmal, weil du schon fast damit gerechnet hast. Aber die Tote ist tatsächlich die Ziegler persönlich. Und wenn du jetzt drauf spekulierst, dass der auch wieder die Kehle durchgeschnitten worden ist, egal ob von links nach rechts, oder umgekehrt, dann muss ich dich enttäuschen. Die Spurensicherung konnte wegen dem Projektil, das sie in der Holzzarge ihrer Wohnzimmertüre gefunden haben, sofort zweifelsfrei sagen, dass es ein 38.er gewesen sein muss, mit dem sie erschossen worden ist. Tatzeit ein paar Stunden nach der ›*Liegung*‹ vom Köstlbacher beim Dr. Neumann, also am Freitag, ungefähr zwischen 20.00 Uhr und 22.00 Uhr. Morgen wird man nach der Obduktion den Tatzeitraum noch enger benennen können.

Zeugen gibt es keine. In der Annahofstraße wohnen überwiegend ältere Leute. Wegen des gerade angegangenen Bürgerfestes sind alle jungen Leute unterwegs gewesen. Und die älteren haben zu Hause wegen ihrer Schwerhörigkeit die Fernseher so laut angehabt, dass so ein Schuss gar nicht aufgefallen ist. Vielleicht haben die das Geräusch sogar in das Programm integriert, das sie gerade angesehen haben. Oder sie haben gemeint, dass der Knall vielleicht vom Eröffnungsfeuerwerk kommt. Auch wenn es gar keines gegeben hat!

Wäre nach dem Festauftakt in der Nacht nicht noch ein

Freund bei der Susanne Ziegler vorbeigekommen, der eigentlich in Abensberg wohnt, aber für diese Nacht bei der Susanne unterschlupfen wollte, was er ab und zu schon mal gemacht hatte, dann wäre die Leiche wohl nicht einmal so schnell gefunden worden.

»Sehen Sie hier!«, sagt der von der Spurensicherung. Ein Beamter, den der Köstlbacher nur flüchtig kennt, weil der noch nicht lange in Regensburg arbeitet und bei den letzten beiden Morden in Urlaub gewesen ist. »Der Schuss ist aus nächster Nähe von hinten abgefeuert worden. Selbst für einen Laien sind die Schmauchspuren am T-Shirt der Ermordeten zu erkennen.«

»Entfernung?«, fragt der Köstlbacher einsilbig, den es stört, mit einem Laien verglichen zu werden.

»Fünfzig Zentimeter! Höchstens ein Meter!«

»Gegenwehr?«, fragt der Köstlbacher weiter.

»Ich sagte doch: ›... *von hinten*‹!«

»Irgendwelche Einbruchsspuren an Türen oder Fenstern?«

»Nichts! Die Ermordete hat den Täter vermutlich gekannt und ihm die Türe selbst geöffnet. Falls doch nicht, dann muss er das perfekte Einbruchswerkzeug besitzen. Wir konnten jedenfalls keinerlei Spuren gewaltsamer Öffnung finden. Allerdings sollten wir das morgen bei Tageslicht nochmal genauer unter die Lupe nehmen! Eventuell Kratzspuren im Schloss, die einer unserer Spezialisten finden könnte. Denke aber eher, dass wir da nichts finden werden!«

Der Köstlbacher zieht dazu nur missbilligend seine Augenbrauen hoch.

»Sehen sie hier! Zwei Gläser! In beiden noch ein Rest Weißwein! Das Opfer hat vor der Tat mit dem Täter Wein getrunken. Sieht nicht wirklich nach gewaltsamem Betreten der Wohnung aus, oder?«

»Hm!«, brummt da der Köstlbacher nur und klappt sein Handy auf:

»Norbert?«, fragt er nur, weil sich nicht gleich jemand meldet.

»Hallo Chef! Weißt du, wie spät es ist?«, tönt ihm eine verschlafene Stimme vom anderen Ende der Leitung entgegen.

»3.17 Uhr! Wenn meine Uhr richtig geht!«, antwortet der Köstlbacher und setzt dabei einen sichtlich amüsierten Gesichtsausdruck auf. »Hast du Probleme damit?«

»Es ist Samstag! Und ich habe dienstfrei!«, antwortet der Liebknecht und hört sich dabei ziemlich angepisst an.

»Du hattest dienstfrei! Die Ziegler ist erschossen worden!«

»Frau Susanne Ziegler? Sag, dass das nicht wahr ist! Wo?«, klingt es auf einmal hellwach aus der Hörmuschel.

»In ihrer Wohnung in der Annahofstraße.«

»Soll ich kommen?«

»Nein! Ich brauche dich anderweitig!«

»Ich höre?«

»Frag' mich jetzt nicht warum, aber der Einzige, der momentan aus meiner Sicht Interesse daran haben kann, dass die Ziegler von uns nicht mehr erneut befragt werden kann, ist der Dr. Neumann.«

Der Köstlbacher kann förmlich das Gesicht vom Liebknecht vor sich sehen, wie der es ungläubig verzieht. Aber, er sagt nichts dazu, der Liebknecht. Dazu kennt er inzwischen seinen Chef gut genug. Dass der irgendwas ausgebrütet hat, worüber er mit niemandem bisher gesprochen hat, das wäre nicht Neues.

»Was soll ich tun?«, fragt der Liebknecht darum nur.

»Scheuche den ehrenwerten Professor auf! Mach' ihn nervös! Lass' dir was einfallen! Ich übernehme das besser nicht selber!«

»Du hast deine Gründe?«

»Ja, die hab' ich! Und ich möchte die dir jetzt nicht erläutern«, antwortet der Köstlbacher.

»Brauche ich richterliche Rückendeckung?«

»Ruf' die Dr. Sieber an. Sie hat mir grünes Licht gegeben, sie jederzeit, auch am Wochenende und mitten in der Nacht, stören zu dürfen. Sie wird das mit der Richterin für dich regeln!«

»Wozu die Sieber vielleicht nicht einmal zum Telefon zu greifen braucht. Eine halbe Drehung im Bett reicht unter Umständen schon!«

»Spar' dir deine niveaulosen Anspielungen! Mach' einfach, was ich sage!«

»Jawohl Chef!«, feixt der Liebknecht und freut sich kindisch, das mit dem halben Umdrehen im Bett losgeworden zu sein. »Ich melde mich bei dir!«

»Und noch was! Organisiere für den Sebastian Weber Polizeischutz! Nicht, dass dem dasselbe passiert, wie der Ziegler! Du erreichst mich, wenn ich hier fertig bin, im Büro. Schlafen kann ich jetzt sowieso nicht mehr!«, sagt der Köstlbacher noch und klappt sein Handy wieder zu.

Kapital 36

Dass irgendwas nicht mit rechten Dingen zugeht, das hat der Köstlbacher ja schon gewusst, wie er den Mitschnitt vom TVA-Sender am Abend nach der Beerdigung von der Luise Lauber gesehen hat. Weil, da war natürlich nichts von wegen Waffenschiebern zu sehen gewesen. Und der Einsatz der abgespeckten Hunterschaft ist Gott sei Dank auch nicht im Bild erschienen. Und, weil ihn praktisch niemand deswegen je angesprochen hat, ist sich der Köstlbacher am Ende auch gar nicht mehr sicher gewesen, ob er ihn überhaupt angefordert hatte.

Spätestens nach seiner letzten ›*Liegung*‹ beim Dr. Neumann im Bezirksklinikum jedenfalls war sich der Köstlbacher dann ganz sicher, dass er vieles von dem, was er in letzter Zeit gesehen zu haben glaubte, vergessen muss. Gedacht hat sich das der Köstlbacher ja auch schon vorher, als der Dr. Kroner und die Dr. Sieber ihn unabhängig voneinander bezüglich der Nebenwirkungen seiner Medikamente schlau gemacht hatten. Bis der Köstlbacher dann aber überzeugt gewesen ist, dass mit seiner Tagesration an Pillen sein sonst durchaus scharfer Verstand zum Karussellfahren gebracht werden sollte, das hat allerdings trotzdem noch gedauert.

Momentan, da geht es ihm jedenfalls bärig, zumal die neuen Blutdruckmittel, die der Ernst ihm verschrieben hat, keine nennenswerten Nebenwirkungen haben.

Du musst dir das so vorstellen, wie wenn sich der Nebel verzieht. Solange diese Brühe in der Luft hängt, da bist du am Hineinstarren, aber so wirklich was sehen kannst du nicht. Und dann auf einmal, da hebt sich der Schleier. Was bisher bestenfalls verschwommen war, nimmt Konturen an. Am Ende bedarf es dann nur noch weniger Minuten und alles wird klar.

Und, das erste, was dem Köstlbacher klar wird, seit er nicht mehr halb im Delirium herumrackert, das erste ist, dass der Dr. Neumann einen Grund gehabt haben muss, warum er ihn derart außer Gefecht setzen wollte mit seiner medikamentösen Therapie. Und je länger der Köstlbacher darüber nachdenkt, desto klarer wird ihm dieser Grund.

Wenn du jetzt inzwischen glaubst, dass dieser Grund so etwas wie der Schlüssel zu allem ist, dann muss ich dich enttäuschen. Wie der Professor Dr. Neumann eigentlich drauf gekommen ist, den Köstlbacher ausschalten zu wollen, das wird sich so bis ins letzte Detail vermutlich nie klären lassen. Passiert wäre das mit dem Köstlbacher seiner Manipulation bestimmt nicht, wenn der nicht ›*Liegungen*‹ beim Professor uns so. Weil, so hat der Psychoarzt natürlich schnell herausgefunden, was der Köstlbacher in Regensburg für eine Funktion bei der Mordkripo. Und da hat er dann schnell eins und eins zusammengezählt und sich gedacht, dass ihm das perfekt in seine Sache passt, die er gerade am Laufen hat. Ist zwar nicht so, dass du die Kripo komplett ausschalten kannst, wenn du ihr ein Haupt abschlägst, weil quasi Medusa und so. Aber, auf alle Fälle verschaffst du dir als der Böse einen Vorsprung, der ausreichen müsste, um der guten Seite ein Gleichauf oder gar einen Sieg zu vermasseln. Ist quasi wie Stellen eines Beins. Da stolpert der andere erst mal hin. Bis der dann wieder in die Gänge kommt und die verlorene Zeit aufzuholen versucht, da ist der Zug längst abgefahren. Außerdem glaube ich, dass der Dr. Neumann sich gedacht hat, dass dieses Arzt-Patientenverhältnis, in das der Köstlbacher umso tiefer hineinschlittert, wenn er nur oft genug zu ›*Liegungen*‹ kommt, dass dieses Verhältnis durch nichts zu ersetzen ist, auch nicht durch die Informationsquelle vom Boss, der, weil der einen heißen Draht, bei jeder Pressekonferenz alles aus erster Hand erfährt. Aber eben trotz allem nur aus erster Hand und nicht oft schon vorab. Wenn der Köstlbacher da auf seiner Couch liegt und erzählt und erzählt, dann ist da auch viel dabei, was auf geplante Aktionen hinweist und nicht nur von schon passierten Sachen berichtet.

Und jetzt, wo dem Köstlbacher sein Gehirnnebel sich quasi verdünnisiert hat, jetzt ist ihm auch klar, warum der Dr. Neumann immer einen Schritt voraus gewesen ist. Das krasseste Beispiel dafür ist die Ermordung von der Luise Lauber gewesen. Hätte der Köstlbacher nicht auf einer seiner ›*Liegungen*‹ erzählt, wie sehr nach der Ermordung vom Hebauer dem Martin Lauber seine Frau ins Interesse der Kripo gerückt ist, weil die schon einmal bei der Kripo angerufen hatte, dass sie eine Anzeige machen möchte, dann hätte nämlich vermutlich die Luise Lauber gar nicht sterben müssen.

Da langst du dir jetzt bestimmt ans Hirn und denkst:›*Wer, wie, was, wann, wo?*‹

Aber, pass gut auf und fang nicht wieder an, auf einmal

wissen zu wollen, wer's gewesen ist! Weil, wenn's so leicht wäre, das herauszufinden, dann bräuchte es ja keinen Hauptkommissar Köstlbacher und der Staat könnte sich eine Menge Geld sparen.

Also, der Martin Lauber, der hätte zwar tatsächlich der Mörder vom Hebauer gewesen sein können, aber eben nur im Konjunktiv. Weil, bei dem wäre es doch als Allerstes aufgefallen, wenn der blutverschmiert und so. Erstens arbeitet der nicht im OP und zweitens hätte da doch jeder gleich einen Zusammenhang vermutet. Außerdem ist er definitiv Rechtshänder. Aber eine Schlüsselrolle hat der Martin Lauber vielleicht trotzdem gespielt. Er war zur Tatzeit der einzige, der dem Mörder einen unbeobachteten Zugang zum Zimmer verschaffen konnte, weil die Schwester Josefine sich zu einem Nickerchen hingelegt hatte. Das hat ihr der Liebknecht bei seiner Vernehmung herausgekitzelt, wie sie sich in die Enge getrieben gesehen hat, weil sie zunächst nicht glaubhaft erklären konnte, wieso sie von der Tat angeblich so gar nichts mitbekommen hatte.

Und dann hat der Martin Lauber seinen größten Fehler begangen: Er hat seiner Frau erzählt, dass er die Drahtzieher kennt.

Natürlich fragst du dich, woher der Köstlbacher das wissen konnte. Ganz ehrlich gesagt, gewusst hat das der Köstlbacher lange nicht. Vielleicht geahnt! Aber, wie dann die Sache mit der Geldwäsche aufgedeckt worden ist, da sind ja alle Konten überprüft worden. Und auf dem Lauber seinem Konto haben sich zu der Zeit auf einmal 10.000 € befunden, die von der Verteilerin Schwester Josefine stammten. Und diese

10.000 €, die hat der Lauber vor seiner Frau nicht geheimhalten können.

Du musst wissen, dass die beiden schon längere Zeit größere Eheprobleme. Der Martin Libidoverlust, weil zu viel Arbeit und immer zu wenig Geld. Das kann schnell einmal zu Null Bock auf Nichts führen, sogar zu Null Bock auf die eigene Frau, vor allem, wenn die einem ständig in den Ohren liegt, was für ein Versager man ist.

Mit den 10.000 € hat der Lauber dann aber gewaltig bei seiner Frau angegeben, von wegen Extrabonus wegen guter Arbeit und so.

Bis hierher konnte das alles bei den Vernehmungen, die nach der Geldsache durchgeführt wurden, in Erfahrung gebracht werden. Das meiste hat der Lauber selber zugegeben. Und den Rest haben seine Arbeitskolleginnen zum Besten gegeben. Du glaubst ja gar nicht, wie gerne da jeder über jeden plaudert und wie viel drum auch jeder über jeden weiß.

So ist nicht alles nur Spekulation vom Köstlbacher gewesen.

Die Luise Lauber hat die Geldgier gepackt. Sie hat sogar gedroht, zur Polizei zu gehen, wenn nicht ordentlich Kohle für sie herausspringen würde. Und wie der Martin deswegen den Boss nochmal unter Druck setzen wollte und auch noch den Professor oder den Dr. Hammstig mit involviert hat, da ist der feinen ›*Organisation*‹ nur noch eines geblieben, nämlich die Luise zum Schweigen zu bringen. Natürlich hätten sie zusätzlich den Martin über die Klinge springen lassen können. Vielleicht hatten sie das ja sogar noch vor. Aber momentan ist jedenfalls die Luise der größte Risikofaktor gewesen. Der Martin hat ja selbst genug Dreck am Stecken. Somit ist der, was seine Verschwiegenheit betrifft, relativ erpressbar.

Aber die Luise? Wenn die einfach so zur Polizei gerannt wäre? Nicht auszudenken!

Wenn du jetzt glaubst, dass damit ja alles klar wäre, dann täuscht du dich gewaltig. Weil wirklich Namen genannt, was die ›*Organisation*‹ und die Drahtzieher betrifft, hat niemand. Und, ehrlich gesagt, ist das auch sonnenklar. Weil, wenn du da Namen nennst, dann kannst du gleich einen Termin mit dem Pfarrer für deine Beerdigung machen.

Und, wie der Köstlbacher jetzt vor seiner Pinnwand steht, nachdem er vom Tatort in der Annahofstraße in sein Büro gefahren ist, da kommen ihm noch ganz andere Ideen. Du merkst schon, der Köstlbacher ist wieder ganz der alte. Ich meine natürlich vorher auch Pinnwand uns so, aber im Prinzip nicht wirklich Ideen. Gedanken vielleicht! Aber nur flüchtige. Du kennst solche Gedanken schon. Du glaubst schon fast, so einen Gedanken ausformulieren zu können. Und dann: Peng! Der Gedanke platzt wie eine Seifenblase oder eine Kaugummiblase, je nachdem welcher Vergleich deinen Vorstellungen eher nahe kommt.

So richtig bewiesen ist ja jetzt auch noch nichts, aber der Köstlbacher weiß aus Erfahrung, wann seine Konstruktionen selbst ohne Beweis schon als sicher gewertet werden können. Sein größtes Problem im Moment ist, dass er das Gefühl nicht los wird, dass ein vor Gericht geltender Beweis für seine Vermutungen nur über eine Zeugenaussage zu erreichen sein wird. Und, so wie es aussieht, werden ihm diese möglichen Zeugen vor der Nase abgemurkst.

Nervös greift er deshalb zum Telefon und wählt die Kurzwahl vom Liebknecht.

»Hallo Norbert! Hast du das mit dem Polizeischutz geregelt?«, fragt er.

»Im Prinzip ja! Aber der Weber ist verschwunden!«

»Scheiße!«, entfährt es da dem Köstlbacher. Normalerweise würde er ja in so einem Fall eher auf ein ›*Zifix!*‹ ausweichen, aber in diesem Fall ist ihm das ›*Zifix*‹ definitiv zu wenig stark.

»Lass einen von den beiden Beamten vor seiner Wohnung auf Posten und schick den anderen zum Lauber. Er soll ihn aus dem Bett trommeln, wenn's sein muss, und zu mir bringen!«

Dazu musst du wissen, dass so ein Personenschutz immer ein Duo. Drum kann der Köstlbacher auch schnell einen der beiden abziehen. Schneller kommt er mitten in der Nacht an keinen Beamten, schon gar nicht in aller Herrgottsfrüh an einem Samstag.

»Was ist mit dem Dr. Neumann?«

»Auch ausgeflogen!«, antwortet der Kommissar Liebknecht.

»Scheiße! Scheiße! Scheiße!«, brüllt der Köstlbacher fast ins Telefon. Und dazu muss ich dir sagen, dass ich diese Reaktion gut verstehe. Mir hätte in so einer Situation ein einfaches ›*Scheiße!*‹ auch nicht genügt.

»Aber ein anderes ›*Vögelchen*‹ ist uns ins Netz gegangen!«, sagt der Liebknecht und kann sich dabei lebhaft vorstellen, was für ein Gesicht sein Chef jetzt macht. Weil, erstens hat der keine Ahnung, welches ›*Vögelchen*‹ der Liebknecht meint und zweitens dürfte ihn das Wörtchen ›*wir*‹ doch sehr verwundern, weil er den Liebknecht ja alleine losgeschickt hatte.

Doch bevor der Köstlbacher dazu kommt, danach zu fragen, fügt der Liebknecht noch hinzu:

»Die Kollegin Gradl hat heute bei mir übernachtet. Es ist dir doch recht, dass ich sie zur Verstärkung mitgenommen habe?«

Dass der Köstlbacher ein bisschen sprachlos, das kannst du dir denken. Nach ein/zwei Schweigesekunden hätte er aber im Normalfall trotzdem wieder gewusst, was er dazu sagen sollte, auch wenn's nur eine anzügliche Bemerkung gewesen wäre. Aber im Augenblick, da ist ihm die Gradl weit weniger wichtig, und dass der Norbert mit der im Bett und so. Viel mehr interessiert ihn, welches ›*Vögelchen*‹ den beiden ins Netz gegangen sein soll.

»Welches ›*Vögelchen*‹?«, fragt der Köstlbacher daher, ohne auf die Gradl auch nur mit einem Wort einzugehen.

»Ein Herr Jonas Letzke!«

»›*Letzke*‹? Nie gehört!«, sagt der Köstlbacher

»Mir sagte sein Name auch nichts. Aber die Kollegin Gradl kennt ihn. Du weißt doch, die Brigitte...«

»›*Brigitte*‹?«, fragt der Köstlbacher dazwischen.

»Kollegin Gradl heißt mit Vornamen Brigitte!«

»Aha!«, kommentiert der Köstlbacher wieder einmal in seiner bisweilen einsilbigen Art.

»Brigitte ist beim Verkehr. Und sie hat damals auch den Unfall aufgenommen!«

»Welchen Unfall!«, fragt da der Köstlbacher.

»Den die Tochter vom Dr. Neumann hatte. Den mit Todesfolge!«

»Und was hat das mit deinem ›*Vögelchen*‹ zu tun?«, fragt der Köstlbacher, obwohl es ihm natürlich schon dämmert, was kommen würde.

»Der Letzke hat sich damals tierisch aufgeführt und den Baldauf als Mörder beschimpft!«

»War der Letzke an dem Unfall auch beteiligt?«, will der Köstlbacher wissen und tut so, als ob er, so wie du jetzt gerade, auf der Leitung und so.

»Nein, natürlich nicht! Aber er war der erste, den die vom Verkehr damals benachrichtigen konnten. Die Tochter vom Neumann hatte keine Ausweispapiere bei sich, nur die Visitenkarte ihres Verlobten. Einem Pressefuzzi übrigens!«

»Ich verstehe! Und die Gradl hat dem damals die Todesnachricht überbracht!«

»Exakt! Worauf der Letzke ausgerastet ist.«

»Kann ich nachvollziehen!«, sagt der Köstlbacher. »Verstehe aber immer noch nicht, warum du diesen ›*Letzke*‹ als ›*Vögelchen*‹ bezeichnest.

»Die Brigitte ist mit seiner Akte vertraut. Ist zwar nicht ihr Zuständigkeitsbereich. Aber, im Zuge des ganzen Hickhack mit dem Letzke nach dem tödlichen Unfall seiner Verlobten, da stellte sich heraus, dass der kein unbeschriebenes Blatt ist!«

»Inwiefern?«, fragt der Köstlbacher und findet an dem Bericht vom Liebknecht immer mehr Interesse.

»In mehrfacher Hinsicht! Aktuell interessant für uns ist seine Zugehörigkeit zur ›*Organisation*‹. Als freier Journalist versorgt er die ›*Organisation*‹ mit interessanten, lukrativen Nachrichten.«

»Wie ist das zu verstehen?«

»Er nutzt seinen Presseausweis, um an Informationen zu kommen. Unter dem Vorwand, für Zeitungen Meldungen zu recherchieren, die von allgemeinem Interesse sind, versucht er herauszufinden, wer die letzten Millionengewinne im Lotto eingestrichen hat, wer welche größeren Barerbschaften gemacht hat, usw. Und, jetzt kommt's, diese Leute landen dann oft, frag mich nicht wie, im Bezirksklinikum. Beim Neumann oder beim Hammstig!«

Und wieder einmal ist es nur ein ›*Aha!*‹, das der Köstlbacher zu den Ermittlungen seines Kollegen hervorbringt.

»Auf diese Weise hat er wohl auch die Tochter vom Neumann kennengelernt. Begeistert soll der Neumann von dieser Verbindung nie gewesen sein, aber was blieb ihm anderes übrig? Als seine Tochter damals den tödlichen Unfall hatte, da äußerte er einmal unbedachter Weise, dass es immer die Falschen erwische. Der Richtige wäre vermutlich der Letzke gewesen.«

»Ist das alles?«, fragt der Köstlbacher.

»Nicht ganz! Der Letzke ist selbst auch Patient in der Psychiatrischen. Beim Neumann persönlich!«

»Was du nicht sagst! Hat dir das auch deine Gradl erzählt?«, fragt der Köstlbacher.

»Nein! Nein! Woher sollte die das wissen? Ich selbst kann mich erinnern, seine Akte unter den Patientenunterlagen gesehen zu haben, die im Stationszimmer unter der vom Hebauer gelegen haben.«

»Reingeblättert?«, fragt der Köstlbacher.

»Logo!«, grinst da der Liebknecht. Auch wenn's der Köstlbacher nicht sehen kann, aber allein am Stimmfall erkennt er, wie sich das Gesicht vom Liebknecht schelmisch verzieht.

»Gibt's was Spannenderes und Amüsanteres, als Akten von denen da oben?«

»Red' schon!«, fordert der Köstlbacher den Liebknecht auf, weil der seinen Triumph wieder mal so richtig auskostet.

»Ist ja eigentlich Arztgeheimnis!«, provoziert der Liebknecht seinen Chef.

»Spinnst jetzt, oder was?«, fährt der Köstlbacher den Liebknecht auch postwendend an.

»Verstehst mal wieder mal keinen Spaß?«, versucht sich der Liebknecht in beleidigt gespieltem Tonfall. »Der Jonas Letzke ist hochgradig gefährlich. Den hätte der Neumann nie und nimmer frei rumlaufen lassen dürfen!«

»Und warum sagst du mir das erst jetzt?«, fragt der Köstlbacher.

»Weiß es ja erst jetzt! Hab' gedacht, dass der stationär, wie ich in dem seiner Akte geblättert habe! Wie hätte ich wissen sollen, dass der nicht Dauergast oben im Bezirksklinikum ist?«

»Okay! Okay! Also was genau ist mit ihm los?«

»Der Letzke träumt seit dem tödlichen Unfall seiner Verlobten davon, Menschen abschlachten zu dürfen! Der Unfall muss wohl so eine Art Erlebnis mit Initialzündung für ihn gewesen sein.«

»Und du meinst...?«, fragt der Köstlbacher.

»Zumindest hat er vermutlich die Ziegler auf dem Gewissen!«, antwortet der Liebknecht.

»Und wie kommst du darauf? Hast du irgendwelche Beweise dafür?«

»Als wir ihn vor der Haustüre vom Neumann seiner Villa in der Hoppestraße abgefangen haben, da befand sich ein 38.er in seiner Jackentasche. Ein Zweizoller! Von den fünf Kugeln fehlt eine!«

Kapitel 37

»Habe ich nicht angeordnet, klare Verhältnisse zu schaffen?«

»Die Zeugin ist tot!«

»Tot! Tot! Als wäre es das einzige Allheilmittel, Probleme aus der Welt zu schaffen!«

»Aber ich dachte...?«

»Und ich dachte, Sie hätten mehr drauf, als nur eine Wäscherei zu betreiben!«

»Die Ihnen ein angenehmes Leben ermöglicht!«

»Als ginge es mir nur darum!«

»Worum sonst?«

»Perfektion! Macht! Kontrolle! Nennen Sie es, wie Sie wollen!«

»Die Beseitigung der Zeugin, war das nicht genug Machtdemonstration?«

»Wir hatten abgemacht, diese Aufträge ausschließlich dem Letzke zu überlassen!«

»Ich konnte das Risiko aber nicht eingehen! Seine Fantasien machten ihn unberechenbar. Meine Kontrolle über ihn ist nicht mehr hundertprozentig!«

»Dadurch ist er nun eine Gefahr für die gesamte ›*Organisation*‹!«

»Mit Nichten! Ich bat ihn den 38.er zu entsorgen. Und dabei hat man Letzke, wie geplant, mit eben diesem 38.er geschnappt!«

»Fingerabdrücke?«

»Nur seine!«

»Lauber?«

»Spieler und drogenabhängig! Beides Eigenschaften, die seine Glaubwürdigkeit im Ernstfall in Frage stellen. Zudem hat er nur ein äußerst bruchstückhaftes und Dank meiner Behandlung, sehr widersprüchliches Wissen!«

»Hauptkommissar Köstlbacher?«

»Ahnt viel, hat aber wegen seiner halluzinogenen Erlebnisse kein Vertrauen mehr in seine eigene Arbeit.

»Forcieren Sie seine dienstliche Dispens nicht zu sehr. Ich möchte zur Stelle sein, wenn es um die Neubesetzung seiner Position geht!«

»Nicht mehr, als es die Umstände erfordern!«

Kapitel 38

»Ist das Ihr Ernst?«, fragt der Köstlbacher und trommelt dabei nervös mit den Fingern auf seinen Schreibtisch. Bisher ist der Köstlbacher noch nicht dazu gekommen, den Letzke zu vernehmen. Wäre auch nicht wirklich erfolgsversprechend gewesen, da noch keine Untersuchungsergebnisse vorliegen.

Und jetzt das! So wie die Fakten liegen, wird er den Letzke zumindest vorläufig wieder laufen lassen müssen.

»Leider ja!«, erhält er als Antwort. Schon will er sein Handy einklappen, da kommt ihm aber noch eine Idee.

»Sind Sie noch dran?« fragt er, weil es den Anschein hat, dass am anderen Ende aufgelegt worden ist.

»Ja!«, kommt die knappe Antwort.

»Blutspuren? Ich meine außer solche von der Ziegler, nach denen Ihr ja schon vergeblich gesucht habt?«

»Ja! An den Tennisschuhen ein paar alte, eingetrocknete Spritzer. Taugen nicht mehr zu großen Abgleichen. Außer vielleicht die DNA. Müssten wir noch machen. Kann aber dauern.«

»Vielleicht gibt's auch Übereinstimmungen mit den anderen beiden Leichen!«, meint der Köstlbacher.«

»Sie meinen...?«

»Ich meine! Ja! Checken Sie das bitte so schnell wie möglich!«

»In den nächsten Tagen liegt Ihnen das Ergebnis vor!«, wird dem Köstlbacher vom Labor versprochen.

»Soll ich Herrn Jonas Letzke jetzt ins Vernehmungszimmer holen lassen?«, fragt in dem Moment die Klein und spitzt dabei nur halb mit ihrem Kopf ins Zimmer vom Köstlbacher. »Sie hatten's für heute geplant?«

»Kommando zurück!«, sagt der Köstlbacher. »Veranlassen Sie, dass man den Letzke auf freien Fuß setzt. Die Verdachtsmomente gegen ihn haben sich nicht erhärtet. Aber er soll sich vorläufig noch ein paar Tage für uns zur Verfügung halten. Kann sein, wir benötigen ihn doch nochmal!«

»Warum behalten wir ihn dann nicht gleich hier?«, fragt die Klein.

»Damit mir die Haftrichterin aufs Dach steigt?«, antwortet der Köstlbacher und zieht dabei seine Augenbrauen hoch.

Die Klein zuckt nur mit ihren Schultern und tut, was ihr Chef angeordnet hat. Dass der Edmund vor der Haftrichterin den Schwanz einzieht, das gefällt ihr zwar nicht, aber sie würde's vielleicht auch machen. Die Haftrichterin hat Haare auf den Zähnen. Und als Freundin von der Dr. Sieber nimmt sie bestimmt den männlichen Part ein.

Dass der Letzke keinerlei Schmauchspuren an seinen Händen, weder an seiner Rechten, noch an seiner Linken, das wirft so einige Überlegungen über den Haufen. Wäre ja auch zu schön, um wahr zu sein! Eine schnelle Festnahme, die Tatwaffe, auch wenn die endgültige ballistische Untersuchung noch aussteht, ein Psychopath als mutmaßlicher Täter. Und jetzt soll er's doch nicht gewesen sein! Aber wer dann?

Kapitel 39

Inzwischen sind schon wieder ein paar Tage rum und die Laborergebnisse lassen immer noch auf sich warten. Missmutig greift der Köstlbacher endlich zum Telefon. Ihm ist schon klar, dass die vom Labor es gar nicht mögen, wenn man sie unter Druck setzt. Aber so kann's auch nicht weitergehen.

»Ja? Köstlbacher am Apparat! Wie sieht's aus?«

»Verdammt! Bitte tausend Mal um Entschuldigung! Bei uns geht zurzeit alles drunter und drüber! Urlaubszeit! Wir haben's noch nicht erledigt! Ich werde mich persönlich drum kümmern, dass Sie die Ergebnisse noch heute erhalten!«, tönt es zerknirscht aus dem Hörer.

»Hoffentlich!«, schnaubt der Köstlbacher und knallt das Telefon heftiger als nötig vor sich auf den Schreibtisch.

Auch wenn dem Köstlbacher die Idee fast absurd erscheint, aber aus dem Kopf geht sie ihm auch nicht. Irgendwie muss der Letzke schließlich zu dem 38.er Zweizoller gekommen sein! Und irgendwas musste er mit dem Zweizoller vorgehabt haben. In dem Zusammenhang hat dann auch die Idee im Kopf vom Hauptkommissar Formen angenommen. Der Mord an der Ziegler war eindeutig ein Zeugenmord, wer auch immer ihn ausgeführt hat. Und gleich danach taucht die Mordwaffe beim Letzke auf. Was, wenn der damit den zweiten Zeugen, den Weber...? So gesehen würde der Weber jetzt in höchster Lebensgefahr schweben! Und gerade jetzt hat der Köstlbacher seine beiden Beobachter vor dem Weber seiner Wohnung zurückgepfiffen, weil die Beamten andernorts benötigt wurden.

Mit feuchten Fingern, weil sich eine spontane Aufregung breit macht, wählt der Köstlbacher die Nummer vom Bezirksklinikum.

»Bezirksklinikum Regensburg, Jürgen Wegner am Apparat!«

»Kripo Regensburg. Hauptkommissar Köstlbacher! Ist Herr Sebastian Weber zu sprechen?«

»Einen Moment Herr Hauptkommissar!«

Es dauert höchstens ein paar Sekunden, bis sich die Stimme erneut meldet:

»Herr Werber ist bisher noch nicht zu seiner Schicht erschienen!«

»Krank gemeldet?«, fragt der Köstlbacher.

»Nein! Aber vielleicht steckt er ja auch nur im Stau!«

»Kommt das öfter vor?«

»Ab und zu schon! Vor der Abendschicht sind die Straßen meistens sehr dicht!

»Wie lange ist er schon überfällig?«, fragt der Köstlbacher noch, weil ihm diese Auskunft irgendwie nicht gefallen will.

»Eine halbe Stunde!«

Der Köstlbacher gibt dem Herrn Wegner seine Handynummer und bittet ihn, sofort anzurufen, wenn der Weber auftauchen sollte.

»Klein!«, schreit er sofort nach diesem Telefonat. Laut genug, dass ihn die Edith auch durch die geschlossene Türe hindurch hören kann.

»Herr Köstlbacher?«, fragt die Klein prompt, als hätte sie

quasi hinter der Türe gestanden und nur darauf gewartet, dass ihr Chef sie ruft.

»Lassen Sie den Letzke auf dem schnellsten Weg herholen! Ich muss nochmal weg! Funken Sie den Liebknecht an. Wir treffen uns in 3 Minuten unten an unserem Einsatzfahrzeug! Und noch was: Ich brauche einen richterlichen Durchsuchungsbefehl! Margaretenstraße 29!«, ordert der Köstlbacher.

»Ah ja! Alles klar! Herr Weber?«

»Genau der! Und wenn die Dr. Sieber gerade nicht Besseres vor hat, kann sie gerne auch hoch fahren und den Wisch gleich mitbringen. Wenn nicht, soll ihn uns sonst wer bringen. Wer eben gerade greifbar ist.

»Geht in Ordnung!«, bestätigt die Klein noch. Aber da ist der Köstlbacher schon unterwegs zum Fahrstuhl nach unten. Mit dem neuen Medikament fühlt er sich so wohl, dass er nicht einmal groß ins Schnaufen gerät und aus dem Fahrstuhl im Parterre mit kaum erhöhtem Puls aussteigt.

Kapitel 40

»Erwarten Sie keine Rückendeckung von mir! Ich war von Anfang an dagegen, wegen ihrer primitiven Rachepläne unsere lukrative Zusammenarbeit zu gefährden!«

»Was werden Sie tun?«

»Die letzten Transaktionen sind getätigt! Das Sinnvollste ist vielleicht erst mal Ruhe einkehren zu lassen. Momentan hängt kein Fisch an der Angel. Idealer Zeitpunkt, für einen Break!«

»In ein paar Wochen werde ich wieder zurückkommen können. Bis dahin sind Sie auf sich selbst gestellt. Von hier aus sind meine Kontakte eher mager und mein Einfluss auf das Geschehen geht gegen Null. Sie kennen ja bestimmt das Sprichwort von der Maus, was die so treibt, wenn die Katze aus dem Hause ist!«

»Wenn Sie mit der Maus auf den Hauptkommissar anspielen, da gebe ich Ihnen Recht. Ich habe nichts unversucht lassen, um ihn schachmatt zu setzen. Aber, der alte Fuchs hat mehr drauf, als ich ihm je zugetraut hätte!«

»Ich habe Sie gewarnt!«

»Zurecht, wie ich inzwischen schmerzlich eingestehen muss!«

»In Zahlen beziffert ist der Schaden enorm, der durch ihn entstanden ist.«

»Was wollen Sie damit sagen?«

»Wir werden den Gewinn diesmal nicht nach alter Gewohnheit aufteilen können!«

»Sie haben keinerlei Risiko getragen!«

»Das sehe ich anders! Ich habe hier wichtige ›*Kontakte*‹ geknüpft und mir extra dafür ›*frei*‹ genommen. Ohne diese ›*familiären Kontakte*‹ wären Sie außer Stande gewesen, größere Summen mit Persil zu behandeln!«

»Ich spreche von Risiko, nicht von ›*Kontakten*‹!«

»Haben Sie jemanden getötet? Wo tragen Sie da ein Risiko?«

»Man wird mich mit den Morden in Verbindung bringen!«

»Da irren Sie sich, mein Lieber! Man wird den Letzke damit in Verbindung bringen. Herr Köstlbacher ist kein Dilettant! Bestimmt wird er über den Geisteszustand des Herrn Letzke ein Gutachten anfordern. Eine entsprechende Formulierung dürfte Ihnen oder Dr. Hammstig nicht schwer fallen!«

»Da wäre dann aber immer noch dieser Weber, der auf seiner Falschaussage nicht beharren wird, wenn ihn der Köstlbacher in die Mangel nimmt!«

»Eine schlechte Zeugenwahl! Wie die der Frau Ziegler. Sie haben sie getroffen! Wenn Sie das Restrisiko, das vom Herrn Weber ausgeht, mehr als nur minimieren wollen, wissen Sie, was Sie zu tun haben!«

Kapitel 41

»Wolltest du nicht heute den Letzke nochmal vernehmen?«, fragt der Liebknecht schon etwas verwundert und auch verärgert, weil er mit seinem Chef so mir nichts dir nichts los soll, wo er doch gerade auf der anderen Leitung mit der Gradl am Telefonieren ist!«

»Schmauchspuren negativ! Und DNA der Ziegler nun auch noch! Hab's gerade reinbekommen! Erkennungsdienstliche Spuren auf dem zweiten Glas bei der Ziegler ebenfalls keine! Waren alle säuberlich abgewischt! Was seine psychische Störung betrifft, da müssen wir erst Akteneinsicht bekommen und ein Gutachten anfordern. Deine Informationsbeschaffung war illegal. Du weißt doch, wie man uns da schnell einen Strick draus dreht!«, sagt der Köstlbacher. »Denke, nach Lage der Dinge werden wir ihn erneut nicht hierbehalten können!«

Dass der Letzke allerdings trotzdem für die beiden Cuttermessermorde in Frage käme, darüber sagt der Köstlbacher nichts. Solange der einzige Beweis dafür, die Blutspritzer auf den Tennisschuhen vom Letzke, nicht erbracht ist, will sich der Köstlbacher da in nichts verrennen, wofür er selber zuletzt seinen Kopf hinhalten müsste. Noch dazu, wo der DNA Befund bezüglich der Ziegler seine Theorie nicht gerade untermauern half.

»Und jetzt?«, fragt der Liebknecht.

»Margaretenstraße 29!«, sagt der Köstlbacher nur knapp.

»Was soll da los sein?«, fragt der Liebknecht.

»Hoffentlich nichts!«, antwortet der Köstlbacher. »Der Sebastian Weber wohnt dort!«

Da pfeift der Liebknecht auf einmal wissend durch seine Zähne.

»Und du meinst.....?«

»Ich meine gar nichts! Aber ich möchte auf Nummer Sicher gehen.« Und wie er ›*Nummer Sicher*‹ sagt, greift er quasi reflexartig unter seine rechte Achsel.

»Hast du deine Dienstwaffe dabei?«, fragt er den Liebknecht, weil unter seiner Achsel nichts ist, nicht einmal ein leeres Halfter.

»Ja! Habe ich doch immer!«, antwortet der Liebknecht, was seinen Chef mehr als beruhigt. »Droht uns vom Weber Gefahr?«, setzt er noch hinzu, weil das für den Liebknecht die einzige Erklärung wäre, warum bei diesem Einsatz eine Dienstwaffe nötig sein sollte.

»Glaube ich eher nicht!«, antwortet der Köstlbacher. »Aber, wenn das passiert, was ich vermute, sollten wir dort besser nicht unbewaffnet auftauchen!«

»Geht's vielleicht auch noch mehr in Rätseln!«, mault der Liebknecht.

»Schalt's Blaulicht ein und konzentrier' dich! Ich befürchte...«

Kapitel 42

»Hat er gesagt, wofür er den Durchsuchungsbefehl benötigt?«, fragt die Dr. Sieber die Klein, tippt mit der freien Hand aber gleichzeitig ins andere Telefon die Nummer der zuständigen Richterin.

»Nein! Zumindest nicht in Worten!«, antwortet die Klein.

»Wie dann?«, fragt die Dr. Sieber etwas ungeduldig.

»Er sagte nur: ›*Margaretenstraße 9!*‹ Das wäre die Adresse von Herrn Sebastian Weber!«

»Dem Zeugen vom Bezirksklinikum?«, fragt die Dr. Sieber.

»Genau!«

»Ich stehe da momentan etwas auf der Leitung!«, sagt die Dr. Sieber.

»Nun, gesagt hat der Hauptkommissar weiter nichts. Aber ich vermute, er ist besorgt.«

»Um den Herrn Weber? Wie kommen Sie darauf?«, fragt die Dr. Sieber.

»Nennen Sie es Intuition!«, meint die Klein etwas schüchtern.

»Aha!«, antwortet da die Dr. Sieber nur, was die Klein gleich wieder an den Köstlbacher erinnert, weil der in letzter Zeit auch oft nur ›*Aha!*‹.

»Auf alle Fälle sind die beiden mit Blaulicht und Sirene losgefahren!«, sagt die Klein nun wieder mit festerer Stimme.

»Machen Sie mir bitte schnell eine Verbindung mit dem Hauptkommissar!«, sagt die Dr. Sieber.

Die Haftrichterin, die sich im selben Moment am Handy

der stellvertretenden Abteilungsleiterin meldet, begrüßt die Dr. Sieber mit:

»Hallo Claudia! Einen Moment bitte! Bräuchte dich dienstlich! Muss nur noch schnell was abklären!«

»Herr Köstlbacher?«, fragt sie, als es im Hörer vom Festnetz knackt.

»Herr Köstlbacher?«

Aber die Leitung ist tot. Niemand geht ran. Auch ein Versuch, den Liebknecht anzufunken scheitert. Keine Handyverbindung und auch keine Verbindung zum Dienstfahrzeug. Dann plötzlich doch eine Stimme. Aber nur die von der Klein:

»Klappt nicht, Frau Dr. Sieber! Die beiden haben bestimmt ihr Dienstfahrzeug schon verlassen!«, sagt die Klein.

»Und ihre Mobiltelefone?«, fragt die Dr. Sieber. »Über die müssten sie doch erreichbar sein!«

»Fehlanzeige! Tut mir leid! Ich hab's mehrfach versucht!«

»Schicken Sie zwei Einsatzfahrzeuge mit doppelter Besatzung hin. Blaulicht! Ich komme nach, so schnell ich kann!«

»Da wäre noch etwas!«, sagt die Klein etwas zaghaft. »Ist ja vielleicht nicht wichtig, aber Herr Köstlbacher hat seine Dienstwaffe auf seinem Schreibtisch liegen lassen!«

Ohne darauf zu reagieren, beendet die Dr. Sieber das Gespräch mit der Klein und sagt zur Richterin:

»Hast mein Gespräch mitbekommen?«, fragt sie.

»In Teilen!«, antwortet die Richterin.

»Bitte stell' einen Durchsuchungsbefehl für die Wohnung vom Sebastian Weber, Margaretenstraße 9 aus! Begründung bekommst du später. Wichtig ist nur, dass du den Befehl etwas zurückdatierst. Es ist jetzt 16.00 Uhr. Sagen wir 15.30 Uhr. Nicht, dass wir nachher Probleme bekommen! Ich weiß, dass ich erst mit der Staatsanwaltschaft hätte telefonieren sollen. Würdest du...?«

»Selbstverständlich! Mach ich doch gerne für dich! Und pass auf dich auf!«, sagt die Richterin mit einem sehr besorgten Tonfall in ihrer Stimme.

»Versprochen!«, antwortet die Dr. Sieber, legt auf und eilt nach unten.

Kapitel 43

Das Telefonat beunruhigt ihn. Bisher ließ sich alles planen. Selbst wenn spontane Entscheidungen nötig waren, blieb immer genug Zeit, umsichtig darauf zu reagieren. Und nun diese Hektik!

Der Hebauer. Dem die Kehle durchschneiden zu lassen, war nie wirklich nötig. Aber sein Tod diente der Wissenschaft nicht nur in einfacher Hinsicht, wie schon der mehrerer Patienten vor ihm.

Die Idee war genial! Drogengeld! Meist aus Italien! Manchmal auch aus Übersee! In selteneren Fällen sogar aus dem Inland. Nicht immer Drogengeld! Seit die Möglichkeiten in der Schweiz, Lichtenstein und einigen anderen vergleichbaren Steuerparadiesländern in kriminellster Weise von Staats wegen beschnitten worden sind, auch ganz ›*normales Schwarzgeld*‹, am hiesigen Fiskus vorbeigeschleust! Als unerwarteter Geldsegen geeigneten Patienten angewiesen! Natürlich nur solchen ohne potenzielle Erben!

Durch entsprechende Verfügungen, testamentarisch amtlich bestätigt, ließen sich so praktisch unendliche Geldsummen ›*waschen*‹. Schließlich kann man niemandem verbieten, sein Vermögen einer offiziell eingetragenen sozialen Stiftung zu vermachen, wie sie die ›*Organisation*‹ darstellt.

Einziger Schönheitsfehler, die durch den unerwarteten Geldsegen beglückten Patienten mussten nun erst einmal sterben. Da der Staat aber bei jedem Erbe kräftig absahnt, zumal wenn nähere Verwandtschaftsgrade praktisch nicht mehr gegeben sind, ergab sich nie ein Anlass zu Nachforschungen. Und selbst falls doch einmal nachgeforscht worden wäre oder noch werden würde, einfach lächerlich, einer fachlichen Kompetenz ›*aktive Sterbehilfe*‹ nachweisen zu wollen.

Aber, dann passierte dieser Fehler! Eigentlich nicht einmal ein wirklicher Fehler. Mehr ein wissenschaftliches Experiment, das er besser hätte sein lassen sollen. Das Erbe des Herrn Hebauer der ›*Organisation*‹ zugute kommen zu lassen, zumindest einen akzeptablen Anteil davon, das war eine Sache. Seine spezielle Todesart zu einem Experiment umzumünzen, eine andere. Aber, wer hat schon das große Glück, in seinem Patientenstamm einen Psychopathen zu haben, der die besten Anlagen zu einem Serienkiller hat? Freilich ein Unterfangen mit gewissen Unwägbarkeiten. Trotzdem! Wer kann schon Studien an einem Serienkiller betreiben? Sich so eine Chance entgehen zu lassen, wäre sträflich, sträflich für die gesamte Wissenschaft. Und eine Genugtuung dafür, als Nebeneffekt endlich für Gerechtigkeit gesorgt zu haben, Gerechtigkeit für den immer noch ungesühnten Tod seiner Tochter.

Und doch war es ein Fehler! Dieser Köstlbacher würde solange nicht locker lassen, bis er genug in Erfahrung gebracht hat.

Und viele Möglichkeiten, dies zu verhindern, gibt es nicht!

Kapitel 44

»Verdammt! Die Türe ist offen!«, flüstert der Köstlbacher und lässt seinem Kollegen Liebknecht den Vortritt.

Nicht, dass du jetzt denkst, der Köstlbacher ist so ein feiger Hund, der, wenn's brenzlich wird, seinen Arsch nach hinten schiebt. Da würdest du den Köstlbacher nämlich total falsch einschätzen. Der immer vorne dran. In jüngeren Jahren hat er sich bei so einer Aktion schon einmal einen Streifschuss am Oberschenkel eingehandelt. Außen zum Glück! Weil, wenn's innen passiert wäre, dann hätte so ein Streifschuss leicht.... Aber, da hat er eben Glück gehabt! Die Anna hatte jedenfalls erleichtert durchgeschnauft, nachdem ihr die vom Amt genauer beschrieben haben, wo die Kugel ihren Mann angekratzt hat.

Aber jetzt, du erinnerst dich! Der Köstlbacher keine Dienstwaffe dabei! Und ohne Dienstwaffe als erster in eine unverschlossene Wohnung eintreten, in der vielleicht gerade ein Gewaltverbrechen am Gange, das wäre mehr, als nur leichtsinnig. Und, weil der Liebknecht die seine schon dabei, drum ausnahmsweise der Liebknecht vorneweg.

Dass der Liebknecht ohne Dienstwaffe, das kommt quasi nie vor. Ohne seine Dienstwaffe, da fühlt sich der Liebknecht wie ein Schwimmer ohne Badehose. Natürlich gibt es auch eine Menge Schwimmer, die wegen FKK und so gerne auf ihre Badehose verzichten, so wie es auch eine ganze Reihe Kollegen gibt, die ihre P7 nur ungern mit sich führen und sie daher allzu oft ganz bewusst ›*vergessen*‹. Ganz anders der Liebknecht. Weil, sei einmal ehrlich, einer von der Polizei und nur mit seinem Ausweis bewaffnet, so einer, der macht doch einfach nichts her. Und gesetzt den Fall, da ist irgendwo eine weibliche Person im Spiel, dann musst du einfach was hermachen. Und, mit einer 9mm von Heckler & Koch, da machst du eben was her. Anders bekommst du am Ende nur mitleidsvolle Blicke. Denn interessant, Polizist ohne Uniform und dann noch ohne Waffe, keine Respektsperson.

Mit einem sanften Tritt gegen die nur angelehnte Tür verschafft sich der Liebknecht ungehinderten Eintritt in die Wohnung vom Sebastian Weber. Eine Hand hat er nicht zu Hilfe nehmen können, weil beide Arme fest nach vorne gestreckt, in einer Hand die P7 und die andere stabilisierend unter der Schusshand.

»Eingang sicher!«, schreit er dem Köstlbacher laut zu, etwas zu laut, wie sein Chef meint. Der Edmund braucht zwar eigentlich schon eine Brille, wenn er lesen will, aber hören tut er auch ohne Hörgerät noch bestens. Der fast schrille Ton vom Liebknecht soll vermutlich seine eigene Angst übertönen. Weil, dass der Liebknecht keine Angst, das kannst du vergessen. Auch wenn er immer so tut.

Und wenn du dich an frühere Mann gegen Mann Kriegsgetümmel erinnerst, in Filmen hast du das bestimmt schon oft gesehen, dann weißt du auch, dass die immer mit einem lauten Geschrei aufeinander losgegangen sind. Am besten noch von einem Trommler dazu angefeuert. Das Geschrei hatte bei denen auch immer zweierlei Funktionen. Es sollte dem Feind Furcht einflößen und der eigenen Person den Schiss nehmen, den jeder hat, der den Tod vor Augen sieht.

In den nächsten Augenblicken spielt sich dasselbe Spiel von der zentralen Diele ausgehend Zimmer für Zimmer ab. Niemand ist da! Die Wohnung macht insgesamt einen aufgeräumten Eindruck. Vielleicht sogar etwas zu aufgeräumt für eine Junggesellenwohnung. Dass der Sebastian Weber ohne Anhang, das wussten der Köstlbacher und der Liebknecht zu dem Zeitpunkt schon.

»Der Vogel scheint ausgeflogen zu sein!«, sagt der Köstlbacher, nachdem das letzte ›*Sicher!*‹ vom Liebknecht gebrüllt worden ist und der seine Arme entspannt nach unten senkt.

Den Bruchteil einer Sekunde zu früh, wie es sich zeigt. Bevor der Liebknecht überhaupt halbwegs reagieren kann, stürmt eine Person an ihm vorbei, rempelt ihn derart an, dass er aus dem Gleichgewicht kommt, sich an einer Türzarge festhalten will, aber letztendlich ungebremst zu Boden geht. Die Heckler & Koch fällt ihm dabei polternd aus der Hand. Der Schatten muss das noch aus den Augenwinkeln gesehen haben. Blitzschnell greift er sich die Waffe und stürmt am Köstlbacher vorbei, der hektisch und natürlich erfolglos nach seinem nicht vorhandenen Schulterhalfter tastet. Mit einer katzenartigen Bewegung erreicht der Schatten die Eingangstür und ist weg.

Und, jetzt kommt's: Vor den verblüfften Augen der beiden Beamten knallt er die Türe zu. Der Liebknecht, der sich als erster wieder fasst, will ihm nachhetzen. Mit einem Ruck reißt er an der Wohnungstür. Aber, der ›*Hund*‹ hat sie von außen zugesperrt!

»Tritt sie einfach ein!«, kommandiert der Köstlbacher seinen Leidensgenossen.

»Wie denn? Von außen nach innen kein Problem! Aber andersrum? Unmöglich!«

»Gib mir dein Handy!«, sagt der Köstlbacher in einem barschen Ton. Im Moment weiß er nicht, über wen er sich mehr ärgern soll, über den Liebknecht oder über sich selbst.

»Hab's unten im Wagen! Wollte nicht, dass es uns den Einsatz versaut und irgendwen warnt, nur weil mich jemand anruft!«

»Intelligent! Intelligent!«,sagt der Köstlbacher und schüttelt dabei seinen Kopf. »Ausschalten hätte auch gereicht!«

»Hast du kein eigenes Handy?«, fragt der Liebknecht verstimmt.

»Unten im Wagen! Ausgeschaltet!«

Ich weiß nicht, ob du dir diese Situation vorstellen kannst, aber die beiden Kriminaler würden sich am liebsten in ein Mauseloch verkriechen. Wenn da nicht zum Glück unübersehbar in der Diele ein Festnetztelefon läge, das Rettung in letzter Not zu sein scheint.

»Du oder ich?«, fragt der Liebknecht.

Gerade, als der Köstlbacher das Telefonieren an seinen Kollegen abschieben will, fällt sein Blick auf die offen stehende Tür zum Wohnzimmer vom Weber.

»Da ist er raus gekommen!«, sagt der Köstlbacher und deutet auf die offenstehende Tür!

»Wie, da raus?«, fragt der Liebknecht, weil er dieses Zimmer nicht übersehen hatte und es vor kaum mehr als einer oder höchstens zwei Minuten für leer befunden hatte.

»Du musst ihn übersehen haben!«, meint der Köstlbacher und entschließt sich, doch selbst zu telefonieren, weil der

Liebknecht natürlich sofort ungläubig ins Wohnzimmer verschwindet, um nachzusehen, wo der Unbekannte dort zuvor gesteckt haben konnte.

»Scheiße!«, schreit da der Liebknecht, hält sich eine Hand vor dem Mund. Wie vorher der Schatten, so stürzt nun der Liebknecht aschgrau am überraschten Köstlbacher vorbei. Leider schafft er es nicht mehr. Zur Toilette wären es noch guten eineinhalb Meter gewesen.

»Sauerei!«, ruft da der Köstlbacher und dreht sich angeekelt von seinem Kollegen weg, der sich ungebremst mitten in die Diele übergibt. Das Telefon noch immer unbenutzt in der Hand, betritt er das Wohnzimmer, um nachzusehen, was dem Liebknecht seine Übelkeit ausgelöst haben mag.

Ahnungslos freilich ist der Köstlbacher zu diesem Zeitpunkt nicht mehr. Wenn der Liebknecht einmal solche Reaktion, dann bestimmt Blut im Spiel. Und wahrscheinlich nicht zu wenig. Doch ein erster Blick ins Wohnzimmer lässt ihn nichts Auffälliges entdecken.

»Bin ich ...?«, ›*blind oder was*‹, will der Köstlbacher fragen. Aber er schafft die Frage nicht mehr, weil ein weiterer Schritt ins Zimmer gibt ihm den Blick frei hinter das Wohnsofa, das mehr oder minder mitten in dem großen Raum steht.

»Sauerei!«, ruft da der Köstlbacher erneut, diesmal aber nicht wegen dem Liebknecht, der draußen immer noch am Kotzen ist. Zumindest sind seine Würgegeräusche noch zu hören.

Ein wenig zittrig, aber doch weit weniger von der Situation überfordert, wie der Liebknecht, tippt er eine Rufnummer ins schnurlose Telefon, das er noch in der Hand hält.

»Klein?«, fragt der Köstlbacher, weil er sich nicht ganz sicher ist, ob seine Sekretärin dran ist. Nicht, dass der Köstlbacher die Stimme seiner Klein nicht von anderen Stimmen unterscheiden könnte. Aber, du weißt ja, wie das so ist, wenn dir jemand am Telefon antwortet und der gerade was im Mund hat, ein Croissant, Schokolade oder so zum Beispiel. Da klingst du einfach anders. Und großartig schnell runterschlucken kannst du auch nicht, weil dann Gefahr, du verschluckst dich und kannst gar nichts mehr sagen, nur husten. Und, die Klein hat tatsächlich gerade was im Mund. Und es ist sogar ein Croissant. Da ist die Gefahr ganz besonders groß, dass sie sich daran verschluckt.

»Ja Chef! 'Tschuldigung! Hab grad was im Mund!«, antwortet die Klein. »Gut dass Sie sich melden! Frau Dr. Sieber versucht Sie dringend zu erreichen!«

»Ich bin inzwischen in der Wohnung vom Sebastian Weber, Margaretenstraße 9. Aber, das wissen Sie doch! Hier ist was passiert! Sieht übel aus. Bräuchte dringend die Spurensicherung und das ganze Pipapo. Wir haben hier eine Leiche!«

»Zwei Streifenwagen und die Dr. Sieber sind schon unterwegs! Um den Rest kümmere ich mich!«, sagt die Klein.

»Wieso schon unterwegs?«, fragt der Köstlbacher erstaunt.

»Na, weil Sie oder den Liebknecht keiner erreichen konnte. Und wie die Dr. Sieber gehört hat, wo ihr hin seid, da ist sie ausgeflippt!«

»Aha!«, sagt da der Köstlbacher nur, weil die Dr. Sieber da irgendwas wissen muss, was er nicht weiß. Sonst würde die doch nicht so überreagieren.

»Funken Sie die Kollegen an, sie sollen unten vor der Tür warten, bis die Spurensicherung da ist. Und Schaulustige abdrängen! Möchte nicht, dass mir hier oben einer herumlatscht!«, sagt der Köstlbacher. »Die Wohnung ist im ersten Stock! Hab's ganz vergessen, zu erwähnen!«

»Alles klar!«, bestätigt die Klein und legt auf.

»Ich hab's geschafft!«, triumphiert der Liebknecht, der endlich mit dem Kotzen aufgehört und sich dann gleich mit der verschlossenen Wohnungstür beschäftigt hat.

»Wie?«, fragt der Köstlbacher.

»Ganz einfach!«, lächelt der Liebknecht und deutet dabei zu dem Schlüsselbrett neben der Eingangstür. »Sogar fein säuberlich beschriftet!«

Dass dem Köstlbacher dazu wieder einmal nur sein Standard ›*Aha!*‹ einfällt, wirst du dir schon gedacht haben.

»Geh raus ins Treppenhaus und pass auf, dass alle in ihren Wohnungen bleiben!«, sagt der Köstlbacher noch zum Liebknecht, der froh ist, aus der Wohnung raus zu dürfen. Inzwischen ist zwar nichts mehr in seinem Magen, was noch raus könnte, aber nichts desto trotz hat er ein grünes Gesicht, das seinen Zustand unübersehbar widerspiegelt. »Verstärkung ist im Anrollen!«, fügt der Köstlbacher noch hinzu, worauf ihn der Liebknecht etwas verständnislos anschaut, aber nichts dazu äußert, weil er sich für eine Diskussion einfach noch zu schwach fühlt.

›*Der Weber ist das jedenfalls nicht!*‹, denkt sich der Köstlbacher, der inzwischen um das Sofa herumgegangen ist, bei jedem Schritt darauf achtend, nicht in eine Blutspur zu treten. Die Leiche ist männlich, geschätzte 175 cm groß, was wegen der gekrümmten Lage aber nicht stimmen muss. In der linken Hand hält der Tote ein Cuttermesser, das blutverschmiert ist. Sein Gesicht ist zur Seite gedreht. Die sichtbare Hälfte ist durch mehrere tiefe, unterschiedlich lange Schnitte völlig entstellt. Einer davon geht quer über sein rechtes Auge, das dabei wohl aufgeschlitzt worden und im Anschluss daran ausgelaufen ist. Tödlich dürfte der Schnitt am Hals gewesen sein. Mindestens eine Aorta ist durchtrennt. Die Blutmenge lässt auf den ersten Blick keine genauere Beobachtung zu.

Im Gegensatz zum Liebknecht wird dem Köstlbacher nicht übel. Wenn der Köstlbacher so eine Leiche sieht, erweckt das nur sein Interesse an der Sache. Die Übelkeit kommt meistens erst viel später, oft erst zu Hause, wenn der Tisch gedeckt ist und er, obwohl hungrig, nichts hinunterbringt.

»Herr Köstlbacher?« Die fragende Stimme beendet schlagartig die Überlegungen des Kriminalers. Mit zwei schnellen Schritten ist er an der Tür zur Diele bei Frau Dr. Sieber.

»Hallo Frau Dr. Sieber! Die Klein hat Sie schon angekündigt. Verwundert bin ich schon, dass Sie mir zu einem Einsatz folgen, obgleich es jetzt gut ist, Sie hier zu haben!«, begrüßt der Köstlbacher seine stellvertretende Vorgesetzte.

»Sie waren nicht erreichbar!«, verteidigt sich die Dr. Sieber. »Und neue Erkenntnisse ließen befürchten, dass Ihr Einsatz überraschend gefährlich werden könnte.« Welche neuen Erkenntnisse, dazu sagt sie nichts.

»Mein Handy!«, sagt der Köstlbacher nur zu seiner Verteidigung und zuckt dabei hilflos mit den Schultern, weil er keine Lust hatte, jetzt lang und breit zu erklären, warum er und der Liebknecht ohne Handy zur Wohnung vom Weber in den ersten Stock hochgestiegen sind.

»Ja, so ein Handy! Bei meinem ist auch immer der Akku leer, wenn ich es brauche!« Dass sie sich auch große Sorgen gemacht hatte, weil der Köstlbacher unbewaffnet und so, darüber verliert sie allerdings kein Wort. Zu gegebener Zeit würde das noch angesprochen werden müssen.

»Ich nehme an, Sie dachten auch, der Weber schwebt in höchster Lebensgefahr! So wie's aussieht, ist der Tote da drin jeder andere, nur nicht der Herr Weber!«, sagt der Köstlbacher.

»Der Tote?«, fragt die Dr. Sieber.

»Sein Mörder ist uns entwischt, als wir die Wohnung kamen. Die übrigens nicht verschlossen war«, sagt der Köstlbacher. »Er hat das Überraschungsmoment genutzt. Wir hatten kaum eine Chance!«

»War er bewaffnet!«

»Schwer zu sagen! Eine Waffe gesehen habe ich nicht. Zumindest keine, die ihm gehört hätte!«

»Wie soll ich das verstehen?«, fragt die Dr. Sieber.

»Er hat den Liebknecht umgestoßen. Dabei ist dem seine Dienstpistole entglitten. Die hat sich der Unbekannte geschnappt und mitgenommen!«

»Gott sei Dank waren Sie nicht so unvernünftig, ihn unbewaffnet zu verfolgen!«, meint die Dr. Sieber.

Das lässt der Köstlbacher so im Raum stehen und erwähnt nichts von der verschlossenen Wohnungstür, dem einzigen Hindernis, das ihn von einer Verfolgung abgehalten hatte.

»Vorsicht bitte! Die Spurensicherung reißt uns die Köpfe ab, wenn wir hier drüber latschen!«, warnt der Köstlbacher, der noch während des Gesprächs sich mit der Dr. Sieber in Richtung Tatort bewegt hat.

»Worauf Sie sich verlassen können!«, tönt es vom Treppenhaus her. Der Chef der Spurensicherung hatte vermutlich die letzte Bemerkung vom Köstlbacher noch gehört. »Es ist doch jedes Mal dasselbe! Wann begreift Ihr endlich einmal, dass Ihr uns die Arbeit nicht gerade leichter macht, wenn Ihr immer vor uns am Tatort rumwuseln müsst!«

»Scheint, alle notorischen Grantler bei der Polizei gehören

zur Spurensicherung!«, lächelt der Köstlbacher und begrüßt so seinen Kollegen Kommissar Franz Leichtinger.

»Und alle Elefanten im Porzellanladen zu den Ermittlern!«, frotzelt der Leichtinger zurück.

»Touché!«, antwortet der Köstlbacher, sichtlich amüsiert über die quasi rituelle Begrüßung, wenn die Spurensicherung an einen Tatort kommt.

»Kann ich trotzdem wenigstens einen Blick auf die Leiche werfen?«, fragt die Dr. Sieber, die so etwas während ihrer Berufslaufbahn noch nicht gerade oft zu Gesicht bekommen hat. Nicht, dass die Dr. Sieber scharf darauf wäre, eine Leiche zu sehen. Aber, eines musst du wissen, die Dr. Sieber sehr gewissenhaft. Und, bei all den Berichten, die ihr tagein tagaus auf den Schreibtisch flattern, da ist so eine reale Tatortbegehung endlich einmal eine Belebung ihrer sonst so trockenen Tätigkeit. Auch wenn der Begriff ›*Belebung*‹ im Zusammenhang mit einem übel zugerichteten Toten nicht gerade passend erscheint.

»Wenn's sein muss!«, sagt der Kommissar Leichtinger, aber nicht ohne die Dr. Sieber darauf aufmerksam zu machen, dass sie nichts berühren oder verändern darf.

»Ist das unser Mann?«, fragt die Dr. Sieber nachdem sie ein/zwei Minuten die Leiche aus gebührlicher Entfernung mit ihren Augen abgescannt hat.

»Die Frage habe ich mir auch schon gestellt!«, antwortet der Köstlbacher. »Aber lassen wir die Herren da erst mal ihre Arbeit machen!«, fügt er noch hinzu und macht dabei zu denen von der Spurensicherung eine einladende Bewegung zum Toten hin.

»Zu gütig!«, sagt der Kommissar Leichtinger und lächelt dabei sogar ein ganz klein wenig.

Wieder zurück in der Diele will die Dr. Sieber gerade weiter mit dem Köstlbacher über die Identität von dem Ermordeten reden, als ihr Handy klingelt.

»Dr. Sieber!«, meldet sie sich in einem etwas scharfen Ton, weil ihr die Unterbrechung momentan ungelegen kommt.

»Frau Dr. Sieber? Klein am Apparat! Entschuldigen Sie bitte, dass ich Sie störe. Hauptkommissar Köstlbacher hat soeben aus der Wohnung von Herrn Weber angerufen und dort eine Leiche gemeldet!«

»Hat sich erledigt, Frau Klein. Herr Köstlbacher steht neben mir!«, antwortet die Dr. Sieber.

»Ah ja? Dann richten Sie ihm bitte aus, Herr Professor Dr. Neumann wartet hier. Er will eine Aussage machen. Wenn ich ihn richtig verstanden habe, will er uns den Mörder vom Herrn Hebauer und von Frau Lauber ausliefern!«, sagt die Klein.

Du kannst dir denken, dass diese Nachricht die Dr. Sieber erst einmal verdauen muss. Da sind ihre Gedanken noch geschockt von der Leiche ein paar Meter neben ihr und jetzt das. Da kommst du dir schnell vor wie bei der Feuerwehr, der zwei Brände zugleich gemeldet werden und die aber nur ein Löschfahrzeug hat.

»Können Sie ihn noch ein paar Minuten hinhalten?«, fragt die Dr. Sieber, weil der Köstlbacher schließlich nicht fliegen kann.

»Ich denke schon!«, antwortet die Klein, die schon beim letzten Besuch vom Professor beim Köstlbacher gemerkt hat, dass der Neumann sie mit Blicken fast verschlungen hat. Und, weil das *›mit Blicken verschlungen werden‹* eine Spezialität von der Klein ist, da ist sie sich ganz sicher, dass der Professor nicht gleich weglaufen würde, wenn sie ihm noch einen Kaffee anbietet und einen mit ihm mittrinkt.

»Dann tun Sie das. Herr Hauptkommissar Köstlbacher wird bald da sein!«

»Wo werde ich bald sein?«, fragt der Köstlbacher, der nur den letzten Satz der Dr. Sieber mitbekommen hat, weil er vorher noch ganz in Gedanken bei der Leiche gewesen ist.

»Übergeben Sie das Kommando hier Ihrem Kollegen Liebknecht! Sie müssen umgehend zurück ins Präsidium! Der Dr. Neumann wartet dort auf Sie!«

»Was will der von mir?«, brummt der Köstlbacher, dem es in diesem Moment gar nicht so recht passen mag, dass seine stellvertretende Chefin ihn von diesem Einsatz abzieht auch wenn augenblicklich hier nichts getan werden kann, solange die von der Spurensicherung am Arbeiten waren.

»Ihre Frau Klein meint, der Professor möchte Ihnen den Mörder vom Herrn Hebauer und von der Frau Lauber ausliefern!«

Jetzt ist es am Köstlbacher, verdutzt dreinzuschauen. Aber, weil er in all den vergangenen Berufsjahren schon die skurrilsten Sachen erlebt hat, zuckt er nur mit den Schultern und fragt:

»Wollen Sie mich begleiten?«

»Gerne! Ich denke es reicht, wenn Herr Liebknecht das hier zu Ende bringt!«, antwortet die Dr. Sieber.

»Auf den Liebknecht ist Verlass. Vorausgesetzt er muss sich die Leiche nicht nochmal ansehen!«, schmunzelt der Köstlbacher, der noch das Bild vor Augen hat, als der Liebknecht wenige Minuten zuvor seinen Mageninhalt entleert hat, nachdem er die blutverschmierte Leiche als Erster entdeckt hatte.

Kapitel 45

»Sie werden mich doch jetzt nicht schon den Armen Ihrer bezaubernden Sekretärin entreißen?«, begrüßt der Professor Dr. Neumann den Köstlbacher, nickt einen Gruß zur Frau Dr. Sieber hin und zwinkert fast gleichzeitig der Klein zu, der, wie nicht anders zu erwarten, postwendend ein Anflug von Röte ins Gesicht steigt.

»Darf ich vorstellen: Frau Dr. Sieber, stellvertretende Polizeidirektorin!«, sagt der Köstlbacher, ohne auf die Worte vom Professor einzugehen.

»Stellvertretend für wen? Für Herrn Dr. Huber?«, fragt der Dr. Neumann und reicht der Dr. Sieber seine Hand zum Gruß.

»Sie kennen Herrn Dr. Huber?«, fragt die Dr. Sieber und ergreift seine Hand.

Dass der Dr. Neumann eine Sekunde zu lang mit seiner Antwort zögert, fällt in dem Augenblick niemandem auf.

»Nicht besonders gut!«, antwortet der Professor, »Wir sind uns einmal auf einer Tagung zum Thema ›*Gewaltverbrechen psychisch Erkrankter*‹ im Gespräch nähergekommen.«

»Frau Klein erwähnte am Telefon, Sie wären in der Lage, uns den Mörder des Herrn Hebauer und der Frau Lauber nennen zu können?«, fragt der Köstlbacher, den es momentan weniger interessiert, ob der Professor den Dr. Huber kennt oder nicht.

»Wollen wir uns nicht setzen?«, fragt die Dr. Sieber, weil die einfach gute Kinderstube.

»Natürlich!«, antwortet der Köstlbacher und geleitet die beiden zu seiner Besuchersitzecke.

»Kaffee?«, fragt der Köstlbacher noch, obwohl er eigentlich endlich zur Sache kommen möchte.

Weil der Professor dankend ablehnt, er hat während des Wartens schon zwei zusammen mit der Sekretärin getrunken, verzichtet auch die Dr. Sieber auf den köstlichen Kaffee der Klein.

Beide, die Dr. Sieber und der Köstlbacher, sind sehr gespannt, was der Professor zu sagen hat.

Aber, eines musst du wissen: Dass der Dr. Neumann ihnen jetzt auf einmal so mir nichts dir nichts was auftischen will, was der nach Adam Riese schon lange gewusst haben muss, das schon überaus zwielichtig. Auch wenn sich der Professor bestimmt wieder mit seiner Schweigepflicht herausreden würde. Bei so einem doppelten Kapitalverbrechen, da ist die Schweigepflicht sowieso ein Krampf! Da kannst du jeden fragen!

»Sie werden verstehen,« beginnt der Dr. Neumann, »dass ich mit meinem Wissen nicht gleich an Sie herantreten konnte. Meine Schweigepflicht lässt mir da wenig Spielraum!«

Hab ich's dir nicht gesagt? Hätte mich auch gewundert, wenn der Dr. Neumann nicht in dieser Richtung vorgebeugt hätte.

Die Dr. Sieber will gleich ihre Meinung dazu äußern, kommt aber nicht dazu, weil der von der Psychiatrie quasi ohne Verschnaufpause weiterredet:

»Und ›*Wissen*‹ war es anfangs auch nicht wirklich, nicht einmal eine Vermutung. Herr Letzke war schon länger in Behandlung bei mir. In seinen gewaltverherrlichenden Fantasien unterschied er sich nicht von anderen, unter ähnlichen psychischen Störungen leidenden Patienten im Klinikum. Es gab keinerlei Hinweise dafür, er würde real ausführen, was sein krankes Gehirn ihm suggerierte. Auch nach dem Mord an Herrn Hebauer kam mir dieser Verdacht nicht. Herr Letzke hatte wenig später eine ›*Sitzung*‹ bei mir. Nichts deutete darauf hin, dass er seine übliche Zwangsvorstellung, jemanden töten zu wollen, bereits in die Tat umgesetzt hatte. Daran änderte auch der Taximord nichts. Letzke hatte niemals erwähnt, jemandem die Kehle durchschneiden zu wollen. Somit brachte ich ihn auch nach diesem zweiten Mord nicht damit in Verbindung.«

»Dann hat Sie wohl der dritte Mord umgestimmt?«, fragt der Köstlbacher mit einem etwas zynischen Lächeln auf seinen Lippen.

»Der dritte Mord?«, fragt der Professor zurück und wirkt glaubhaft erstaunt.

»Frau Susanne Ziegler! Erschossen!«, hilft der Köstlbacher dem Gedächtnis vom Professor auf die Sprünge.

»Darauf spielen Sie an! Damit hat Herr Letzke bestimmt nichts zu tun! Herr Letzke würde nie eine Schusswaffe benutzen. Dazu ist sein Profil eindeutig zu, wie soll ich sagen, zu sehr am Körperkontakt mit seinem Opfer orientiert. Erwürgen oder erschlagen, das vielleicht ja. Aber erschießen? Nein! Definitiv nein!«, meint dazu der Professor.

»Gut, lassen wir die Ziegler außen vor! Aber mir ist immer noch nicht klar, warum Sie gerade jetzt mit Ihrer Vermutung rausrücken, dieser ›*Lembke*‹ hätte was mit den Messermorden zu tun!«, sagt der Köstlbacher.

»Letzke, Herr Köstlbacher, Jonas Letzke!«, wirft der Professor ein.

»Meinetwegen Letzke!«, brummt der Köstlbacher, der es absolut nicht leiden kann, wenn ihn einer verbessert.

»Nun, das hat mehrere Gründe. Der für Sie, und natürlich auch für Sie«, dabei sieht er die Dr. Sieber an, »entscheidende Grund ist, dass ich zu dem Schluss gekommen bin, Herr Letzke ist wieder einmal soweit. Er wird wieder morden. Und das wird bald geschehen!«

»Vielleicht ist es ja schon passiert!«, kommt es in diesem Augenblick von der Dr. Sieber, die bisher nur still zugehört hat.

»Wie meinen Sie das?«, fragt der Professor mit hochgezogenen Augenbrauen, was seinem Gesicht einen erstaunten Ausdruck verleiht.

»Wir haben wieder einen Mord, der mit einem Messer verübt worden ist!«, ergänzt der Köstlbacher.

Und es entgeht ihm dabei nicht, das kurze Aufleuchten in den Augen vom Dr. Neumann. Zu gut kennt er ihn inzwischen, um dem seine innere Stimmung nicht an kleinsten Veränderungen einschätzen zu können. Schließlich waren seine ›*Liegungen*‹ oft von einem gegenseitig aufeinander Lauern geprägt gewesen.

»Sebastian Weber! In seiner Wohnung ist's passiert!«, fügt der Köstlbacher zum Erstaunen der Dr. Sieber noch hinzu, die nicht so recht versteht, warum der Köstlbacher zu diesem Zeitpunkt derartige Informationen preisgibt.

Wie die Dr. Sieber aber jetzt die Reaktion vom Professor sieht, weiß sie sofort, dass der Köstlbacher einen guten Schachzug. Weil, der Professor richtig freudig erregt. Auch wenn er sich nach ein/zwei Sekunden wieder im Griffe, aber zu sehen gewesen ist's ganz eindeutig, für den Köstlbacher und für die Dr. Sieber.

»Dass Sie uns nicht darüber informiert haben, dass dieser Letzke der von uns gesuchte Täter ist, das wird noch ein Nachspiel für Sie haben! Der Mord an der Frau Lauber wäre bestimmt zu verhindern gewesen und die aktuelle Tat mit Sicherheit ebenso!«, setzt der Köstlbacher noch drauf.

»Keineswegs! Ich habe erst seit heute Kenntnis von der Täterschaft des Herrn Letzke. Er hatte nach meiner Visite eine ›*Sitzung*‹ bei mir. Da rückte er zum ersten Mal damit heraus, was er getan hat. Und ich bin sofort hierher gefahren, um das zu melden. Wobei ich auch noch zu bedenken geben möchte, dass die Angaben, die mir Herr Letzke machte, nicht definitiv der Wahrheit entsprechen müssen. Bei einer derart ausgeprägten psychischen Störung wäre es durchaus auch denkbar, dass er mir etwas gestanden hat, das er gerne getan haben würde, es dann letztendlich aber doch nicht selbst getan hat!«, verteidigt sich der Professor.

»Ist er es nun gewesen oder nicht?«, fragt der Köstlbacher, weil ihm der Dr. Neumann immer aalglatter erscheint.

»Ich gehe sicherheitshalber davon aus, er war's. Drum kam ich ja auch sofort zu Ihnen. Am Telefon lässt sich so etwas kaum erschöpfend besprechen!«, sagt der Dr. Neumann. »Dass ich zu spät kommen würde und Herr Letzke bereits erneut gemordet hat, konnte ich nicht wissen.«

»So wie's aussieht, hat Ihr Herr Letzke nicht erneut gemordet!«, meint der Köstlbacher.

»Aber Sie sagten doch gerade, Herr Weber...?«, wundert sich der Professor.

»Herrn Weber dürfte es gut gehen?«, antwortet der Köstlbacher.

»Aber...?«, beginnt der Dr. Neumann eine Frage, die in

Worte zu fassen ihm offensichtlich momentan nicht so recht gelingen will.

»Aber was? So wie's aussieht, ist Ihr Patient an den Falschen geraten!«, sagt der Köstlbacher und kann nun seinerseits einen gewissen lauernden Blick nicht verbergen. Weil der Professor mit dieser Neuigkeit aber nicht so richtig was anfangen kann, bemerkt der nicht, wie der Köstlbacher richtig gierig auf seine Reaktion wartet.

»Bedeutet das, Herr Weber ist nicht tot?«, fragt der Dr. Neumann und wird dabei ein ganz klein wenig blass im Gesicht.

»Sollte er das sein?«, fragt der Köstlbacher.

»Nein! Wieso? Was wollen Sie damit sagen?«, windet sich der Dr. Neumann sichtlich unbehaglich.

»Vielleicht wissen's Sie?«, entgegnet der Köstlbacher.

»Ich? Nein! Ich verstehe nicht!«, sagt der Professor und bekommt langsam Schweißperlen auf seiner Stirn.

»Müssen Sie auch nicht! Nicht jetzt! Wenn Sie uns jetzt entschuldigen würden, Herr Professor! Wir haben zu tun! Ihr Psychopath, dieser Letzke, wo können wir den finden?«, fragt der Köstlbacher.

»Ich habe nähere Angaben zu Herrn Letzke bereits von Ihrer Sekretärin aufnehmen lassen, da ich mir schon dachte, dass Sie danach fragen würden!«, antwortet der Professor.

»Ausgezeichnet! Sie werden von uns hören!«, sagte der Köstlbacher, steht auf und begleitet den offensichtlich verdutzten Psychotherapeuten zur Tür.

Kapitel 46

»Was war das jetzt?«, fragt die Frau Dr. Sieber den Köstlbacher, sobald der Arzt verschwunden ist und die beiden allein sind.

»Liegt doch auf der Hand! Oder? Schau'n Sie her!« antwortet der Köstlbacher und bittet die Dr. Sieber zu sich vor seine Pinnwand.

»Sie selber haben mich drauf gebracht mit dem, was Sie mir vor einiger Zeit über den Professor Dr. Neumann erzählt haben.«

Die Dr. Sieber steht neben dem Köstlbacher und runzelt nur ihre Stirn, weil sie sich im Moment nicht erinnert, was sie so Wichtiges gesagt haben soll.

»Sie haben mich darauf aufmerksam gemacht, dass der Professor und seine ganze Clique schon längere Zeit im Visier Ihrer Abteilung stehen, wegen deren Zugehörigkeit zu dieser Gruppierung, Sekte oder was auch immer, jedenfalls zu dieser ›*Organisation*‹.«

Jetzt dämmert's der Dr. Sieber und sie ist plötzlich sehr gespannt, was ihr der Köstlbacher zu erzählen gedenkt. Was der Köstlbacher der Dr. Sieber jetzt auch alles auftischt, du kennst das meiste davon schon. Alles passt bestens zusammen. Unklar ist nur noch, wo der 38.er Zweizoller hergekommen ist.

»Das Ganze ist sehr vielschichtig!«, meint der Köstlbacher. Weil alle Fäden bei mir zusammen laufen, und der Professor das weiß, hat er versucht, meine Arbeit zu sabotieren. Mich auszuschalten, wenn Sie so wollen!«

»Aber...«, versucht die Dr. Sieber erfolglos zu unterbrechen.

»Ich kann mir denken, was Ihnen da durch den Kopf geht. Aber lassen wir das einstweilen. Ich werd' dem Professor nichts beweisen können. Als mein behandelnder Arzt wird er sich da immer bestens herausreden können. Ist letztendlich auch unerheblich, weil sein Vorhaben missglückt ist. Ich bin wieder voll auf dem Damm und sehe alles klarer denn je! – Meine Ermittlungen haben ergeben, dass diese ›*Organisation*‹ nicht, wie anfangs von mir fälschlich vermutet, irgendeine mystisch-religiöse Truppe ist, die weiß Gott was im Programm hat. Der Name ist mehr oder minder willkürlich gewählt, wie mir einer der ganz kleinen Fische gestanden hat. Diese ›*Organisation*‹ ist, Sie haben mich drauf gebracht, tatsächlich nichts anderes, als eine professionelle Geldwäschertruppe im Stil der italienischen oder russischen Mafia!«

In dem Augenblick steckt die Klein ihren Kopf zur Tür herein:

»'Tschuldigung! Dringender Anruf vom Kommissar Liebknecht!«

»Stellen Sie ihn durch!«, sagt der Köstlbacher und geht zu seinem Schreibtisch, wo sein Apparat schon läutet.

»Was gibt's Wichtiges?«, fragt der Köstlbacher.

»Meine P7 ist wieder aufgetaucht. Die Spurensicherung hat routinemäßig in die Mülltonne vor dem Haus geschaut! Hab' sie aber noch nicht wieder zurückbekommen. Fingerabdrücke und so!«, antwortet der Liebknecht.

»Hm! Sonst noch was?«, fragt der Köstlbacher sehr kurz

angebunden, weil er über dieses Dienstwaffenthema, das eher peinlich, nicht groß reden möchte.

»Hab' mich wegen dem 38.er, den wir beim Letzke gefunden haben, mit dem Kollegen Leichtinger unterhalten. Der hat damals auch das Taxi von der Lauber mit untersucht. Der Leichtinger meint, wir sollten mal überprüfen, ob der 38.er nicht aus dem Taxi stammt. Seiner Meinung nach waren damals Spuren von Waffenöl um Handschuhfach! Wäre nur so 'ne Idee!«, meint der Liebknecht.

»Möglich ist alles! Übernimmst du das? Ich bin gerade in einer wichtigen Besprechung!«

»Du hörst von mir!«, sagt der Liebknecht und legt auf.

»Dem Liebknecht seine Dienstwaffe! Sie ist wieder da!«, wendet sich der Köstlbacher an die Dr. Sieber.

»Und? Wo war sie?«, fragt die stellvertretende Abteilungsleiterin.

»In der Mülltonne! Der Typ, der sie mitgenommen hat, muss sie dort ›*entsorgt*‹ haben.«

Wenn du meinst, jetzt würde eine Diskussion zwischen den beiden wegen dieser Dienstwaffengeschichte losgehen, dann irrst du dich. Weil, Hauptsache, das Teil ist wieder da. Und über alles Weitere würde zu gegebener Zeit geredet werden müssen.

»Wo bin ich vorher stehen geblieben?«, fragt der Köstlbacher und steht jetzt wieder neben der Dr. Sieber, seinen Blick auf die Pinnwand geheftet.

»›*Geldwäscher*‹ dürfte das Stichwort sein!«, antwortet die Dr. Sieber.

»Genau! ›*Geldwäscher*‹! Darum geht es unterm Strich bei der ganzen Sache. Drogengeld! Schwarzgeld! Mafiageld! Die ganze Palette eben! Deshalb auch dieses undurchsichtige System über Erbschaften und so. Der Boss der ganzen Geschichte ist nicht der Professor. Auch wenn es danach aussehen mag. Aber, was die Außenstation ›*Bezirksklinikum*‹ betrifft, da hat er das Sagen, da bin ich mir sicher.«

»Alles recht und gut! Eigentlich ein Fall für meine Abteilung! Aber wir haben inzwischen 4 Morde! Drum stehe ich hier bei Ihnen«, meint die Dr. Sieber.

»Die hätten nicht sein müssen. An das Geld kam die ›*Organisation*‹ lange Zeit locker über Entmündigungen heran. Ist zwar alles etwas kompliziert. Ihre Abteilung wird da sicher noch einige Aufklärungsarbeit leisten! Um an Geld zu kommen, hätte die ›*Organisatio*n‹ bestimmt auch gemordet. Medikamentös hat sie das vielleicht auch schon hin und wieder getan. Nachweisen wird sich das aber kaum lassen. Wir könnten's durch Obduktionen versuchen. Aber ich vermute, für einen versierten Mediziner ist es ein Leichtes, Mittel einzusetzen, die später nicht mehr nachweisbar sind. Diese Cuttermessermorde, die waren von der ›*Organisation*‹ so kaum abgesegnet. Ich denke, das war eher ein Alleingang vom Professor, der mit dem Letzke eine Fallstudie betrieben hat. Irgendwann hat der Professor dann diesem Letzke freien Lauf gelassen. Durch das doppelte Motiv, Rache für seine verunfallte Tochter und schnelles Herankommen an eine große Geldsumme hat der Professor den Hebauer für den Letzke ›*frei*‹ gegeben. Und dann verselbstständigte sich die ganze Angelegenheit. «

»Sie meinen, er hat diesen Psychopathen bewusst morden lassen?«, fragt die Dr. Sieber.

»Ja! Ganz bewusst! Der Baldauf hat die Tochter vom Professor auf dem Gewissen. Zumindest sieht das der Professor so. Und der Letzke sieht das auch so! Sehen Sie! Der Unfall hier! Indem man uns den Baldauf als Täter in den Mordfällen Hebauer und Lauber präsentierte, sollte seine vermeintliche Schuld an dem Unfall endlich gerächt werden.« Der Köstlbacher zeigt dabei auf seine Pinnwand, wo er diese Zusammenhänge dargestellt hat. »Der Letzke war nämlich nicht nur sein Patient. Er war auch der Verlobte seiner Tochter! Den Letzke auf den Hebauer loszulassen, hatte somit nicht nur das Motiv, an das Geld eines Patienten zu kommen. Es war indirekt ein Racheakt! Die Lauber, da sind wir uns inzwischen sicher, die wusste durch ihren Mann zu viel über die ›*Organisation*‹. Über ihren Mann wollte sie ihr Wissen in barer Münze ausbezahlt bekommen. Da hat sie den Bogen wohl überspannt. In dieser Richtung zumindest decken sich einige Zeugenaussagen. Vor allem die ihres eigenen Mannes! Und wieder sollte der Baldauf als Mörder herhalten. Frei nach dem Motto: Doppelt gemoppelt hält besser!«

Da läutet das Telefon erneut. Weil's noch einmal der Liebknecht ist, fragt die Klein vorab gar nicht mehr, ob sie ihn durchstellen soll.

»'Tschuldigung!«, sagt der Köstlbacher zur Dr. Sieber, die von seinen Ausführungen so fasziniert ist, dass sie gar nicht darauf reagiert, sondern in Gedanken versunken weiter seine Pinnwand studiert.

»Ja?«, fragt der Köstlbacher nur.

»Ich bin's nochmal!«, sagt der Liebknecht. »Ich denke, das wird dich interessieren: Der Tote hier ist eindeutig der Letzke. Dass wir das nicht gleich bemerkt haben, wundert mich nicht, so entstellt wie der war. So wie's aussieht, wollte er mit seinem Cuttermesser aktiv werden. Dabei hat er wohl seinen Gegner unterschätzt. Wäre der Letzke kein Psychopath, hätte er sein Messer bestimmt losgelassen. Aber seine Finger sind jetzt noch richtig um das Teil verkrampft. So hat sein Gegner wohl die Hand seines Angreifers gegen den selbst führen können und ihm fast bis zur Unkenntlichkeit das Gesicht zerschnitten. Gestorben ist der Letzke durch Verbluten. – Und noch was: Die DNA-Analyse, die du angefordert hast, ist auch schon fertig. Die Blutspritzer an seinen Tennisschuhen stammen vom Hebauer und von der Lauber!«

»Gute…«, ›*Arbeit*‹!, will der Köstlbacher sagen, kommt aber nicht dazu.

»Stopp! Ist noch immer nicht alles! Der 38.er stammte tatsächlich aus dem Handschuhfach von der Luise Lauber. Die hatte sogar eine grüne Waffenbesitzkarte dafür. Im Handschuhfach mitführen hätte sie deswegen das Teil natürlich noch lange nicht. Geklaut haben kann den 38.er jeder. Am ehesten aber ihr Mann. Der hatte schließlich jederzeit Zugang zu dem Wagen!«

»Gute Arbeit!«, lobt der Köstlbacher nun seinen Kollegen wirklich. »Hab mir so was schon gedacht! Komm vorbei, wenn du fertig bist! Wir müssen wahrscheinlich nochmal los!«

Wohin es noch gehen soll, erfährt der Liebknecht nicht mehr, weil der Köstlbacher schon aufgelegt hat.

»Womit's amtlich wäre!«, sagt der Köstlbacher zur Dr. Sieber.

»Was wäre amtlich?«, fragt sie zurück.

»Der Letzke hat den Hebauer und die Lauber definitiv auf dem Gewissen!«

Und zum besseren Verständnis berichtet der Köstlbacher

der Dr. Sieber, was ihm der Liebknecht soeben am Telefon durchgegeben hat und noch so einiges mehr.

»Dann hat der Herr Weber den Letzke in Notwehr so zugerichtet?«, fragt die Dr. Sieber schließlich.

»Er wird's uns erzählen, sobald wir ihn haben. Ich bin mir sicher, der hat gar nicht gemerkt, dass er den Liebknecht und mich umgerannt hat. Der war schlichtweg panisch, weil er dem Tod gerade erfolgreich von der Schaufel gesprungen war und gemeint hat, da kommt noch ein zweites Kommando, um ihn endgültig zu erledigen!«

»Aber warum?«, fragt die Dr. Sieber.

»Aus dem selben Grund, aus dem auch die Ziegler dran glauben musste. Die beiden sind für die ›*Organisation*‹ zu einem unkalkulierbaren Risiko geworden. Mit den Morden des Letzke und den fingierten Zeugen, die von ihm und damit indirekt auch von der ›*Organisation*‹ ablenken sollten, haben sich da wohl einige Leute auf ein Terrain begeben, das ihren routinemäßigen Geldwäscherrahmen gesprengt hat. Ab den Racheplänen begann bei denen etwas schief zu laufen. Ihre kriminelle Professionalität kam ins Schleudern.«

»Und die Ziegler, wer hat die erschossen?«, fragt die Dr. Sieber.

»Da möchte ich jetzt nicht mutmaßen. Verdächtig wäre der Lauber. Die Fahndung nach ihm läuft bereits. Ich wollte ihn schon vor Tagen herbeordern. Aber er war nicht aufzutreiben. Der Lauber hatte Zugang zur Waffe seiner Frau. Aber theoretisch könnte sich die aber auch jeder x-beliebige Fahrgast geholt haben. Sogar der Dr. Hammstig!«, betont der Köstlbacher.

»Wie kommen Sie jetzt auf den?«, fragt die Dr. Sieber.

»Er ist der zuverlässigste Vertraute vom Professor. Und er

ist laut unseren Ermittlungen Mitglied der Organisation. Der Rest ist bisher nur so ein Gefühl. Ich weiß, mit Gefühlen kann ich der Staatsanwältin nicht kommen!«

Bei diesen Worten muss die Dr. Sieber etwas schmunzeln, weil für sie das recht zweideutig klingt, auch wenn's der Köstlbacher nur eindeutig meint.

»Aber mit Schmauchspuren, Fingerabdrücken, DNA und so, dafür hat die Staatsanwältin ein offenes Ohr. Meine Leute arbeiten dran!«

»Und wer ist der geheimnisvolle Boss, den Sie hier mit einem dicken Fragezeichen versehen haben?«, fragt die Dr. Sieber, ohne auf die Theorie mit dem Dr. Hammstig weiter einzugehen.

»Da kann ich momentan nur mutmaßen! Und, Sie verstehen sicher, dass ich das zumindest Ihnen gegenüber nicht möchte. Wir haben schon Privatanschluss und Handy vom Professor und sämtliche Leitungen des Bezirksklinikums angezapft. Natürlich mit offizieller Genehmigung! Nichts! Absolut nichts! Der Kontakt zu dem großen Unbekannten muss über eine Verbindung erfolgen, zu der wir keinen Zugang haben!«

»Hm!«, meint die Dr. Sieber ein wenig enttäuscht. »Da werde ich meine Leute drauf ansetzen. Die ganze ›*Geldwäscherei*‹ fällt ohnehin mehr in mein Ressort!«

»Ich stelle Ihnen gern alle unsere Ermittlungsergebnisse zur Verfügung. Sie werden erstaunt sein, was die ›*Organisation*‹ für eine illustre Gesellschaft ist!«, sagt der Köstlbacher.

»Und wie wollen Sie weiter mit dem Professor verfahren?«, fragt die Dr. Sieber.

»Mord werden wir ihm keinen nachweisen können. Allenfalls Anstiftung dazu. In jedem Fall wird es besser sein, wenn

Ihre Abteilung sich um ihn kümmert. Seine Aktivitäten in der *›Organisation‹* und für die *›Organisation‹* dürften ausreichen, um ihn längere Zeit aus dem Verkehr zu ziehen!«, vermutet der Köstlbacher.

»Hm! Hört sich gut an!«, sagt die Abteilungsleiterin der Wirtschaftskriminalität. »Dann werde ich mich gleich mal ein Stockwerk höher begeben und meine Truppe instruieren.«

Mit einem freundlichen Lächeln und einem schnellen, aber doch festen Händedruck verabschiedet sich die Dr. Sieber vom Köstlbacher.

Der verharrt noch eine geraume Zeit lang vor seiner Pinnwand. Es ist schon seltsam! Aber immer, wenn er jemandem seine Pinnwand erklären durfte, sieht er hinterher klarer denn je. Und darum verwundert es ihn auch gar nicht, als wenig später der Liebknecht in seiner gewohnt ungehobelten Art herein poltert und ohne ein Wort des Grußes fragt:

»Du willst mit mir zum Hammstig, oder?«

»Hat er die Ziegler...?«, fragt der Köstlbacher anstelle einer Antwort.

»Alles spricht dafür!«, sagt der Liebknecht. »Der Weber hat gesungen! Wir haben ihn vor einer halben Stunde geschnappt, als er ins Bezirksklinikum wollte. Der war froh, dass wir ihn nicht verdächtigt haben. Und so, wie's aussieht, ist der abhängig und momentan total auf turkey! Drum war der auch gleich so redselig. Die Geschichte mit dem Letzke steckt dem auch noch ordentlich in den Knochen.

»Ich könnte mir inzwischen sogar vorstellen, wer der Oberboss ist!«, sagt der Köstlbacher.

Der Liebknecht zieht erstaunt seine Augenbrauen hoch.

»Aber lass uns erst einmal oben im ›*Bezirksklinikum*‹ aufräumen! Der Oberboss läuft uns nicht davon. Der kommt ganz von alleine zu uns!«, sagt der Köstlbacher. »Da wo er jetzt ist, dahin würde man uns kaum eine Dienstreise genehmigen! Und den Genuss einer Festnahme möchte ich nicht Interpol überlassen!«

Mit dieser, dem Liebknecht nicht klaren Bemerkung, machen sich die beiden auf den Weg hinauf ins ›*Bezirksklinikum*‹.

Der Dr. Hammstig reagiert gelassen auf seine Festnahme, weil er sich sicher ist, von der ›*Organisation*‹ da rausgeboxt zu werden.

Als Mediziner sollte er aber eigentlich wissen, dass die Methoden der Spurensicherung heutzutage so perfekt, dass denen schon ein einziges Haar reichen würde, um die Beweiskette zu schließen.

Der Weber hat seit der ganzen Geschichte mit dem Letzke derart Muffensausen, dass er nach seiner Festnahme später bei der großen Vernehmung nichts auslässt und in der Tat wie eine Nachtigall singt. Als Pfleger auf der Station vom Hammstig hat er so einiges mitbekommen. Natürlich auch, dass die Ziegler eine Patientin vom Dr. Hammstig gewesen ist. Sogar, dass die Ziegler den Doktor erpresst hat, weiß der Weber zu berichten. Einmal hat er belauscht, wie die Ziegler zum Doktor gesagt hat, dass sie alles auffliegen lässt, wenn er sie nicht entsprechend entlohnt für ihre Aussage. Irgendwann ist jedenfalls bei dem Dr. Hammstig eine Sicherung durchgebrannt. Bestimmt haben ihm die oben auch noch grünes Licht gegeben. Den 38.er hatte der Dr. Hammstig ja schon länger. Ob er ihn sich selber geholt hat oder ob das der Lauber für ihn erledigt hat, dazu kann der Weber nichts sagen. Dass er aus dem Taxi stammt, das weiß er allerdings schon.

Offen bleibt, wer ›*die da oben*‹ innerhalb der ›*Organisation*‹ sind. Der Dr. Hammstig kennt in der Hierarchie der ›*Organisation*‹ nur dem Professor über sich. Aber über den lässt er sich nicht aus, weil er sich sonst für jede Hilfestellung von außen selber das Wasser abgräbt. Und den Oberboss, den kennt er nicht. Angeblich hat er nie was von einem Oberboss gehört.

Der Köstlbacher aber da ganz zuversichtlich. Die Truppe von der Dr. Sieber besteht aus exzellenten Kriminalern. Und, denen wird es nicht entgehen, wer da die Fäden gezogen hat und vielleicht sogar immer noch zieht. Aber, weil der Köstlbacher wegen einem Baugefühl alleine keine Behauptungen aufstellen mag, auch wenn ihm dieses Bauchgefühl sagt, dass er bombensicher richtig liegt, drum spricht er mit niemandem über seine Vermutung, die für ihn selber Gewissheit ist, nicht einmal mit dem Liebknecht oder mit mir!

Gewurmt hat den Köstlbacher im Nachhinein nur, dass er den Letzke nicht mehr rechtzeitig hinter Gittern hat bringen können. Andererseits hat der Weber die Gesellschaft durch seine Notwehraktion von einem gefährlichen Psychopathen befreit. Diese Lösung gefällt dem Köstlbacher weitaus besser, als eine sich hinziehende Gerichtssache, bei der der Letzke am Ende nach tausend Gutachten doch nur mit Handschuhen angefasst worden wäre.

Das mit der angeblichen sexuellen Belästigung der Luise Lauber durch den Baldauf kam nie zur Sprache, obwohl es aktenkundig war und eigentlich nicht hätte übersehen werden dürfen. Im Nachhinein gesehen ist das aber gut so. Hätte ohnehin nur unnötig falsche Verdachtsmomente geschaffen.

Anmerkung des Autors:

In der Keplerstraße existiert eine Bierkneipe, die der Autor allerdings mit dem fiktiven Namen ›*Schnupfloch*‹ angibt. Die in dieser Kneipe im Krimi beschriebenen Gepflogenheiten des Bierkonsums sind frei erfunden. Die Idee dazu kam dem Autor, als er in Berlin eine Bierkneipe entdeckte, in der die Bierpreise in ähnlicher Weise ermittelt werden.

Leseprobe aus:

Tod einer Tanzschülerin

Köstlbachers vierter Fall

als Vorgeschmack auf diesen nächsten ›Köstlbacher‹!

Und schon wieder ist was passiert in Regensburg! Dass es ausgerechnet an Allerheiligen gewesen ist, als der Köstlbacher gerade im Begriff war, mit seiner Anna das Haus zu verlassen, war dabei bestimmt das geringere Übel. Weil, seit der Geschichte damals auf dem Friedhof, ist der Köstlbacher nicht mehr am Grab von Annas Eltern gewesen und an dem seiner eigenen Blutsverwandtschaft in Straubing schon dreimal nicht. Aber jetzt hätte er notgedrungen wieder hin müssen. Was Straubing betrifft, da hatte der Köstlbacher ja eine gute Ausrede. Schließlich ist der Gräberumgang dort zur selben Zeit wie in Regensburg. Womit Straubing automatisch abgehakt werden konnte. Nicht hingegen Regensburg. Da würde ihn seine Anna auch noch mitschleppen, wenn er kurz zuvor noch mit 40°C Fieber im Bett gelegen hätte.

Gefühlt hat sich der Köstlbacher ja tatsächlich sogar so, als würde er noch viel höheres Fieber haben, zumindest bis der Anruf aus der Bajuwarenstraße gekommen ist. Der Anna ist es dann fast so vorgekommen, dass er gelächelt hat, ihr Edmund, als er ihr gesagt hat, sie müsse auf ihn am Friedhof heuer leider verzichten. Dabei hat der Köstlbacher alles versucht, die zufriedene Regung zu unterdrücken. Weil, wenn du so einen Anruf bekommst, dass du gebraucht wirst, weil wieder einmal einer ermordet worden ist, dann ist da ja eigentlich kein Grund, eine glückliche Mine aufzusetzen.

»Jetzt sag' bloß, du freust dich womöglich noch, weil du nicht auf den Friedhof musst!«, hat die Anna gesagt.

»Aber nein!«, hat der Köstlbacher gelogen. »Ich find's nur gut, weil es endlich wieder was Anständiges zu tun gibt. Oder meinst du, der Bürokram jeden Tag macht mir Spaß? Da hätte ich ja gleich bei der Stadtverwaltung Karriere machen können!«, fügte er noch hinzu.

»Und der Ausflug morgen mit der Clara und dem Karl nach München? Die beiden haben sich so auf das Deutsche Museum gefreut!«, fragte die Anna.

»Darüber reden wir heute Abend! Jetzt muss ich erst mal los! Der Liebknecht wartet bestimmt schon unten! Grüße deine Eltern von mir!«, antwortete der Köstlbacher und drängte sich an seiner Frau vorbei aus dem Haus im Prinzenweg.

Auch wenn's der Anna nicht gepasst hat, aber Dienst ist eben Dienst!

»Hallo Chef!«, begrüßte ihn der Kommissar Liebknecht vom Fahrersitz des schwarzen Dienst-Audis aus.

»Hallo Norbert! Du weißt, wo's hingeht?«

»Jedenfalls nicht zum Friedhof!«, zwinkerte der Liebknecht seinem Kollegen zu, der ihm erst vor ein paar Tagen sein Leid geklagt hatte, was den Gräberumgang betrifft, und startete den Wagen.

»Und?«, fragte der Köstlbacher.

»Zum Jakobstor! Eine halb nackte Tote! Mehr weiß ich auch nicht«, sagte der Liebknecht. »Anordnung von der Sieber höchst persönlich, dass wir beide hin sollen! Die Sieber scheint nie einen freien Tag zu machen!«

»Wenn man bedenkt, was für ein Chaos ihr der Dr. Huber hinterlassen hat, wundert mich das nicht!«, meinte der Köstlbacher.

Es dauerte nur wenige Minuten bis hoch zum Jakobstor, wo sich schon eine Traube an Gaffern gebildet hatte, die neugierig auf das waren, was es dort zu sehen gab. Ein Einsatzkommando der Verkehrspolizei hatte den Platz vor dem Jakobstor, wo unlängst noch ein Polizeirevier war, zum Glück schon vorbildlich abgeschirmt und abgesperrt.

Kommissarin Lederer von der Mordkommission, die sich schon vor Ort befand, begrüßte den Kriminalhauptkommissar mir Handschlag:

»Gut, dass dich der Norbert noch erreicht hat. Wir hatten schon Angst, dich von den Allerheiligenfeiern am Friedhof wegholen zu müssen. Die Dr. Sieber hat mich schon mal vorgeschickt. ›*Kann nie schaden, wenn eine Frau dabei ist!*‹, hat sie gemeint.«

»So schlimm?«, fragte der Köstlbacher.

»Schlimmer! Ich frage mich, wie pervers man eigentlich sein muss, um so etwas zu machen?«, antwortete die Lederer und machte dabei eine Handbewegung zu der Leiche hin. »Eigentlich wollte ich eine Decke über sie breiten, aber wegen der Spurensicherung habe ich dann doch darauf verzichtet. Zum Glück waren die Kollegen vom Verkehr fix genug, haben schnell einen Sichtschutz aufgebaut und alles abgeriegelt!«

Die weibliche Leiche lag nicht auf dem Boden. Sie kniete,

kniete mit leicht gespreizten Beinen auf dem Bürgersteig. Die Hände hatte sie vor ihren Knien aufgestützt, die Handgelenke waren mit breitem, gelbem Klebeband, so einem, wie du es in jedem Baumarkt kaufen kannst, an den Kniegelenken fixiert. Ein weiteres Klebeband stabilisierte diese Stellung, indem es in Höhe beider Ellenbogen um den ganzen Körper führte. Ein Umfallen der Leiche verhinderte zusätzlich eine seitliche Befestigung des rechten Arms an der Stange eines Schildes, das nur Anwohnern das Parken vor dem ehemaligen Polizeirevier gestattete. Der Kopf der Toten hing nach vorne, ihre buschigen, langen, blonden Haare verhinderten, einen Blick auf ihr Gesicht werfen zu können. Bekleidet war die Tote mit einem eng anliegenden, lila T-Shirt und einem schwarzen Minirock. Offensichtlich waren das die einzigen Kleidungsstücke. Der fehlende Slip gab dem Anblick eine obszöne Note, die allem Anschein nach in voller Absicht vom Täter inszeniert worden war. Auch Schuhe fehlten. An den deutlich zu sehenden Fußsohlen fiel jedoch sofort auf, dass die Frau zu Lebzeiten nicht barfuß gegangen sein konnte. Dazu waren sie viel zu sauber, um nicht zu sagen makellos rein. Die Größe der Person konnte der Köstlbacher nur annähernd schätzen, die übrige körperliche Erscheinung ließ sich dagegen trotz der unnatürlichen Stellung recht gut erkennen. Dass es sich um eine weiße, mittelgroße, schlanke, der sichtbaren Haut nach zu urteilen noch junge Frau handelte, da glaubte sich der Kommissar Köstlbacher ziemlich sicher zu sein.

»Zeugen?«, fragte der Köstlbacher nur knapp, weil ihm der Anblick einen Würgereiz verursachte.

»Niemand hat etwas gesehen. Die Frau schien auf einmal da gewesen zu sein«, antwortete die Lederer.

»Tot vom Himmel fallen und sich dann noch selbst hier anbinden, so kann's ja wohl nicht gewesen sein!«, grantelte der Köstlbacher, dem die Antwort der Lederer gar nicht gefiel. »Hier laufen um diese Tageszeit doch weiß Gott genug Leute vorüber! Wer hat die Leiche überhaupt gemeldet?«

»Niemand! Zumindest kein Passant oder so. Unsere eigenen Leute, wenn man's genau nimmt. Eine Streife war mit Blaulicht von der Innenstadt raus zum Stadtpark unterwegs, wo einer alten Frau die Handtasche mit Ausweis und Geld entrissen worden ist. Sie haben dann aber trotz ihres Einsatzes hier gehalten, weil sich aus einer unübersehbaren Menschenansammlung vor dem Jakobstor eine Frau löste und wild gestikulierend auf die Straße gesprungen ist, um das Einsatzfahrzeug zu stoppen.«

»Und von diesen Gaffern hat niemand was beobachtet?«, fragte der Köstlbacher nach.

»Nichts, was einen Hinweis darauf geben könnte, wie die Leiche hierher gekommen hätte sein können. Die ›*Gaffer*‹, wie du sie bezeichnest, sind eine Gruppe Japaner, die mit ihrer Stadtführerin gerade drüben die Schottenkirche verlassen haben. Soviel ich mitbekommen habe, stellten die sich spontan vor die Leiche, um sie vor ungebetenen Blicken zu schützen. Zumindest behauptet das Frau Ute Grimm, die Stadtführerin der Gruppe. Dic, die das Einsatzfahrzeug gestoppt hat!«

In diesem Augenblick trat ein älterer Polizist, einer von denen, die schon einige Minuten vor dem Köstlbacher hier eingetroffen waren, um die Umgebung zur Leiche hin abzusichern, auf den Kriminaler von der Mordkommission zu.

»Hallo Edmund! Ich hätte da jemanden für dich, den du dir anhören solltest!«, sagte der Hauptwachtmeister Gramschatz.

Nicht dass du jetzt denkst, der Köstlbacher mit allen per ›*du*‹ und so. Innerhalb der Mordkommission, da hat sich das ›*du*‹ freilich schon länger durchgesetzt. Außer mit der Dr. Sieber. Die Dr. Renate Sieber Abteilungsleiterin. Quasi nicht im ›*du*‹ Bereich. Aber der restliche Haufen, alle die, von denen die eigentliche Arbeit erledigt wird, die alle per ›*du*‹, quasi jeder mit jedem. Der Gramschatz allerdings beim Verkehr und nur selten Zusammenarbeit mit denen vom Mord. Aber der Gramschatz teilte immer ein, wenn es ums regelmäßige Pflichtschießen am Schießstand in Neudorf ging. Und weil der Köstlbacher das Schießen hasst, hat ihn der Gramschatz schon ab und zu mal wohlwollend ›*übersehen*‹.

»Hm!«, brummte der Köstlbacher nur, weil er sich von der Toten gar nicht lösen wollte und das Gefühl nicht los wurde, dass in dem Ganzen hier eine Botschaft versteckt sein musste, die ihm bisher noch entgangen war. Da aber genau in diesem Augenblick die Spurensicherung in ihren weißen Overalls ankam, denen seine Gegenwart eher lästig war, verließ er den Schauplatz und folgte dem Hauptwachtmeister Ludwig Gramschatz hinter die Absperrung hinüber auf die Seite zur Schottenkirche.

Weil, eines musst du wissen, die von der Spurensicherung, die haben nicht nur hygienisch gereinigte, weiße Schutzkleidung an, damit sie bei ihrer Arbeit nicht am Ende ihre eigenen Spuren auswerten müssen. Die von der Spurensicherung, die haben mit dieser weißen Aufmachung auch sonst so einiges mit Ärzten in einer Klinik gemeinsam, außer dieser offensichtlichen Optik. Ich möchte sie nicht gerade in Gänze mit den ›*Göttern in Weiß*‹ gleichsetzen, aber was ihre Arroganz betrifft, da Unterschied nur noch im Detail. Gibt natürlich solche und solche. Wie in anderen Berufen eben auch. Aber solche, denen der Köstlbacher schon während der Arbeit vor Ort vernünftige Aussagen abringen kann, solche waren zumindest in Regensburg sehr dünn gesät. Und in der Truppe, die diesmal angetanzt gekommen ist, das hat der Köstlbacher gleich gesehen, da war keiner darunter, mit dem er bisher schon gute Erfahrungen gemacht hat. Darum war es dem Hauptkommissar auch ganz recht, die Schamhaarzähler zunächst einmal ihre Arbeit machen zu lassen und erst anschließend mit seinen Fragen aufzuwarten.

Direkt neben dem verglasten Schottenportal hatte der Gramschatz seinen Polizeibus stehen, der mit allem ausgestattet war, was bei einem Verkehrseinsatz so nötig war. Und weil bei einem Verkehrsunfall auch hin und wieder ein Toter, darum quasi so ein Bus ein sehr universell verwendbares Einsatzfahrzeug. Ob Leiche ermordet, hinterm Steuer zu Tode gekommen oder überfahren, das kein wirklicher Unterschied. Mehr als tot geht nämlich nicht. Seltsamerweise ziehen Tote die Lebenden an wie die Schmeißfliegen. Und da brauchst du schon die entsprechende Ausrüstung, um großräumig absperren zu können.

Weil, eines darfst du nicht vergessen, es scheint ein zutiefst innerstes Bedürfnis eines jeden Menschen zu sein, zu Lebzeiten wenigstens einmal einen Blick auf einen Toten erhaschen zu können. Das Leben kennt man ja. Aber den Tod? Jeder möchte ihn irgendwann einmal zumindest gesehen haben, bevor sich der bei ihm selber vorstellt.

»Darf ich bekannt machen? Herr Parzefall«, sagte der Gramschatz und deutete mit einer entsprechenden Geste zu einem kleinen, schlanken Mann Mitte 30, der sichtlich nervös mit einem Stativ und einer Kamera in der Hand auf den Hauptkommissar wartete.

»Kommissar Köstlbacher!«, stellte sich der Polizeihauptkommissar in gewohnter Weise mit einem Nicken vor. Der Köstlbacher kürzte seinen Titel meist auf ›*Kommissar*‹ ein, wenn er jemanden begrüßte. Die Leute tun sich in der anschließenden Befragung immer leichter, wenn sie nicht so einen ellenlangen Titel in den Mund nehmen müssen und zeigen sich dann meist auch viel redseliger. ›*Kommissar*‹, so etwas kennt jeder! Umdenken vom Fernsehen zur Realität nicht nötig. Und die Fernsehwirklichkeit gilt für viele Leute als Maßstab. Das glaubst du gar nicht!

»Parzefall!«, sagte der Mann einsilbig und deutete seinerseits ein Nicken an.

»Sie haben mir was zu sagen?«, fragte der Köstlbacher und schaute dabei missmutig auf die Kamera und das Stativ. So ein Pressefuzzi, der ging ihm jetzt gerade noch ab.

Dem Parzefall entging dieser Blick nicht und er konnte sich auch sofort ausmalen, was der Köstlbacher dachte.

»Ich bin nicht von der Presse!«, sagte er und hob abwehrend die eine freie Hand.

»Sondern?«, fragte der Köstlbacher, eine Idee milder gestimmt.

»Ich bin Lehrer am Goethe Gymnasium. Geschichte und Latein. Ein Unterrichtsprojekt!«, und dabei klopfte er zur Verdeutlichung auf sein Fotoequipment.

Eine Antwort hat er ihm darauf nicht gegeben, der Köstlbacher. Und wenn du's genau wissen willst, er hat den Lehrer sogar bedauert. Bevor der Köstlbacher Kriminaler geworden ist, da hat er kurzfristig sogar selbst schon einmal den Gedanken gehabt, irgendetwas mit Lehramt zu studieren. Aber den Gedanken hat er schon nach dem ersten Tag eines vorausgehenden Pflichtpraktikums an einer Grundschule wieder verworfen. Das Kasperltheater, das die dort veranstalteten, nur um wenigstens ein Minimum an Aufmerksamkeit der fernsehverwöhnten Kids zu mobilisieren, damit wollte er nicht ein Leben lang sein Geld verdienen müssen.

Weil der Köstlbacher nichts gesagt hat, wie der kleine Mann so dagestanden und sich als Lehrer geoutet hat, fing der Parzefall einfach von sich aus zu erzählen an:

»Sie müssen wissen, Herr Kommissar, ich bin heute schon den ganzen Vormittag zwischen Bismarkplatz und Jakobstor unterwegs. Meine Klasse soll sich in einem Projekt zum Geschichtsunterricht ganz speziell mit der Jakobsstraße befassen. Da fotografiere ich alle möglichen Details, inklusive Hinterhöfe. Die Jakobskirche selbst als wichtigstes Bauwerk natürlich von innen und außen.«

»Bitte kommen Sie zum Punkt! Sie sehen doch, dass ich hier zu tun habe!«, unterbrach den Parzefall der Köstlbacher, weil so ein Lehrer einfach nicht mehr zu bremsen ist, wenn der zu quasseln beginnt und am Ende vor lauter Begeisterung für sein Projekt ganz vergisst, was er eigentlich hätte sagen wollen.

Und tatsächlich ist das Feuer aus den Augen vom Parzefall auch gleich verschwunden, wie ihn der Kriminaler zur Kürze angemahnt hat.

»Der Punkt?«, antwortete der Parzefall mit fragender Stimme, sichtlich bemüht, seine Gedanken nun erst einmal zu sortieren. »Also der Punkt ist, dass ich mit dieser Japanergruppe dort gemeinsam aus der Jakobskirche herausgekommen bin und die Frau dort drüben gesehen habe.«

»Aha!«, sagte der Köstlbacher. »War's das dann?«

»Natürlich nicht! Mir fiel nur spontan etwas auf. Nicht nur die Frau! Die natürlich ganz besonders! Aber ich war mir auch sicher, dass eine halbe Stunde zuvor, vielleicht auch schon länger zuvor, genau da, wo sich jetzt diese Frau befindet, ein Kleintransporter gestanden hat. Also direkt dort hat er nicht gestanden. Eher etwas rechts davon. Da, wo die Frau jetzt kniet, da war so ein grauer Sichtschutz aufgebaut. So ein Teil, das oft bei Kanalarbeiten zu sehen ist, damit keiner reinfällt. Vermute ich zumindest. Bin ja kein Kanalarbeiter. Aber ich erinnere mich genau daran, weil mir dadurch der Blick auf das ehemalige Polizeirevier verstellt war und ich keine guten Fotos machen konnte.«

»Und der Sichtschutz war später weg?«, fragte der Köstlbacher, jetzt natürlich spontan doch sehr interessiert.

»Der Sichtschutz und der Kleintransporter!«, antwortete der Pädagoge.

»Können Sie den Kleintransporter näher beschreiben? Hersteller? Farbe? Zulassungsnummer? Und war da irgendjemand bei dem Transporter?«, fragte der Köstlbacher.

Eine Antwort konnte auf diese Vielzahl von Fragen in dem Augenblick der Parzefall aber keine geben, weil von der Spurensicherung her ein alles durchdringender Schrei zu hören war.

Zuerst hat der Köstlbacher gemeint, dass einer aus dem sensationslüsternen Publikum hinter der Absperrung geschrien hätte. Weil, das kannst du mir glauben, die Gaffer gehören zwar zu der absolut sensationslüsternen Sorte von Menschen, aber wenn die was zu sehen kriegen, was ihnen den Atem raubt, dann sind gerade die die ersten, die mit einen Schreikrampf reagieren. Und, es hätte ja sein können, dass ein Gaffer einen Blick auf die Frau erhaschen konnte, als die Spurensicherung den direkten Sichtschutz um sie teilweise lockern musste, um ungehinderter arbeiten zu können. Aber so war's nicht. Was ganz anderes ist passiert! Pass auf!

Der Parzefall musste auf alle Fälle jetzt erst einmal warten. Sollte sich einstweilen der Gramschatz um ihn kümmern. Der Köstlbacher hat instinktiv nach seiner Dienstwaffe gegriffen. Das lernst du in der Ausbildung. Du musst es immer und immer wieder trainieren, weil, bei realen Polizeieinsätzen kommt der Griff zur Dienstwaffe so selten vor, dass du im Ernstfall bestimmt Bedienungsfehler und so. Und das wäre dann nicht die erste Schussverletzung, die sich ein Polizist im Eifer des Gefechts selber zuzieht. Vorzugsweise in den Oberschenkel. Aber auch die Eier hat's bei einem schon mal erwischt.

Training an der Waffe hin oder her. In dem Fall jetzt hätte sich der Köstlbacher ohnehin nicht irgendwohin schießen können, weil er seine Dienstwaffe nämlich gar nicht dabei hatte. Noch während er merkte, dass unter seiner Achsel weder Halfter noch Waffe zu finden waren, hechelte er leichtsinnig über die Straße, rüber zur Leiche, aus deren Richtung der Schrei gekommen war.

Das hat dem Köstlbacher schon während seiner Ausbildung vor 20 Jahren sein Vorgesetzter immer und immer wieder gesagt, dass es keinen Sinn macht, sein Leben aufs Spiel zu setzen. Lieber einmal zu spät dran sein. Einen Mörder kann man immer noch fangen, aber einen toten Polizisten, den kann keiner mehr lebendig machen.

Und an den hat der Köstlbacher, ob du's nun glaubst oder nicht, auch wirklich gedacht, an seinen Ausbilder von damals. Nur wäre das Denken im Falle eines Falles eben nicht ausreichend genug gewesen.

Im dem Augenblick, als der Köstlbacher sich quasi schon als Held der Regensburger Kripo im Sarg auf dem Friedhof gesehen hat, da hat auf einmal der Kommissar Liebknecht gerufen:

»Einen Krankenwagen! Schnell! Einen Krankenwagen!«

»Was ist passiert?«, schrie der Köstlbacher, während der Gramschatz, der das Geschehen von der anderen Straßenseite aus gebannt mitverfolgt hat, zum Polizeifunk griff und einen Krankenwagen nebst Notarzt anforderte.

Noch bevor jemand dazu kam, dem Köstlbacher eine Antwort zu geben, da hat er es selbst gesehen, da drüben vor dem ehemaligen Polizeirevier in der Jakobsstraße, und, wäre da nicht immer noch die verschnürte Frau gewesen, die Szene, die sich da abspielte, hätte dich vielleicht sogar zum Lachen reizen können. Zum Schmunzeln allemal!

Ein junger Beamter von der Spurensicherung lag neben der halb nackten Leiche regungslos am Boden. Beziehungsweise, er hatte regungslos am Boden gelegen. Wie der Köstlbacher nämlich noch einen Schritt nähergekommen ist, kam gerade wieder Leben in den jungen Mann. Er hob erst seinen Kopf, drehte ihn zur Leiche hin, stützte sich dann mit beiden Händen am Kopfsteinpflaster ab, stand umständlich auf und klopfte sich, noch nicht wirklich Herr seiner Sinne, wie es schien, den Straßenschmutz von seinem weißen Overall.

Der Köstlbacher, der die Szene nicht von Anfang an mitbekommen hatte, schaute ihn nur mit erstaunten und zugleich fragenden Augen an.

»Was ist passiert?«, fragte er schließlich erneut, diesmal konkret den Kollegen, dessen Schockzustand unübersehbar war.

»Sie lebt!«, stammelte der nur mühsam, weil es ihm offensichtlich die Sprache im wahrsten Sinn des Wortes verschlagen hatte.

»Jetzt nicht mehr!«, ergänzte der Kriminaler Dr. Frank, der einzige Mediziner im Spurensicherungsteam und zugleich Chef der *›weißen Truppe‹*. »Ihr Gesicht und dann der Schrei! Das kann selbst einen hartgesottenen Typen umhauen, Kollege Bäumel! Nichts wofür Sie sich schämen müssen!«, fügte der Dr. Frank noch hinzu und klopfte dem Bäumel freundschaftlich auf die Schulter.

Vielleicht wollte der Beamte Bäumel der Spurensicherung sich ja bei seinem Chef für dessen Verständnis bedanken.

Danach hat es zumindest ausgesehen, weil auf einmal wieder Bewegung in den jungen Polizisten kam. Aber anstelle einer Antwort sprang der plötzlich zwei/drei Schritte nach vorne und kotzte in den Rinnstein.

»Zifix! Kann mir endlich wer sagen, was hier los ist?«, schimpfte der Köstlbacher und machte einen Schritt zur Seite, um nichts von dem Erbrochenen abzubekommen.

Ein Blick zur immer noch zum Teil verschnürten Frau hin reichte jedoch, um sich die Frage zumindest zum Teil selbst beantworten zu können.

Jemand von der Spurensicherung hatte sich, nachdem das Opfer von allen Seiten digitalisiert war, daran machen wollen, das Klebeband zu entfernen, um die Leiche zum einen transportfähig zu machen und um zum anderen den Blick auf ihr Gesicht freizubekommen, den die langen, herabhängenden, blonden, strubbeligen Haare bislang immer noch versperrten. Und genau in dem Moment ist es passiert: Der Kopf des Opfers hob sich. Ein grässlicher Schrei war dann wohl das Letzte, bevor endgültig jedes Leben aus der Frau wich.

Zum in Ohnmacht fallen, hätte dieses Szenario vermutlich für viele Menschen schon gereicht. Du würdest womöglich sogar schon in Ohnmacht fallen, wenn du dich am offenen Sarg von einem Verstorbenen verabschieden wolltest und der urplötzlich die Augen aufmacht. Aber das gar nichts gegen das hier! Da wuselten nun schon eine geraume Zeit alle möglichen Personen rum, alle in der Meinung, die Frau wäre mausetot. Wegen der gekrümmten, zusammengebundenen Haltung war ihre Brust und der Bauch nicht zu sehen gewesen, wo eine minimale Bewegung auf eine noch vorhandene Atmung hätte schließen lassen können.

Der Schrei allein hätte schon gereicht. Ob für den jungen Polizisten von der Spurensicherung, das weiß ich nicht. Die Japaner hätte es bestimmt reihenweise umgehauen. So fernab der Heimat ist jeder ein bisschen schreckhafter, als in der gewohnten Umgebung.

Aber, du wirst es dir schon denken, der Schrei war es nicht allein, der dem noch nicht so routinierten Beamten das Blut in den Adern hatte gefrieren lassen und die Sauerstoffversorgung des Gehirns in nur Millisekunden zum Erliegen gebracht hat. Quasi Schockzustand!

Es war das Gesicht der Frau! Kurz, kaum mehr als einen Wimpernschlag war es zu sehen gewesen. Und der junge Spurensicherer hatte das Pech, genau während dieses Wimpernschlags seine Augenlider geöffnet zu haben. Jemand musste Säure über ihr Gesicht geschüttet haben. Wenn du schon einmal in so einem Zombiefilm gewesen bist, dann hast du eine ungefähre Vorstellung davon, was von dem vielleicht einmal hübschen Gesicht noch übrig war. Wenn ich sage ›*vielleicht*‹, dann deswegen, weil ein Großteil des Fleisches so weggeätzt war, dass man aufgrund dessen, was vom Gesicht noch zu sehen war, nicht einmal mehr auf das Alter hätte rückschließen können, auf das Aussehen schon dreimal nicht!

»Hab' mich schon gewundert, was mit den Fingerkuppen los ist. Alle zehn verätzt! Jetzt ist's klar! Ein Versuch des Mörders, uns die Identifizierung seines Opfers zu erschweren!«, sagte der Dr. Frank.

›*Coole Sau!*‹, hat in dem Moment der Köstlbacher gedacht. Weil, dass einer so eine Leiche sieht und trotzdem weiterhin nur logisch schlussfolgert, das schon außergewöhnlich. ›*Abartig!*‹, hat der Köstlbacher auch noch gedacht. Wobei es nicht ganz klar war, ob er jetzt damit den Dr. Frank oder die Leiche gemeint hat oder vielleicht sogar beide.

»Ist übrigens das erste Mal in meiner 30jährigen Berufslaufbahn bei der Spurensicherung, dass es besser gewesen wäre, die vermeintlich tote Frau doch etwas näher in Augenschein zu nehmen, anstatt vorschnell eine Leiche draus zu machen. Ihr Leben hätte vermutlich niemand mehr retten können, aber unter dem Einsatz geeigneter Medikamente wäre vielleicht noch etwas aus ihr herauszubekommen gewesen!«, mutmaßte der Mediziner.

›*Gut, dass meine neue Chefin die Dr. Sieber ist!*‹, dachte der Köstlbacher. ›*Der Dr. Ernst Huber hätte die Gelegenheit wieder einmal beim Schopf gepackt, um mich und meine Leute in die Pfanne hauen zu können.*‹ Und laut hat er gesagt: »Jede Sekunde, die irgendwelche Medikamente dieses Leben verlängert hätten, wären Sekunden des Martyriums für die Frau geworden!«

»Schon klar! Schon klar! Man muss natürlich auch diese Seite sehen!«, sagte dazu der Dr. Frank. »Aber dennoch! Fürs Protokoll: Wer hat die Frau als Leiche gemeldet?«

»Die Stadtführerin dieser Japanergruppe dort. Eine gewisse Frau Grimm!«, antwortete der Köstlbacher widerwillig, weil er diese Wichtigtuerei vom Dr. Frank hasste. ›*Die Frau hat auf jeden Polizisten, der hier aufgekreuzt ist, mausetot gewirkt. Deshalb hatte ja sie auch niemand angerührt. Ist ja jedes Mal der Teufel los, wenn irgendwer was anrührt, bevor die Spurensicherung eintrifft. Und gerade so einer von denen reißt jetzt das Maul auf!*‹, dachte er, weil's besser ist, so etwas einem Kollegen mit einem Dr.-Titel nicht laut ins Gesicht zu sagen.

»Eine Stadtführerin? Verstehe! Die dürfte von der Situation vermutlich überfordert gewesen sein!«, kommentierte der Dr. Frank die Antwort vom Köstlbacher mit einem etwas verächtlichen Tonfall.

Später hat der Köstlbacher dann erfahren, dass dem Dr. Frank seine Exfrau vor der Scheidung, als sie schon versucht hat, sich wieder auf eigene Beine zu stellen, auch als Stadtführerin gearbeitet hat. Bei der Gelegenheit hat sie dann diesen anderen Mann kennengelernt, wegen dem sie den Dr. Frank verlassen hat. Wenn du so etwas erzählt bekommst, dann nicht mehr so unverständlich, wenn so ein Gehörnter alle Stadtführerinnen quasi über einen Kamm und so.

»Können Sie mir schon Näheres über die Tote sagen?«, fragte der Köstlbacher den Dr. Frank, um von dem Missgeschick abzulenken, wegen dem er noch genug Ärger bekommen würde, und das er deswegen momentan weit zurückgestellt wissen wollte.

»Sie hat keinerlei Papiere bei sich. Nicht einmal ein Handtäschchen. Die Identität festzustellen wird von unserer Seite her nicht einfach werden. Übers Gebiss oder ihre DNA vielleicht. Aber leicht wird auch das nicht. Wenn sich keine Vergleichsmöglichkeiten anbieten, sind diese Details ja oft auch nicht viel wert. Da können Sie nur hoffen, irgendwer meldet die Frau als vermisst!«, sagte der Mediziner von der Spurensicherung.

»Gesicht?«, fragte der Köstlbacher.

»Natürlich werden die in der Gerichtsmedizinischen versuchen, es wieder in einen Zustand zu versetzen, es überhaupt als Gesicht erkennen zu lassen. Aber ob Sie damit dann fahndungstechnisch was anfangen können, das wage ich zu bezweifeln.«

»Haben Sie sonst gar nichts?«, fragte der Köstlbacher, dem sich der Magen zusammenzog bei der Vorstellung, keinerlei Ansatzpunkte für eine Identifizierung der Frau zu erhalten.

»Ein paar Fasern, die vermutlich nicht von ihrer Kleidung stammen. Angetrocknetes Sekret an ihrer Scheide, das auf den ersten Blick auf eine Vergewaltigung schließen lässt. Viel ist es nicht! Zumal an so einer exponierten Stelle selbst eine penible Überprüfung der Umgebung der Leiche kaum was bringen dürfte, nicht einmal ein paar Zentimeter von ihr entfernt. Da latschen ja täglich Hunderte von Leute entlang. Entsprechend lässt praktisch nichts auch nur einen annähernden Rückschluss auf einen Täter zu, was nicht direkt am Körper der Frau gefunden werden kann.«

»Hm!«, brummte der Köstlbacher, der mit dieser Auskunft natürlich nicht glücklich werden konnte. »Also Gerichtsmedizin?«

»Unbedingt! Je schneller, desto besser! An was genau die Frau gestorben ist, kann nur eine Obduktion beantworten. Die Säure hat sie zwar übel zugerichtet, aber es ist fraglich, ob sie auch zu ihrem Tode geführt hat«, meinte der Dr. Frank. »Wir sind hier jedenfalls fertig!«, fügte er noch hinzu.

»Danke! Bis zum nächsten Mal!«, verabschiedete sich der Köstlbacher, eine Idee freundlicher, als er eigentlich gewillt war. Aber er wollte es sich mit dieser Truppe nicht verderben. Die Zeiten waren wohl endgültig vorbei, als noch sein Freund, der Dr. Kroner, der Chef dieser Abteilung war. Und wenn der Neue jetzt Dr. Frank heißt, dann hilft das ganze nostalgische Getue auch nichts.

Aber, eines darfst du nicht vergessen, einen Vorteil hatte es ja trotzdem, dass der Dr. Kroner inzwischen pensioniert und so. Weil der Dr. Kroner immer zwischen Regensburg und Erlangen hin- und hergependelt ist. Der Dr. Frank hingegen nur ausnahmsweise in Erlangen. Quasi Vollzeit in Regensburg! Wegen neuer Kompetenzverteilung und so.

»Hoffentlich nicht zu bald!«, lächelte der Dr. Frank und schüttelte dem Köstlbacher zum Abschied sogar noch die Hand, was der reflexartig, aber sichtlich überrascht erwiderte und ›*Scheint doch nicht so übel zu sein, der Herr Doktor!*‹, dabei dachte.

»Nach Erlangen?«, fragte den Köstlbacher in dem Augenblick der Liebknecht, der den beiden Männern, die mit ihrem Blechsarg warteten, Anweisung geben wollte.

»Ja, ja! Erlangen!«, sagte der Köstlbacher. »Ruf aber in der Gerichtsmedizin dort vorher an! Die haben's nicht so gern, wenn sie vorher nicht informiert werden.«

»Und, Chef, der Parzefall wartet immer noch auf dich!«

»Hab' ihn nicht vergessen! Kümmerst du dich hier um alles Weitere?«, fragte der Köstlbacher.

»Kannst dich auf mich verlassen!«, antwortete der Liebknecht. »Außerdem ist die Lederer auch noch da!«

Ein Blick zur anderen Straßenseite zeigte dem Köstlbacher, dass der Parzefall immer noch brav dort stand. Wenn er da drüben auch kaum was von all dem mitbekommen hat, was sich hier in den letzten Minuten abspielte, so hatte er inzwischen doch sehr an Farbe verloren und wirkte fast so mitgenommen, wie der Polizist kurz zuvor, nachdem er wieder zu sich gekommen war.

»Entschuldigen Sie die Unterbrechung!«, sagte der Köstlbacher zum Parzefall und nickte dem Gramschatz ein Danke zu, weil der dafür gesorgt hatte, dass der Parzefall sich nicht in Luft auflöste. »Also, wie war das nochmal? Was haben Sie gesehen?«

»Diesen Transporter...«, setzte der Parzefall an. Aber der Köstlbacher hat ihn gleich wieder unterbrochen.

»Ja, ja, diesen Transporter! Und den Sichtschutz! Beides war also weg, als Sie aus der Kirche hier rausgekommen sind?«

»Weg, ja, weg! Statt dessen war da diese Frau!«

»Was die Frau Grimm auch bemerkte und sofort die vorbeifahrende Polizei angehalten hat!«, ergänzte der Köstlbacher. »Soweit ist uns das alles bekannt. Aber was war vorher? Mit dem Transporter?«

»Wie genau er ausgesehen hat, daran kann ich mich nicht erinnern!«, sagte der Lehrer.

»Und ungefähr?«, fragte der Köstlbacher und bemühte sich sehr, einen bevorstehenden cholerischen Ausbruch zumindest stimmlich zu unterdrücken.

»Na ja, so ein Kleintransporter eben. Weiß, oder beige, auf alle Fälle hell!«

»Und einen Fahrer dazu haben Sie natürlich auch nicht gesehen?«, stellte der Köstlbacher mehr fest, als er fragte.

»Doch! Doch, da war einer. Kann natürlich auch sein, dass es nicht der Fahrer war. Aber da kam einer hinter dem grauen Sichtschutz über dem Kanaldeckel hervor und verschwand dann seitlich im Transporter.«

»Können Sie den Mann beschreiben?«, fragte der Köstlbacher und war sich dabei sicher, keine vernünftige Antwort zu bekommen.

»Ehrlich gesagt nein! Aber vielleicht ist er auf dem Foto!«, antwortete der Zeuge.

»Foto? Haben Sie fotografiert? Das hatten Sie nicht erwähnt!«

Wenn der Köstlbacher noch vor ein paar Sekunden noch am liebsten gegähnt hätte, weil er dem Parzefall jedes Wort einzeln aus der Nase ziehen musste, dann jetzt plötzlich hell wach.

»Kann ich das Foto sehen?«, fragte der Kriminaler. Die Spannung, die ihn jetzt auf einmal ergriffen hatte, konnte man sehen und spüren.

»Leider nein! Der Akku ist leer. Auch der Ersatzakku. Habe über eine Stunde in der St. Jakobskirche Bilder geschossen und gefilmt. Und dann noch das Schottentor. Na ja, das war's dann!«

»Norbert!«, schrie da der Köstlbacher rüber zu seinem Kollegen Liebknecht. »Fahr' mit dem Herrn Parzefall hier sofort ins Präsidium. Wir brauchen die Bilder, die er gemacht hat. Und Ausdrucke davon in mein Büro. Von allem, was er von dieser Seite«, und dabei deutete er zum ehemaligen Polizeirevier hinüber, »gemacht hat!«

Der Liebknecht nickte nur und schob den Parzefall vor sich her zum Dienstwagen.

»Ich habe einen Termin!«, protestierte der Parzefall nach ein paar Metern, als ihm langsam klar wurde, dass man die nächste Zeit nicht auf ihn verzichten würde.

»Klar haben Sie einen Termin!«, erwiderte der Kommissar Liebknecht nur. »Im Präsidium in der Bajuwarenstraße!«

Dem Leichenwagen ist die ersten 500 Meter ein Fahrzeug der Polizei mit Blaulicht und Martinshorn vorausgefahren. Es hatten sich inzwischen so viele Schaulustige eingefunden, dass anders ein Durchkommen nur schwierig gewesen wäre.

Der Köstlbacher blieb am längsten am Einsatzort. Auch, als er gar nicht mehr gebraucht wurde und der ganze Tumult sich wieder aufgelöst hatte. Weil, jetzt der Köstlbacher ungestört. Jetzt Profiler! Ob einer mit dem siebten Sinn, das ungewiss. Auf alle Fälle volle Konzentration auf das, was hier geschehen sein musste, auch wenn's keiner gesehen hat. Die Schwingungen davon mussten noch zu spüren sein. Da war sich der Köstlbacher ganz sicher. Und vielleicht würde es ihm ja eines Tages wie seinen großen amerikanischen Vorbildern gelingen, diese Schwingungen in ein Kopfkino umzuwandeln. Wer weiß?

AUF DEM WEG ZU EINEM FREUND